口絵❖山本タカト「影を踏まれた女」
デザイン❖ミルキィ・イソベ

中公文庫

近代異妖篇

岡本綺堂読物集三

岡本綺堂

中央公論新社

目　次

近代異妖篇
こま犬　9
異妖編　29
月の夜がたり　55
水　鬼　71
馬来俳優の死　104
停車場の少女　114
木曾の旅人　125
影を踏まれた女　147
鐘が淵　169
河　鹿　190
父の怪談　200
指環一つ　211

離魂病 229
百物語 243

附　録

雨夜の怪談 253
赤い杭 260

解　題　千葉俊二 273

近代異妖篇

岡本綺堂読物集三

口絵　山本タカト

近代異妖篇

こま犬

春の雪ふる宵《よい》に、わたしが小石川《こいしかわ》の青蛙堂《せいあどう》に誘ひ出されて、もろ〳〵の怪談を聴《き》かされたことは、曩《さき》に発表した『青蛙堂鬼談《せいあどうきだん》』に詳しく書いた。しかし其夜《そのよ》の物語はあれだけで尽きてゐるのではない。その席上でわたしが窃《ひそ》かに筆記したもの、或《あるい》は記憶にとゞめて置いたもの、数《かぞ》ふればまだ〳〵沢山《たくさん》あるので、その拾遺《しゅうい》といふやうな意味で更《さら》にこの『近代異妖編《きんだいいようへん》』を草《そう》することにした。そのなかには『鬼談《きだん》』といふところまでは到達しないで、単に『奇談《きだん》』といふ程度に留《とど》まつてゐるものも無いではないが、その異《い》なるものは務《つと》めて採録した。前編の『青蛙堂鬼談』に幾分の興味を持たれた読者が、同様の興味を以《もっ》てこの続記編をも読了して下さらば、筆者のわたしばかりでなく、会主《かいしゅ》の青蛙堂主人もおそらく満足であらう。

一

これはS君《エス》の話である。S君は去年久振りで郷里へ帰つて、半月ほど滞在してゐたといふ。その郷里は四国の讃岐《さぬき》で、A《エー》といふ村である。

『なにしろ八年ぶりで帰つたのだが、周囲の空気は些《ちつ》とも変らない。まつたく変らな過ぎるくらゐに変らない。三里《さんり》ほど傍《そば》までは汽車も通じてゐるのだが、殆《ほとん》どその影響を受けてゐないらしいのは不思議だよ。それでも兄などに云はせると、一年増しに変つて行くさうだが、どこが何《ど》う変つてゐるのか僕たちの眼にはさつぱり判《わか》らなかつた。』

S君の郷里は村と云つても、諸国の人のあつまつて来る繁華の町につゞいてゐて、表《おもて》通《どお》りは殆ど町のやうな形をなしてゐる。それにも拘《かかわ》らず、八年ぶりで帰郷したS君の眼には何等《なんら》の変化を認めなかつたといふのである。

『そんなわけで別に面白いことも何にもなかつた。勿論《もちろん》、おやぢの十七回忌の法事《ほうじ》に参列する為に帰つたので、初めから面白づくの旅行ではなかつたのだが、それにしても面白いことはなかつたよ。だが、唯一《ただひと》つ——今夜の会合には相応《ふさわ》しいかと思はれるやうな出来事に遭遇した。それをこれからお話し申さうか。』

かういふ前置きをして、S君はしづかに語り出した。

僕が郷里へ帰り着いたのは五月の十九日で、あいにくに毎日小雨《こさめ》が烟《けぶ》るやうに降《ふ》りつゞけてゐた。おやぢの法事は廿一日《にじゆういちにち》に執行されたが、こゝらは万事《ばんじ》が旧式に拠《よ》るのだからなか〳〵面倒だ。ことに僕の家《うち》などは土地でも旧家《きゆうか》の部《ぶ》であるからいよ〳〵小《こ》うるさい。勿論僕はなんの手伝ひをするわけでもなく、羽織袴《はおりはかま》で唯《ただ》うろ〳〵してゐるばかりであつたが、それでも好《い》い加減に疲れてしまつた。

式が済んで、それから料理が出る。なにしろ四五十人のお客様といふのであるから随分忙がしい。おまけに斯《こ》ういふ時にうんと飲まうと手ぐすねを引いてゐる連中《れんじゆう》もあるのだから、いよ〳〵遣切《やりき》れない。それでも後日《ごにち》の悪口の種《たね》を播《ま》かないやうに、兄夫婦は前から可《か》なり神経を痛めて色々の手配をして置いたゞけに、万事がとゞこほりなく進行して、お客様いづれも満足であるらしかつた。その席上でこんな話が出た。

『あの小袋《こぶくろ》が岡《おか》の一件《いつけん》はほんたうかね。』

この質問を提出したのは町に住んでゐる肥料商《ひりようしよう》の山木《やまき》といふ五十あまりの老人で、その隣に坐つてゐる井澤《いざわ》といふ同年配の老人は首をかしげながら答へた。

『さあ、私もこのあひだからそんな話を聴いてゐるが、ほんたうかしら。』

『ほんたうださうですよ。』と、又その隣にゐる四十ぐらゐの男が云つた。『現にその啼声《なきごえ》を聴いたといふ者が幾人もありますからね。』

『蛙《かえる》ぢやないのかね。』と、山木は云つた。『あの辺には大きい蛙が沢山《たくさん》ゐるから。』

『いや、その蛙は此頃《このごろ》ちつとも鳴かなくなつたさうですよ。』と、第三の男は説明した。

『さうして、妙な啼声がきこえる。新聞にも出てゐるから嘘ぢやないでせう。』

こんな対話が耳に這入つたので、接待《せったい》に出てゐる僕も口を出した。

『それは何ですか、どういふ事件なのですか。』

『いや、東京の人に話すと笑はれるかも知れない。』と、山木はさかづきを措《お》いて、自分が先《ま》づ笑ひ出した。

山木はまだ半信半疑であるらしいが、第三の男——僕はもうその人の顔を忘れてゐたが、あとで聞くと、それは町で糸屋をしてゐる成田《なりた》といふ人であつた——は大《おお》いにそれを信じてゐるらしい。彼はいはゆる東京の人の僕に対して、雄弁にそれを説明した。

この村はづれに小袋が岡といふのがある。僕は故郷の歴史をよく知らないが、彼の元亀《げんき》天正《てんしょう》の時代には長曾我部《ちょうそかべし》氏が殆《ほとん》ど四国の大部分を占領してゐて、天正十三年羽柴秀吉《はしばひでよし》の四国攻めの当時には、長曾我部の老臣細川源左衛門尉《ほそかわげんざえもんのじょう》といふのが讃岐方面を踏みしたがへて、大いに上方勢を悩ましたと伝へられてゐる。その源左衛門尉の部下に小袋喜平次《こぶくろきへいじ》秋忠《あきただ》といふのがあつて、それが僕の村の附近に小さい城をかまへてゐた。小袋が岡といふ名はそれから来たので、岡《おか》とは云つても殆ど平地も同様で、場所に依《よ》つては却つて平地よりも窪《くぼ》んでゐるくらゐだが、兎《と》もかくも昔から岡と呼ばれてゐたらしい。こゝへ押寄せて来たのは浮田秀家《うきたひでいえ》と小西行長《こにしゆきなが》の両軍で、小袋喜平次も必死に防戦したさうだが、何分にも衆寡敵《しゆうかてき》せずといふわけで、四五日の後《のち》には落城して、喜平次秋忠は敵に生捕《いけど》られて殺されたとも云ひ、姿をかへて本国の土佐へ落ちて行つたともいふが、いづれにしてもこゝらで可なりに激しい戦闘が行はれたのは事実であると、故老《ころう》の口碑《こうひ》に残つてゐる。

ところで、その岡の中ほどに小袋明神《みようじん》といふのがあつた。彼《か》の小袋喜平次が自分の城内に祀《まつ》つてゐた守護神で、その神体はなんであるか判らない。落城と同時に城は焚《や》かれてしまつたが、その社《やしろ》だけは不思議に無事であつたので、そのまゝ保存されてやはり小袋明神として祀られてゐた。僕の先祖もこの明神に華表《とりい》を寄進したといふことが家《いえ》の記録に残つてゐるから、江戸時代までも相当に尊崇《そんそう》されてゐたらしい。それが明治の初年、こゝらでは何十年振りとかいふ大水《おおみず》が出たときに、小袋明神も亦《また》この天災を逃れることは出来ないで、神社も神体もみな何処《どこ》へか押流《おしなが》されてしまつた。時《とき》は恰《あたか》も神仏混淆《しんぶつこんこう》の禁じられた時代で、祭神の判然しない神社は破却の運命に遭遇してゐたので、この小袋明神も再建を見ずして終つた。その遺蹟は明神跡《みようじんあと》と呼ばれて、小さい社殿の土台石などは昔ながらに残つてゐたが、さすがに誰も手を着ける者もなかつた。そこらには栗の大木《たいぼく》が多いので、僕たちも子供のときには落栗《おちぐり》を拾ひに行つたことを覚えてゐる。

その小袋が岡にこのごろ一種の不思議が起つた——と、まあ斯《こ》う云ふのだ。なんでも彼の明神跡らしいあたりで不思議な啼声がきこえる。はじめは蛙だらう、梟《ふくろう》だらうなどと云つてゐたが、どうもさうではない。土の底から怪《あや》しい声が洩《も》れて来るらしいと云ふので、物好きの連中がその探索に出かけて行つたが、やはり確《たしか》なことは判らない。故老の話によると、むかしも時々そんな噂が伝へられて、それは明神の社殿の床下に棲んでゐる大蛇《だいじや》の仕業《しわざ》であるなどと云ふ説もあつたが、勿論《もちろん》それを見さだめた者もなかつた。それが何十年振りかで今年また繰返されることになつたと云ふわけだ。

人間に対して別になんの害をなすと云ふのでもないから、どんな啼声を出したからと云つて別に問題にするには及ばない。たゞ勝手に啼かして置けば好《い》いやうなものだが、人間に好奇心といふものがある以上、どうも其儘《そのまま》には捨て置かれないので、村の青年団が三四人づつ交代で探険に出かけてゐるが、いまだにその正体を見出すことが出来ない。その啼声も絶えず聞えるのではない。昼のあひだは勿論鎮《しず》まり返つてゐて、夜も九時過ぎからでなければ聞えない。それは明神跡を中心として、西にきこえるかと思ふと、又東の方角にきこえることもある。南に方《あた》つてきこえるかと思ふと、また北にもきこえると云ふわけで、探険隊もその方角を聞きさだめるのに迷つてしまふと云ふのだ。

そこで、その啼声だが——聞いた者の話では、人でなく、鳥でなく、虫でなく、どうも獣《けもの》の声らしく、その調子はあまり高くない。なんだか地の底で咽《むせ》び泣《な》くやうな悲しい声で、それを聞くと一種悽愴《せいそう》の感をおぼえるさうだ。小袋が岡の一件といふのは大体先《ま》づかういふわけで、それがこゝら一円の問題となつてゐるのだ。

『どうです。あなたにも判りませんか。』と、井澤は僕にきいた。

『わかりませんな。たゞ不思議といふばかりです。』

僕はかう簡単に答へて逃げてしまつた。実際、僕はかういふ問題に対して余り興味を持つてゐないので、それ以上、深く探索したり研究したりする気にもなれなかつたのだ。

二

あくる日、なにかの話のついでに兄にもその一件を訊いてみると、兄は無頓着《むとんじやく》らしく笑つてゐた。

『おれはよく知らないが、何かそんなことを云つて騒いでゐるやうだよ。はじめは蛇か蛙のたぐひだと云ひ、次には梟か何かだらうといひ、後には獣だらうといひ、何がなんだか見当は付かないらしい。又この頃では石が啼くのだらうと云ひ出した者もある。』

『はゝあ、夜啼石《よなきいし》ですね。』

『さうだ、さうだ。』と、兄は又笑つた。『夜啼石伝説とか云ふのがあると云ふぢやないか。こゝらのもそれから考へ付いたのだらうよ。』

僕の兄弟だけに、兄もこんな問題には全然無趣味であるらしく、話はそれぎりで消えてしまつた。併《しか》しその日は雨もやんで、午頃からは青い空の色がところ〴〵に洩れて来たので、僕は午後からふらりと家を出た。ゆうべは彼《か》の法事で、夜《よ》のふけるまで働かされたのと、いくら無頓着の僕でも幾分か気疲れがしたのとで、なんだか頭が少し重いやうに思はれたので、なんといふ的《あて》も無《な》しに雨あがりの路《みち》をあるくことになつたのだ。僕の郷里は田舎にしては珍しく路の好《い》いところだ。まあその位《くらい》がせめてもの取得《とりえ》だらう。

　すこし月並になるが、子供のときに遊んだことのある森や流れや、さういふ昔馴染《むかしなじみ》の風景に接すると、さすがの僕も多少の想ひ出がないでもない。僕の卒業した小学校がいつの間にか建て換へられて、余ほど立派な建物になつてゐるのも眼についた。町の方《ほう》へ行かうか、岡の方へ行かうかと、途中で立ちどまつて思案してゐるうちに、ふと思ひついたのは彼《か》の小袋が岡の一件だ。そこがどんな所であるかは勿論知つてゐるが、近頃そんな問題をひき起すに就《つい》ては、土地の様子がどんなに変つてゐるかと云ふことを知りたくもなつたので、ついふら〳〵とその方面へ足を向けることになつた。かうなると、僕も矢はり一種の好奇心に駆られてゐることは否《いな》まれないやうだ。

　うしろの方《ほう》には小高い岡が幾つも続いてゐるが、問題の小袋が岡は前にも云つた通りのわけで、殆《ほとん》ど平地と云つても好いくらゐだ。栗の林は依然として茂つてゐる。やがて梅雨《つゆ》になれば、その花が一面にこぼれることを想像しながら、やゝ爪先《つまさき》あがりの細い路をたどつてゆくと、林のあひだから一人の若い女のすがたが現れた。だん〳〵近寄ると、相手は僕の顔をみて少し驚いたやうに挨拶した。

　女は町の肥料商《ひりようしよう》――ゆうべ此《こ》の小袋が岡の一件を云ひ出した彼《か》の山木といふ人の娘で、八年前に見た時にはまだ小学校へ通つてゐたらしかつたが、高松《たかまつ》あたりの女学校を去年卒業して、今年はもう廿歳《はたち》になるとか聞いてゐた。どちらかと云へば大柄の、色の白い、眉の形の好《い》い、別に取立てゝ云ふほどの容貌《きりよう》ではないが、こゝらでは十人並《じゆうにんなみ》として立派に通用する女で、名はお辰《たつ》、当世風《とうせいふう》にいへば辰子《たつこ》で、本来ならばお互ひにもう見忘れてゐる時分だが、彼《か》の女《じよ》には昨日の朝も逢つてゐるので、双方同時に挨拶したわけだ。

『昨晩は父が出まして、色々御馳走《ごちそう》にあづかりましたさうで、有難うございました。』と、辰子は丁寧に礼を云つた。

『いや、却《かえ》つて御迷惑でしたらう。どうぞ宜《よろ》しく仰《おつ》しやつて下さい。』

　挨拶はそれぎりで別れてしまつた。辰子は村の方へ降りてゆく。僕はこれから登つてゆく。云はゞ双方すれ違ひの挨拶に過ぎないのであつたが、別れてから僕は不図《ふと》かんがへた。あの辰子といふ女はなんの為《ため》にこんなところへ出て来たのか。たとひ昼間にしても、町に住む人間、殊《こと》に女などに取つては用のありさうな場所ではない。あるひは世間の評判が高いので、明神跡《みようじんあと》でも窺《うかが》ひに来たのかとも思はれるが、それならば若い女が唯《ただ》ひとりで来さうもない。尤《もつと》もこの頃の女はなか〳〵大胆になつてゐるから、その啼声《なきごえ》でも探険するつもりで昼のうちに其場所を見さだめに来たのかも知れない。そんなことを色々にかんがへながら、更《さら》に林の奥ふかく進んでゆくと、明神跡はむかしよりも一層荒れ果てゝ、このごろの夏草が可《か》なりに高く乱れてゐるので、僕にはもう確《たしか》な見当も付かなくなつてしまつた。

それでも例の問題が起《おこ》つてから、わざ〳〵踏み込んで来る人も多いとみえて、そこにも此処《ここ》にも草の葉が踏みにじられてゐる。その足跡をたよりにして何《ど》うにか斯《こ》うにか辿り着くと、やう〳〵に土台石らしい大きい石を一つ見出した。そこらにはまだ外《ほか》にも大きい石が転《ころ》がつてゐる。中には土の中へ沈んだやうに埋《うず》まつてゐるのもある。こんなのが夜啼石の目標になるのだらうかと僕は思つた。

あたりは実に荒涼寂寞《こうりょうせきばく》だ。鳥の声さへも聞えない。こんなところで夜ふけに怪しい啼声を聞かされたら、誰でも余り好《い》い心持《こころもち》はしないかも知れないと、僕はまた思つた。その途端《とたん》にうしろの草叢《くむら》をがさ〳〵と踏み分けて来る人がある。ふり向いてみると、年のころは二十八九、まだ三十にはなるまいと思はれる痩形《やせがた》の男で、縞《しま》の洋服を着てステツキを持つてゐた。おたがひは見識《みし》らない人ではあるが、かういふ場所で双方が顔を合はせれば、なんとか云ひたくなるのが人情だ。僕の方から先《ま》づ声をかけた。

『随分こゝらは荒れましたな。』

『どうもひどい有様《ありさま》です。おまけに雨あがりですから、この通りです。』と、男は自分のズボンを指さすと、膝から下は水を渉《わた》つて来たやうに濡れてゐた。気が付いて見ると、僕の着物の裾《すそ》もいつの間にか草の露《つゆ》に浸《ひた》されてゐた。

『あなたも御探険ですか。』と、僕は訊《き》いた。

『探険といふわけでも無いのですが……』と、男は微笑した。『あまり評判が大きいので、実地を見に来たのです。』

『なにか御発見がありましたか。』と、僕も笑ひながら又訊いた。

『いや、どうしまして……、まるで見当が付きません。』

『一体《いったい》ほんたうでせうか。』

『ほんたうかも知れません。』

その声が案外厳格にきこえたので、僕は思はず彼《かれ》の顔をみつめると、かれは神経質らしい眼を皺《しわ》めながら云つた。

『わたくしも最初は全然問題にしてゐなかつたのですが、こゝへ来てみると、なんだかそんな事もありさうに思はれて来ました。』

『あなたの御鑑定では、その啼声はなんだらうとお思ひですか。』

『それはわかりません。なにしろ其声《そのこえ》を一度も聞いたことがないのですから。』

『なるほど。』と、僕もうなづいた。『実はわたくしも聞いたことがないのです。』

『さうですか。わたくしも先刻《さつき》から見てあるいてゐるのですが、若《も》し果《はた》して石が啼くとすれば、あの石らしいのです。』

かれはステツキで草むらの一方《いつぽう》を指《さ》し示《しめ》した。それは社殿の土台石よりも余ほど前の方に横《よこた》はつてゐる四角形の大きい石で、すこしく傾いたやうに土に埋められて、青芒《あおすすき》のかげに沈んでゐた。

『どうしてそれと御鑑定が付きました。』

僕はうたがふやうに訊いた。最初は些《ちつ》とも見当が付かないと云ひながら、今になつてはあの石らしいと云ふ。最初のが謙遜《けんそん》か、今のが出鱈目《でたらめ》か、僕にもよく判らなかつた。

『どうといふ理窟はありません。』と、かれは真面目に答へた。『唯《ただ》なんとなく然《そ》ういふ気がしたのです。いづれ近いうちに再び来て、ほんたうに調査してみたいと思つてゐます。いや、どうも失礼をしました。御免《ごめん》ください。』

かれは会釈《えしやく》して、しづかに岡を降《くだ》つて行つた。

三

僕が家《うち》へ帰つた頃には、空はすつかり青くなつて、明るい夏らしい日のひかりが庭の青葉を輝くばかりに照してゐた。法事が済むまでは毎日降りつゞいて、その翌日から晴れるとは随分意地のわるい天気だ。親父の後生《ごしよう》が悪いのか、僕たちが悪いのかと、兄も眼《ま》ぶしい空をながめながら笑つてゐた。それから兄は又こんなことを云つた。

『けふは天気になつたので、村の青年団は大挙《たいきよ》して探険に繰出すさうだ。おまへも一緒に出かけちやあ何《ど》うだ。』

『いやもう行つて来ましたよ。明神跡もひどく荒れましたね。』『荒れる筈《はず》だよ。ほかに仕様のないところだからね。なにしろ明神跡といふ名が附いてゐるのだから、滅多《めつた》に手を着けるわけにも行かず、まあ当分は藪《やぶ》にして置くより外《ほか》はあるまいよ。』と、兄は飽《あく》までも無頓着であつた。

その晩の九時頃から果《はた》して青年団が繰出してゆくらしかつた。地方によつては養蚕《ようさん》の忙がしい時期だが、僕等の村には余り養蚕が流行《はや》らないので、俄天気《にわかてんき》を幸《さいわ》ひに大挙することになつたらしい。月はないが、星の明るい夜で、田圃《たんぼ》を縫つて大勢が振照《ふりてら》してゆく角燈《かくとう》のひかりが狐火《きつねび》のやうに乱れて見えた。ゆうべの疲れがあるので、僕の家ではみんな早く寝てしまつた。

さて、話はこれからだ。

あくる朝、僕は寝坊をして——ふだんでも寝坊だが、この朝は取分けて寝坊をしてしまつて、床《とこ》を離れたのは午前八時過ぎで、裏手の井戸端へ行つて顔を洗つてゐると、兄が裏口の木戸から這入《はい》つて来た。

『妙な噂を聞いたから、駐在所へ行つて聞合はせてみたら、まつたく本当ださうだ。』

『妙な噂……。なんですか。』と、僕は顔をふきながら訊いた。

『どうも驚いたよ。町の中学のM《エム》といふ教員が小袋ケ岡で死んでゐたさうだ。』と、兄も流石《さすが》に顔の色を陰《くも》らせてゐた。

『どうして死んだのですか。』

『それがわからない。ゆうべの九時過ぎに、青年団が小袋ケ岡へ登つてゆくと、明神跡の石の上に腰をかけてゐる男がある。洋服を着て、たゞ黙つて俯向《うつむ》いてゐるので、だん〳〵近寄つて調べてみると、それは彼《か》の中学教員で、からだはもう冷たくなつてゐる。それから大騒ぎになつて色々介抱《かいほう》してみたが、どうしても生き返らないので、もう探険どころぢやあない。その死骸《しがい》を町へ運ぶやら、医者を呼ぶやら、なか〳〵の騒ぎであつたさうだが、おれの家《うち》では前夜の疲れでよく寐込《ねこ》んでしまつて、そんなことは些《ちつ》とも知らなかつた。』

この話を聞いてゐるあひだに、僕はきのふ出逢つた洋服の男を想ひ出した。その年頃や人相を訊いてみると、いよ〳〵彼によく似てゐるらしく思はれた。

『それでその教員はたうとう死んでしまつたのですね。』

『む、。どうしても助からなかつたさうだ。その死因はよく判らない。おそらく脳貧血《のうひんけつ》ではないかと云ふのだが、どうも確かなことは判らないらしい。なぜ小袋ケ岡へ行つたのか、それもはつきりとは判らないが、理科の教師だから多分探険に出かけたのだらうと云ふことだ。』

僕は云つた。

『死因は兎《と》も角《かく》も、探険に行つたのは事実でせう。僕はきのふ其人《そのひと》に逢ひましたよ。』と、僕はきのふ彼に出逢つた顛末《てんまつ》を残らず報告すると、兄もうなづいた。

『それぢやあ夜になつて又出直して行つたのだらう。ふだんから余り健康体でもなかつたさうだから、夜露《よつゆ》に冷えて何《ど》うかしたのかも知れない。なにしろ詰《つ》まらないことを騒ぎ立てるもんだから、たうとうこんな事になつてしまつたのだ。昔ならば明神の祟《たたり》とでも云ふのだらう。』

兄は苦々《にがにが》しさうに云つた。僕も気の毒に思つた。殊《こと》にきのふ其場所で出逢つた人だけに、その感じが一層深かつた。

前夜の探険は教員の死体発見騒ぎで中止されてしまつたので、今夜も続行されることになつた。教員の死因が判明しないために、又色々の臆説《おくせつ》を伝へる者もあつて、それがいよ〳〵探険隊の好奇心を煽《あお》つたらしくも見えた。僕の家《うち》からはその探険隊に加はつて出た者はなかつたが、ゆうべの一件が大勢の神経を刺戟《しげき》して、今夜もまた何か変つた出来事がありはしまいかと、年のわかい雇人《やといにん》などは夜の更《ふ》けるまで起きてゐると云つてゐた。

それらには構《かま》はずに、夜の十時頃、兄夫婦や僕はそろ〳〵寝支度《ねじたく》に取りかゝつてゐると、表《おもて》は俄《にわか》にさわがしくなつた。

『おや。』

兄夫婦と僕は眼をみあはせた。かうなると、もう落付いてはゐられないので、僕が真先《まつさき》に飛び出すと、兄もつゞいて出て来た。今夜も星のあかるい夜で、入口には大勢の雇人どもが何かがや〳〵立騒いでゐた。

『どうした、どうした。』と、兄は声をかけた。

『山木の娘さんが死んでゐたさうです。』と、雇人のひとりが答へた。

『辰子さんが死んだ……。』と、兄もびつくりしたやうに叫んだ。『ど、どこで死んだのだ。』

『明神跡の石に腰をかけて……』

『ふむう。』

兄は溜息をついた。僕もおどろかされた。それからだん〳〵訊いてみると、探険隊は今夜もまた若い女の死骸を発見した。女はゆうべの中学教員とおなじ場所で、しかも同じ石に腰をかけて死んでゐた。それが山木のむすめの辰子とわかつて、その騒ぎはゆうべ以上に大きくなつた。併《しか》し中学教員の場合とは違つて、辰子の死因は明瞭《めいりよう》で、かれは劇薬を嚥《の》んで自殺したと云ふことがすぐに判つた。

たゞ判らないのは、辰子がなぜこゝへ来て、彼《か》の教員と同じ場所で自殺したかと云ふことで、それに就《つい》て又いろ〳〵の想像説が伝へられた。辰子は彼の教員と相思《そうし》の仲であつたところ、その男が突然に死んでしまつたので、辰子はひどく悲観して、おなじ場所でおなじ運命を選んだのであらうといふ。それが一番合理的の推測で、現に僕も彼《か》の林のなかで先《ま》づ辰子に逢ひ、それから彼の教員に出逢つたのから考へても、個中《こちゆう》の消息《しようそく》が窺《うかが》はれるやうに思はれる。併《しか》しまた一方には教員と辰子との関係を全然否認して、いづれも個々別々の原因があるのだと主張してゐる者もある。僕の兄なぞも其一人《そのいちにん》で、僕とても彼《か》のふたりが密会してゐる現状を見とゞけたと云ふわけではないのだから、彼等《かれら》のあひだには何の聯絡《れんらく》もなく、みな別々に小袋ケ岡へ踏み込んだものと認められないことも無い。そんなら辰子はなぜ死んだかと云ふと、かれは山木のひとり娘で、家には相当の資産もあり、家庭も至極《しごく》円満で、病気その他の事情がない限りは自殺を図《はか》りさうな筈《はず》がないと云ふのだ。かうなると、何がなんだか判らなくもなる。

更《さら》に一つの問題は、M《エム》といふ中学教員が腰をかけて死んでゐた石と、辰子が腰をかけて死んでゐた石とが、恰《あたか》も同じ石であつたと云ふことだ。そのあたりには幾つかの石が転がつてゐるのに、なぜ二人ともに同じ石を選んだかと云ふことが疑問の種になつた。誰のかんがへも同じことで、それが腰をおろすに最も便利であつたから二人ながら無意識にそれを選んだのだらうと云つてしまへば、別に不思議もないことになるが、何《ど》うもそれだけでは気が済まないとみえて、村の人達は相談して遂《つい》にその石を掘り出すことになつた。石が啼くといふ噂もある際《さい》であるから、この石を掘り起してみたらば或《あるい》は何かの秘密を発見するかも知れないといふので、かたぐ〳〵その発掘に着手することに決まつたらしい。

当日は朝から陰《くも》つてゐたが、その噂を聞きつたへて町の方からも見物人が続々押出して来た。村の青年団は総出で、駐在所の巡査も立会ふことになつた。僕も行つてみようかと思つて門口《かどぐち》まで出ると、あまりに混雑しては種々の妨害になるといふので、岡の中途に縄《なわ》張《ば》りをして、弥次馬連《やじうまれん》は現場へ近寄せないことになつたと聞いたので、それでは詰《つ》まらないと引返した。

いよ〳〵発掘に取りかゝる頃には細《こま》かい雨がほろ〳〵と降《ふ》り出して来た。先《ま》づ周囲の芒《すすき》や雑草を刈《か》つて置いて、それから彼《か》の四角の石を掘り起すと、それは思つたよりも浅かつたので比較的容易に土から曳《ひ》き出《だ》されたが、まだその傍《そば》にも何か鍬《くわ》の先にあたるものがあるので、更《さら》にそこを掘り下げると、小さい石の狛犬《こまいぬ》があらはれた。それだけならば別に仔細《しさい》もないが、その狛犬の頸《くび》のまはりには長さ一間《いつけん》以上の黒い蛇《へび》がまき付いてゐるのを見たときには、大勢も思はずあつと叫《さけ》んださうだ。蛇はわづかに眼を動かしてゐるばかりで、人をみて逃げようともせず、飽《あく》までも狛犬の頸《くび》を絞め付けてゐるらしく見えるのを、大勢の鍬《くわ》やシヨベルで滅茶滅茶《めちやめちや》に撲殺《ぶちころ》してしまつた。生捕《いけどり》にすればよかつたとあとでは皆《み》んな云つてゐたが、その一刹那には誰も彼《かれ》もが何だか憎らしいやうな怖《おそ》ろしいやうな心持になつて、半分は夢中で無暗《むやみ》にぶち殺してしまつたと云ふことだ。

狛犬《こまいぬ》が四角の台石に乗つてゐたことは、その大きさを見ても判る。なにかの時に狛犬はころげ落ちて土の底に埋《うず》められ、その台石だけが残つてゐたのであらうが、故老の中《うち》にもその狛犬の形をみた者はないといふから、遠い昔にその姿を土の底に隠してしまつたらしい。蛇はいつの頃から巻き付いてゐたのか勿論判らない。中学教員も辰子もこの台石に腰をかけて、狛犬の埋められてゐる土の上を踏みながら死んだのだ。有意《ゆうい》か無意《むい》か、そこに何かの秘密があるのか、そんなことは矢はり判らない。

又その狛犬は小袋明神の社前に据ゑ置かれたものであることは云ふまでもない。然《しか》らば一匹ではあるまい。どうしても一対《いっつい》であるべき筈だといふので、更《さら》に近所をほり返してみると、やうやくにしてその台石らしい物だけを発見したが、犬の形は遂にあらはれなかつた。

この話を聴いて、僕はその翌日、兄と一緒に再び小袋ケ岡へ登つてみると、けふは縄張が取れてゐるので、大勢の見物人が群衆《ぐんしゅう》して思ひ〳〵の噂をしてゐた。蛇の死骸はどこへか片附けられてしまつたが、彼《か》の狛犬とその台石とは掘返されたまゝで元のところに横《よこた》はつてゐた。

『むゝ、なか〳〵よく出来てゐるな。』と、兄は狛犬の精巧に出来てゐるのを頻《しき》りに感心して眺めてゐた。

それよりも僕の胸を強く打つたのは、彼《か》の四角形の台石であつた。彼のM《エム》といふ中学教員が――おそらく其人《そのひと》であつたらうと思ふ――ステツキで僕に指示《しめ》して、『若《も》し果《はた》して石が啼くとすれば、あの石らしいのです』と教へたのは、確かに彼《か》の石であつたのだ。Mはそれに腰をかけて死んだ。辰子といふ女もそれに腰をかけて死んだ。さうして、その石のそばから蛇にまき付かれた石の狛犬があらはれた。かうなると、さすがの僕もなんだか変な心持にもなつて来た。

僕はその後十日ほども滞在してゐたが、彼の狛犬が掘出されてから、小袋ケ岡に怪しい啼声は聞えなくなつたさうだ。

異妖編

K《ケー》君はこの座中で第一の年長者であるだけに、江戸時代の怪異談を沢山《たくさん》に知つてゐて、それからそれへと立てつゞけに五六題の講話があつた。そのなかで特殊のもの三題を選んで左《さ》に紹介する。

一　新牡丹燈記《しんぼたんとうき》

剪燈新話《せんとうしんわ》のうちの牡丹燈記《ぼたんとうき》を翻案した彼《か》の山東京伝《さんとうきようでん》の浮牡丹全伝《うきぼたんぜんでん》や、三遊亭圓朝《さんゆうていえんちよう》の怪談《かいだん》牡丹燈籠《ぼたんどうろう》や、それらはいづれも有名なものになつてゐるが、それらとは又すこし違つてこんな話が伝へられてゐる。

嘉永《かえい》初年のことである。四谷塩町《よつやしおちよう》の亀田屋《かめだや》といふ油屋《あぶらや》の女房が熊吉《くまきち》といふ小僧をつれて、市ケ谷《いちやや》の合羽坂下《かつぱざかした》を通つた。それは七月十二日の夜《よ》の四つ半《はん》（午後十一時）に近いところで、今夜はこゝらの組屋敷《くみやしき》や商人店《あきんどみせ》を相手に小さい草市《くさいち》が開かれてゐたのであるが、山の手のことであるから月桂寺《げつけいじ》の四つの鐘を相図《あいず》に、それらの商人《しようにん》もみな店《みせ》をしまつて帰つた。路《みち》ばたには売れのこりの草の葉などが散つてゐた。

『よく後片附けをして行かないんだね。』

こんなことを云ひながら、女房は小僧に持たせた提灯《ちようちん》の火をたよりに、暗い夜路《よみち》をたどつて行つた。町家《ちようか》の女房《にようぼう》はさびしい夜ふけにどうしてこゝらを歩いてゐるかといふと、かれは親戚に不幸があつて、その悔《くや》みに行つた帰り路《みち》であつた。本来ならば通夜《つや》をすべきであるが、盆前《ぼんまえ》で店《みせ》の方《ほう》もいそがしいので、いはゆる半通夜《はんつや》で四つ過《す》ぎにそこを出て来たのである。月のない暗い空で、初秋《はつあき》の夜ふけの風がひや〳〵と肌にしみるので、女房は薄い着物の袖《そで》をかきあはせながら路を急いだ。

一時《いつとき》か半時前までは土地相応《そうおう》に賑《にぎ》はつてゐたらしい草市のあとも、人ひとり通らないほどに鎮まつてゐた。女房がいふ通り、市商人《いちあきんど》は碌々《ろくろく》にあと片づけをして行かないとみえて、そこらには凋《しお》れた鼠尾草《みそはぎ》や、破れた蓮《はす》の葉《は》などが穢《きたな》らしく散つてゐた。唐《とう》もろこしの殻《から》や西瓜《すいか》の皮なども転がつてゐた、その狼藉《ろうぜき》たるなかを踏みわけて、ふたりは足を早めて来ると、三四間先《けんさき》に盆燈籠《ぼんどうろう》のかげを見た。それは普通の形の白い切子燈籠《きりこどうろう》で、別に不思議もないのであるが、それが往来《おうらい》の殆《ほとん》どまん中で、しかも土のうへに据《す》ゑられてあるやうに見えたのが、このふたりの注意をひいた。

『熊吉。御覧よ。燈籠《とうろう》はどうしたんだらう。をかしいぢやないか。』と、女房は小声で云つた。

　小僧も立ちどまつた。

『誰かが落《おと》して行つたんですかしら。』

　落し物も色々あるが、切子燈籠を往来のまん中に落してゆくのは少しをかしいと女房は思つた。小僧は持つてゐる提灯をかざして、その燈籠の正体をたしかに見とゞけようとすると、今まで白くみえた燈籠がだん〳〵に薄紅《うすあか》くなつた。さながらそれに灯《ひ》が入つたやうにも思はれるのである。さうして、その白い尾を夜風に軽くなびかせながら、地の上からふは〳〵と舞ひあがつてゆくらしい。女房は冷い水を浴《あ》びせられたやうな心持になつて、思はず小僧の手をしつかりと摑《つか》んだ。

『ねえ、お前。どうしたんだらうね』

『どうしたんでせう。』

　熊吉も息をのみ込んで、怪しい切子燈籠の影をぢつと見つめてゐると、それは余り高くもあがらなかつた。せい〴〵が地面から三四尺《しやく》ほどのところを高く低くゆらめいて、前にゆくかと思ふと又《また》あとの方《ほう》へ戻つて来る。鳥渡《ちよつと》見ると風に吹かれて漂《ただよ》つてゐるやうにも思はれるが、仮にも盆燈籠ほどのものが風に吹かれて空中を舞ひあるく筈もない。殊《こと》に薄明るくみえるのも不思議である。何かのたましひがこの燈籠に宿つてゐるのではないかと思ふと、女房はいよ〳〵不気味になつた。

今夜は盂蘭盆《うらぼん》の草市で、夜ももう更《ふ》けてゐる。しかも今まで新仏《しんぼとけ》の前に通夜をして来た帰り路であるから、女房は猶《なお》さら薄気味悪く思つた。両側の店屋はどこもみな大戸《おおど》をおろしてゐるので、いざといふ場合にも駈け込むところがない。かれはそこに立ち竦《すく》んでしまつた。

『人魂《ひとだま》かしら。』と、かれは又さゝやいた。

『さうですねえ。』と、熊吉もかんがへてゐた。

『いつそ引返《ひつかえ》さうかねえ。』

『あとへ戻るんですか。』

『だつて、お前。気味が悪くつて行かれないぢやあないか。』

そんな押問答をしてゐるうちに、燈籠の灯《ひ》は消えたやうに暗くなつた。と思ふと、五六間《けん》さきの方へゆら〳〵と飛んで行つた。

『きつと狐《きつね》か狸《たぬき》ですよ。畜生！』と、熊吉は罵《ののし》るやうに云つた。

熊吉は今年十五の前髪《まえがみ》であるが、年のわりには柄《がら》も大きく、力もある。女房もそれを見込んで今夜の供《とも》につれて来たくらゐであるから、最初こそは燈籠の不思議を怪しんでゐたが、だん〳〵に度胸がすわつて来て、かれはこの不思議を狐か狸のいたづらと決めてしまつた。かれは提灯のひかりでそこらを照《てら》してみて、路ばたに転がつてゐる手頃の石を二つ三つ拾つて来た。

『あれ、およしよ。』

あやぶんで制する女房に提灯をあづけて、熊吉は両手にその石を持つて、燈籠のゆくへを睨《にら》んでゐると、それがまたうす明るくなつた。さうして、向きを変へてこつちへ舞ひもどつて来たかと思ふと、あたかも火取虫《ひとりむし》が火に向つてくるやうに、女房の持つてゐる提灯を目がけて一直線に飛んで来たので、女房はきやつと云つて提灯を投げ出して逃げた。

『畜生！』

熊吉はその燈籠に石をたゝきつけた。慌てたので、第一の石は空《くう》を打つたが、つゞいて投げつけた第二の礫《つぶて》は燈籠の真唯中《まつただなか》にあたつて、たしかに手堪《てごた》へがしたやうに思ふと、燈籠の影は吹き消したやうに暗《やみ》のなかに隠れてしまつた。そのあひだに、女房は右側の店屋の大戸《おおど》を一生懸命にたゝいた。かれはもう怖《こわ》くて堪《たま》らないので、どこでも構《かま》はずにたゝき起して当座の救ひを求めようとしたのであつた。一旦《いったん》消えた燈籠は再びどこからか現れて、恰《あたか》も女房がたゝいてゐる店のなかへ消えてゆくやうに見えたので、かれは又きやつと叫んで倒れた。

叩かれた家《うち》では容易に起きて来なかつたが、その音におどろかされて隣の家《うち》から四十前後の男が半裸体のやうな寝巻姿で出て来た。かれは熊吉と一緒になつて、倒れてゐる女房を介抱しながら自分の家へ連れ込んだ。その店は小さい煙草屋《たばこや》であつた。気絶こそしないが、女房はもう真蒼《まつさお》になつて、動悸《どうき》のする胸を苦しさうにかゝへてゐるので、亭主の男は家内《かない》の者をよび起して、かれに水を飲ませたりした。やうやく正気にかへつた女房と小僧から今夜の出来事を聞かされて、煙草屋の亭主も眉をよせた。

『その燈籠はまつたく隣の家《うち》へ這入《はい》りましたかえ。』

たしかに這入つたと二人がいふと、亭主はいよ〳〵顔をしかめた。その娘らしい十七八の若い女も顔の色を変へた。

『なるほど、さうかも知れません。』と、亭主はやがて云ひ出した。『それはきつと隣の娘ですよ。』

女房は又おどろかされた。かれは身を固くして相手の顔を見つめてゐると、亭主は小声で語つた。

『となりの家《うち》は小間物屋《こまものや》で、主人は六年ほど前に死にまして、今では後家《ごけ》の女《おんな》あるじで、小僧ひとりと女中《じよちゆう》一人、小体《こてい》に暮してはゐますけれど、ほかに家作《かさく》なども持つてゐて、なか〳〵内福《ないふく》だといふことです。ところが、お貞《さだ》さんといふ独《ひと》り娘《むすめ》――今年十八で、わたくしの家《うち》の娘とも子供のときからの遊び友達で、容貌《きりよう》も悪く無し、人柄も悪くない娘なのですが、半年ほど前にもこんなことがありました。なんでも正月の暗い晩でしたが、やはり夜ふけに隣の戸をたゝく音がきこえる、わたしは眼敏《めざと》いもんですから、何事かと思つて起きて出ると、侍《さむらい》らしい人が隣のおかみさんを呼び出して何か話してゐるやうでしたが、やがてそのまゝ立去つてしまつたので、わたしもそのまゝに寝てしまひました。すると、あくる日になつて、となりのお貞さんが家の娘にこんなことを話したさうです。わたしはゆうべぐらゐ怖かつたことはない。なんでも暗いお堀端《ほりばた》のやうなところを歩いてゐると、ひとりのお侍が出て来て、いきなり刀をぬいて斬りつけようとする。逃げても、逃げても、追つかけてくる。それでも一生懸命に家《うち》まで逃げて帰つて、表口《おもてぐち》から転げるやうに駈け込んで、まあよかつたと思ふと夢がさめた。そんなら夢であつたのか。どうしてこんな怖い夢を見たのかと思ふ途端に、表《おもて》の戸をたゝく音が聞えて、阿母《おつか》さんが出てみると、表には一人のお侍が立つてゐて、その人のいふには今こゝへ来る途中で往来のまん中に火の玉のやうなものが転げあるいてゐるのを見た。』

　聴いてゐる女房はまたも胸の動悸が高くなつた。亭主は一息ついてまた話し出した。

『そこでそのお侍はきつと狐か狸がおれを化《ば》かすに相違《そうい》ないと思つて、かたなを抜いて追ひまはしてゐるうちに、その火の玉は宙を飛んでこゝの家へ這入つた。ほんたうの火か、化物《ばけもの》か、それは勿論わからないが、なにしろこゝの家へ飛び込んだのを確《たしか》に見とゞけたから、念のために断《ことわ》つて置くとかう云ふのださうです。となりの家でも気味を悪がつて、すぐにそこらを検《あらた》めてみたが、別に怪しい様子もないので、お侍にもさういふと、その人も安心した様子で、それならばいゝと云つて帰つた。お貞さんも奥でその話を聴いてゐたので、寝床《ねどこ》から抜け出して窃《そつ》と表《おもて》をのぞいてみると、店さきに立つてゐる人は自分がたつた今、夢の中で追ひまはされた侍をそのまゝなので、思はず声をあげたくらゐに驚いたさうです。お貞さんは家の娘にその話をして、これがほんたうの正夢といふのか、なにしろ生れてからあんなに怖い思ひをしたことはなかつたと云つたさうですが、お貞さんよりも、それを聴いた者の方が一倍《いちばい》気味が悪くなりました。その火の玉といふのは一体なんでせう。お貞さんが眠つてゐるあひだに、その魂《たましい》が自然にぬけ出して行つたのでせうか。それ以来、家の娘はなんだか怖いと云つて、お貞さんとはなるたけ付合《つきあわ》ないやうにしてゐるくらゐです。さういふわけですから、今夜の盆燈籠もやつぱりお貞さんかも知れませんね。小僧さんが石をぶつけたといふから、お貞さんの家の盆燈籠が破れてゞもゐるか、それともお貞さんのからだに何か傷でもついてゐるか、あしたになつたらそれとなく探つてみませう。』

こんな話をきかされて、女房もいよ〳〵怖くなつたが、まさかに、こゝの家に泊めて貰《もら》ふわけにも行かないので、亭主にはあつく礼を云つて、怖々ながらこゝを出た。家へ帰り着くまでに再び火の玉にも盆燈籠にも出逢はなかつたが、かれの着物は冷汗《ひやあせ》でしぼるやうに湿《ぬ》れてゐた。

それから二三日後《のち》に、亀田屋の女房はこゝを通つて、このあひだの礼ながらに煙草屋の店へ立寄ると、亭主は小声で云つた。

『まつたく相違ありません。となりの家の切子《きりこ》は石でも中《あた》つたやうに破れてゐて、誰がこんないたづらをしたんだらうと、おかみさんが云つてゐたさうです。お貞さんには別に変つたこともないやうで、さつきまで店に出てゐました。なにしろ不思議なこともあるもんですよ。』

『不思議ですねえ。』と、女房もたゞ溜息をつくばかりであつた。

この奇怪な物語はこれぎりで、お貞といふ娘はその後どうしたか、それはなんにも伝はつてゐない。

二　寺町《てらまち》の竹藪《たけやぶ》

これはある老女《ろうじよ》のむかし話である。

老女は名をおなほさんと云つて、浅草《あさくさ》の田島町《たじまちよう》に住んでゐた。そのころの田島町は俗に北寺町《きたてらまち》と呼ばれてゐたほどで、浅草の観音堂《かんのんどう》と隣つゞきでありながら、頗《すこぶ》るさびしい寺《てら》門前《もんぜん》の町であつた。

話は嘉永《かえい》四年の三月はじめで、なんでもお雛様《ひなさま》を片づけてから二三日過ぎた頃であると、おなほさんは云つた。旧暦の三月であるから、ひとへの桜はもう花ざかりで、上野から浅草へまはる人足《ひとあし》のしげき時節である。生あたゝかくどんよりと曇つた日の夕方で、その頃まだ十一のおなほさんが近所の娘たち四五人と往来で遊んでゐると、そのうちの一人が不意にあらと叫んだ。

『お兼《かね》ちゃん。どこへ行つてゐたの。』

お兼ちゃんといふのは、この町内の珠数屋《じゅずや》のむすめで、午《ひる》すぎの八《や》つ（午後二時）を合図に、ほかの友だちと一緒に手習《てなら》ひの師匠《ししょう》の家《うち》から帰つた後《のち》、一度も表へその姿をみせなかつたのである。かれはおなほさんと同《おな》い年《どし》の、色の白い、可愛らしい娘で、ふだんからおとなしいので師匠にも褒められ、稽古朋輩《けいこほうばい》にも親しまれてゐた。

このごろの春の日ももう暮れかゝつてはゐたが、往来はまだ薄明るいので、お兼ちゃんの青ざめた顔は誰の眼にもはつきりと見えた。ひとりが声をかけると、ほかの小娘も皆ばら〳〵と駈け寄つて彼女《かれ》のまはりを取りまいた。おなほさんも無論に近寄つて、その顔をのぞきながら訊いた。

『おまへさん、どうしたの。さつきからちつとも遊びに出て来なかつたのね。』

お兼ちゃんは黙つてゐたが、やがて低い声で云つた。

『あたし、もうみんなと遊ばないのよ。』

『どうして。』

みんなは驚いたやうに声を揃《そろ》へて訊くと、お兼はまた黙つてゐた。さうして、悲しさうな顔をしながら横町《よこちょう》の方《ほう》へ消えるやうに立去つてしまつた。消えるやうにと云つてもほんたうに消えたのではない。横町の角を曲《まが》つてゆくまで、そのうしろ姿をたしかに見たとおなほさんは云つた。

その様子がなんとなく可怪《おかし》いので、みんなも一旦《いつたん》は顔をみあはせて、黙つてそのうしろ影《かげ》を見送つてゐたが、お兼の立去つたのは自分の店と反対の方角で、しかもその横町には昼でも薄暗いやうな大きい竹藪《たけやぶ》のあることを思ひ出したときに、どの娘もなんだか薄気味わるくなつて来た。おなほさんも俄《にわか》にぞつとした。さうして、云ひあはせたやうに一度に泣き声をあげて、めい〳〵の家《うち》へ逃げ込んでしまつた。

おなほさんの家は経師屋《きようじや》であつた。手もとが暗くなつたので、そろ〳〵と仕事をしまひかけてゐたお父《とつ》さんは、あわたゞしく駈け込んで来たおなほさんを叱りつけた。

『なんだ、さう〳〵しい。行儀のわるい奴《やつ》だ。女《おんな》の児《こ》が日のくれるまで表《おもて》に出てゐることがあるものか。』

『でも、お父さん、怖かつたわ。』

『なにが怖い。』

おなほさんから詳《くわ》しい話を聴かされても、お父さんは別に気にも留めないらしかつた。なぜ暗くなるまで外遊びをしてゐると、阿母《おつか》さんにも叱《しか》られて、おなほさんはそのまゝ奥へ行つて、親子三人でゆふ飯《めし》を食つた。夜になつて、お父さんは小僧と一緒に近所の湯屋《ゆや》へ行つたが、職人の湯は早い。やがて帰つて来て阿母さんにさゝやいた。

『さつきおなほが何を云つてゐるのかと思つたらどうも可怪《おかし》いよ。珠数屋のお兼ちやんは見えなくなつたさうだ。』

それは湯屋で聞いた話であるが、お兼はけふの午《ひる》すぎに手習ひから帰つて来て、広徳寺《こうとくじ》前《まへ》の親類まで使に行つたまゝで帰らない。家《うち》でも心配して聞き合せにやると、向うへは一度も来ないといふ。どこにか路草《みちくさ》を食つてゐるのかとも思つたが、年の行かない小娘《こむすめ》が日のくれるまで帰つて来ないのは不思議だといふので、親たちの不安はいよ〳〵大きくなつて、先刻《さつき》から方々へ手わけをして探してゐるが、まだその行方《ゆくえ》が判らないとのことであつた。

『かうと知つたら、先刻《さつき》すぐに知らせてやればよかつたんだが……。』と、お父さんは悔むやうに云つた。

『ほんたうにねえ。あとで親たちに恨《うら》まれるのも辛《つら》いから、おまへさんこの子をつれてお兼ちやんの家《うち》へ行つておいでなさいよ。遅まきでも、行かないよりは優《ま》しだから。』と、阿母さんがそばから勧めた。

『ぢやあ、行つて来ようか。』

お父さんに連れられて、おなほさんは珠数屋の店へ出て行つた。曇つた宵《よい》はこの時いよ〳〵曇つて、今にも泣き出しさうな空の色がおなほさんの小さい胸をいよ〳〵暗くした。云ひしれない不安と恐怖にとらはれて、おなほさんは泣きたくなつた。珠数屋ではもう先に知らせて来たものがあつたと見えて、ゆふ方《がた》にお兼が姿をあらはしたことを知つてゐた。その竹藪はお寺の墓場につゞいてゐるので、お寺にも一応断《ことわ》つて、大勢で今その藪のなかを探してゐるところだと云つた。

『さうですか。ぢやあ、わたしもお手伝ひに行きませう。』と、おなほさんのお父さんもすぐに横町の方へ行つた。

横町の角を曲らうとするときに、お父さんはおなほさんを見かへつて云つた。

『おまへなんぞは来るんぢやあねえ。早く帰れ。』

云ひすてゝお父さんは横町へかけ込んでしまつた。それでも怖いもの見たさに、おなほさんはそつと伸び上つてうかゞふと、暗い大藪の中には提灯《ちようちん》の火が七つ八つもみだれて見えた。とぎれ〳〵に人の呼びあふやうな声も聞えた。恐しいやうな、悲しいやうな心持で、おなほさんは早々に自分の家《うち》へかけて帰つたが、かれの眼はいつか涙ぐんでゐた。阿母さんに云ひつけられて、小僧も横町の藪へ探しに行つた。

夜のふけた頃に、お父さんと小僧は近所の人たちと一緒に帰つて来た。

『いけねえ。どうしても見つからねえ。なにしろ暗いので、あしたの事にするよりほかはねえ。』

おなほさんはいよ〳〵悲しくなつて、しく〳〵と泣き出した。阿母さんも顔をくもらせて、お兼ちやんは児柄《こがら》がいゝから若《も》しや人さらひにでも連れて行かれたのではあるまいかと云つた。そんなことかも知れねえと、お父さんも溜息をついてゐた。まつたくその頃には、人さらひに攫《さら》つて行かれたとか、天狗《てんぐ》に連れて行《ゆ》かれたとか、神隠《かみかく》しに遭つたとかいふやうな話がしば〳〵伝へられた。

『それだからお前も日が暮れたら、一人で表へ出るんぢやないよ。』と、阿母さんはおどすやうにおなほさんに云ひきかせた。

単におどかすばかりでなく、現在お兼ちやんの実例があるのであるから、おなほさんも唯《ただ》おとなしく阿母さんの説諭《せつゆ》をきいてゐると、阿母さんは不図《ふと》思ひ出したやうにおなほさんに訊いた。

『ねえ。お前、お兼ちやんはもう皆《み》んなと遊ばないよつて云つたんだね。』

『さうよ。』

『それが可怪《おかし》いね。』と、かれはお父さんの方へ向き直つた。『してみると、人さらひや神隠しぢやア無ささうだと思はれるが……。お兼ちやんは自分の一料簡《いちりようけん》でどこへか姿を隠したんぢやないかねえ。』

『むゝ。どうもわからねえな。』と、お父さんも首をかしげた。

お兼はひとり娘で、親たちにも可愛がられてゐる。まだ十一の小娘では色恋でもあるまい。それらを考へると、どうも自分の一料簡で家出や駈落《かけおち》をしさうにも思はれない。結局その謎は解けないまゝで、経師屋の家《うち》では寝てしまつた。おなほさんは矢はり怖いやうな悲しいやうな心持で、その晩は安々と眠られなかつた。

あくる日になつて、お兼のゆくへは判つた。近所の竹藪などを掻《か》きまはしてゐても所詮《しよせん》知れよう筈はない、かれはずつと遠い深川《ふかがわ》の果《はて》、洲崎堤《すさきづつみ》の枯蘆《かれあし》のなかにその亡骸《なきがら》を横たへてゐるのを発見した者があつた。お兼は腰巻《こしまき》ひとつの赤裸《あかはだか》で縊《くび》り殺《ころ》されてゐたのである。お兼は素足《すあし》になつてゐたが、そこには同じ年頃らしい女の子の古下駄《ふるげた》が片足ころげてゐた。更《さら》におどろかれるのは、年弱《としよわ》の二つぐらゐと思はれる女《おんな》の児《こ》が、お兼の死骸のそばに泣いてゐた。これは着物を着たまゝで、からだには何の疵《きず》もなかつた。幸ひに野良犬《のらいぬ》にも咬《か》まれずに、無事に泣きつゞけてゐたらしい。その赤児《あかご》から手がかりがついて、それは花川戸《はなかわど》の八百留《やおとめ》といふ八百屋《やおや》の子であることが判つた。

八百留には上総生《かずさうま》れのお長《ちよう》といふ今年十三の子守女《こもりおんな》が奉公してゐて、その前日の午過《ひるす》ぎに、いつもの通り赤児を背負《せお》つて出たまゝで、これも明くる朝まで帰らないので、八百留の家《うち》でも心配して、心あたりを探し廻つてゐるところであつた。してみると、お長は洲崎堤でお兼を絞殺《しめころ》して、その着物をはぎ取つて、おそらくその下駄をも穿《は》きかへて、自分の背負つてゐる赤児をそこへ置き捨てゝ、どこへか姿を隠したものであるらしい。ふたりが何《ど》うしてそんなところへ連れ立つて行つたのか、それは勿論わからなかつた。お兼を殺してその着物をはぎ取るつもりで、お長がかれを誘ひ出したとすれば、まだ十三の小娘にも似合はぬ恐しい犯罪である。

お長の故郷は知れてゐるので、とりあへず上総の実家を詮議《せんぎ》すると、実家の方へは戻つて来ないといふことであつた。珠数屋では娘の死骸をひき取つて、型《かた》の如《ごと》くに葬式をすませた。

それにしても不思議なのは、その日のゆふ方にお兼が自分の町内にすがたを現して、おなほさんその他の稽古朋輩に暇乞《いとまご》ひのやうな詞《ことば》を残して行つたことである。お兼はそれから深川へ行つたのか。それとも彼女《かれ》はもう死んでゐて、その魂《たましい》だけが帰つて来たのか。それも一つの疑問であつた。おなほさんばかりでなく、そこにゐた子供たちは同時に皆それを見たのであるから、思ひ違ひや見損じであらう筈はない。かれが竹藪の横町へゆく後姿《うしろすがた》をみて、云ひあわせたやうにみんなが怖くなつたといふのをみると、どこにか一種の鬼気《きき》が宿《やど》つてゐたのかも知れない。いづれにしても、おなほさんを始め、近所の子供たちは、たしかにお兼ちゃんの幽霊に相違《そうい》ないと決めてしまつて、それ以来、日の暮れる頃まで表に出てゐる者はなかつた。親たちも早く帰つてくるやうに、わが子供等を戒《いまし》めてゐた。

しかし子供たちのことであるから、まつたく遊びに出ないといふわけには行かない。それから十日あまりも過ぎた後《のち》、まだ七つ（午後四時）頃だからと油断して、おなほさん達が表に出て遊んでゐると、ひとりがまた俄《にわか》に叫んだ。

『あら、お兼ちゃんが行く。』

今度は誰も声をかける者もなかつた。子供達は息をのみ込んで、身を竦《すく》めて、たゞそのうしろ影《かげ》を見送つてゐると、お兼ちゃんは手拭《てぬぐい》で顔をつゝんで、やはり彼《か》の竹藪の横町の方へとぼ〳〵とあるいて行つた。勿論その跡《あと》を付けて行こうとする者もなかつた。しかもそのうしろ姿が横町へ消えるのを見とゞけて、子供たちは一度にばら〳〵とかけ出した。今度は逃げるのでない、すぐに自分の親達のところへ注進に行つたのであつた。

その注進を聴いて、町内の親たちが出て来た。経師屋のお父さんも出て来た。珠数屋からは勿論にかけ出して来た。大勢があとや先になつて横町へ探しにゆくと、お兼らしい娘のすがたは容易に見つからなかつた。それでも竹藪をかき分けて根《こん》よく探し廻ると、藪の出《で》はづれの、やがて墓場に近いところに大きい椿《つばき》が一本立つてゐる。その枝に細紐《ほそひも》をかけて、お兼らしい娘がくびれ死んでゐるのを発見した。お兼ちやんの着物をきてゐたので、子供達は一図《いちず》にお兼ちやんと思ひ込んだのであるが、それは彼《か》の八百留の子守のお長であつた。

お兼の着物を剝ぎとつて、それを自分の身につけて、お長はこの十日あまりを何処《どこ》で過ごしたかわからない。さうして、あたかもお兼に導かれたやうに、この藪の中へ迷つて来て、かれの短い命《いのち》を終つたのである。お長は田舎者まる出しの小娘で、ふだんから小汚《こぎた》い手織《ており》じまの短い着物ばかりを着てゐたから、色白の可愛らしいお兼が小綺麗な身なりをしてゐるのを見て、羨《うらや》ましさの余りに不図《ふと》おそろしい心を起したのであらうといふ噂であつたが、それも確《たしか》なことは判らなかつた。それにしても、お長がどうしてお兼を誘つて行つたか、このふたりが前からおたがひに知り合つてゐたのか、それらのことも結局わからなかつた。

かうして、何事も謎のまゝで残つてゐるうちにも、最初にあらはれたお兼のことが最も恐ろしい謎であつた。

『あたし、もうみんなと遊ばないのよ。』

お兼ちやんの悲しさうな声がいつまでも耳に残つてゐて、その当座は怖い夢にたび〳〵うなされましたと、おなほさんは云つた。

三　龍《りゅう》を見た話

こゝには又、龍をみた為に身をほろぼしたと云ふ人がある。それは江戸に大地震《おおじしん》のあつた翌年《よくねん》で、安政《あんせい》三年八月二十五日、江戸には凄《すさま》じい暴風雨が襲来して、震災後やうやく本普請《ほんぶしん》の出来あがつたもの、まだ仮普請のまゝであるもの、それらの家々《いえいえ》の屋根は大抵《たいてい》吹きめくられ、吹き飛ばされてしまつた。その上に海嘯《つなみ》のやうな高浪《たかなみ》がうち寄せて来て、品川や深川《ふかがわ》の沖にかゝつてゐた大船《おおぶね》小舟《こぶね》はこと〴〵く浜辺にうち揚《あ》げられた。本所《ほんじょ》、深川には出水《しゅっすい》して、押流された家もあつた。溺死《できし》した者もあつた。去年の地震といひ、今年の風雨《あらし》といひ、江戸の人々も随分残酷に祟《たた》られたと云つてよい。

その暴風雨《あらし》の最も猛烈をきはめてゐる二十五日の夜《よ》の四《よ》つ（午後十時）過ぎである。下《した》谷御徒町《やおかちまち》に住んでゐる諸住伊四郎《もろずみいしろう》といふ御徒士組《おかちぐみ》の侍が、よんどころない用向きの帰り途に日本橋の浜町《はまちよう》河岸《がし》を通つた。

彼《かれ》はこの暴風雨《ぼうふうう》を冒《おか》して、しかも夜更《よふ》けになぜこんなところを歩いてゐたかと云ふと、新大橋《しんおおはし》の袂《たもと》にある松平相模守《まつだいらさがみのかみ》の下屋敷《しもやしき》に自分の叔母が多年つとめてゐて、それが急病にかゝつたといふ通知を今日の夕刻にうけ取つたので、伊四郎は取りあへずその見舞にかけ付けたのである。叔母はなにかの食中《しよくあた》りであつたらしく、一時《いちじ》はひどく吐瀉《としや》して苦しんだ。なにぶん老年のことでもあるので、屋敷の者も心配して、早速に甥《おい》の伊四郎のところへ知らせて遣《や》つたのであつたが、思ひのほかに早く癒《なお》つて、伊四郎が駈けつけた頃にはもう安らかに床の上に横《よこた》はつてゐた。急激の吐瀉で勿論疲労してゐるが、もう心配することはないと医者は云つた。平生《へいぜい》が達者な質《たち》であるので叔母も元気よく口をきいて、早速見舞に来てくれた礼を云つたりしてゐた。伊四郎も先《ま》づ安心した。

併《しか》しわざ〳〵出向いて来たのであるから、すぐに帰るといふわけにも行かないので、病人の枕《まくら》もとで暫《しばら》く話してゐるうちに、雨も風も烈《はげ》しくなつて来た。そのうちには小歇《こやみ》になるだらうと待つてゐたが、夜《よ》の更《ふ》けるに連れていよ〳〵強くなるらしいので、伊四郎も思ひ切つて出ることにした。叔母はいつそ泊《とま》つて行けと云つたが、よその屋敷の厄介《やつかい》になるのも心苦しいのと、この風雨《あらし》では自分の家《うち》のことも何だか案じられるのとで、伊四郎は断《ことわ》つてそこを出た。

出てみると、内《うち》で思つてゐたよりも更《さら》に烈《はげ》しい風雨《あらし》であつた。とても一通りのことでは歩かれないと覚悟して、伊四郎は足袋《たび》をぬいで、袴《はかま》の股立《ももだち》を高く取つて、跣足《はだし》になつた。傘などは所詮《しよせん》なんの役にもたゝないので、かれは手拭で頰《ほお》かむりをして、かた手に傘と下駄《げた》をさげた。せめて提灯《ちようちん》だけは巧《うま》く保護して行かうと思つたのであるが、それも五六間《けん》あるくうちに吹き消されてしまつたので、かれは真暗《まつくら》な風雨《あらし》のなかを北へ北へと急いで行つた。

今と違つて、その当時こゝらは屋敷つゞきであるので、そこの長屋窓《ながやまど》もみな閉ぢられて灯《ひ》のひかりなどは些《ちつ》とも洩《も》れてゐなかつた。片側は武家屋敷、かた側は大川《おおかわ》であるから、もしこの暴風《あらし》にふき遣《や》られて川のなかへでも滑《すべ》り込んだら大変であると、伊四郎はなるべく屋敷の側《そば》に沿《そ》うて行くと、とき〴〵に大きい屋根瓦《がわら》がから〳〵と頽《くず》れ落《お》ちて来るので、彼は又おびやかされた。風は東南《たつみ》で、かれに取つては追ひ風であるのが切《せめ》てもの仕合せであつたが、吹かれて、吹きやられて、やゝもすれば吹き飛ばされさうになるのを、彼は辛《から》くも踏《ふ》み堪《こた》へながら歩いた。滝《たき》のやうにそゝぎかゝる雨を浴びて、かれは骨までも濡れるかと思つた。その雨にまじつて、木の葉や木の枝は勿論、小石や竹切《たけきれ》や簾《すだれ》や床几《しようぎ》や、思ひも付かないものまでが飛んで来るので、かれは自分のからだが吹き飛ばされる以外に、どこからとも無しに吹き飛ばされて来る物をも防がなければならなかつた。

『かうと知つたら、いつそ泊めて貰《もら》へばよかつた。』と、かれは今更《いまさら》に後悔した。

さりとて再び引返《ひっかえ》すのも難儀《なんぎ》であるので、伊四郎はもろ〳〵の危険を冒《おか》して一生懸命にあるいた。さうして兎《と》もかくも一町《いっちょう》あまりも行き過ぎたと思ふときに、彼はふと何か光るものをみた。大川の水は暗く濁つてゐるが、それでも幾らかの水あかりで岸に沿うたところはぼんやりと薄明《うすあか》るく見える。その水明りを頼りにして、かれはその光るものを透《すか》してみると、それは地を這つてゐるもの、二つの眼であつた。併《しか》しそれは獣《けもの》とも思はれなかつた。二つの眼は風雨《あらし》に逆《さか》らつて此方《こっち》へ向つて来るらしいので、伊四郎は兎もかくも路ばたの大きい屋敷の門前に身をよせて、その光るもの、正体をうかゞつてゐると、何分《なにぶん》にも暗いなかではつきりとは判らないが、それは蛇か蜥蜴《とかげ》のやうなもので、徐《しず》かに地上を這つてゐるらしかつた。この風雨のために何処《どこ》から何物《なにもの》が這ひ出したのかと、伊四郎は一心《いっしん》にそれを見つめてゐると、かれは長い大きいからだを曳《ひ》き摺《ず》つて来るらしく、濡れた土の上をざらり〳〵と擦《こす》つてゐる音が雨風《あめかぜ》のなかでも確《たし》かにきこえた。それは頗《すこぶ》る巨大なものらしいので、伊四郎はおどろかされた。

かれはだん〳〵に近づいて、伊四郎の潜《ひそ》んでゐる屋敷の門前をしづかに行き過ぎたが、かれはその眼が光るばかりでなく、体軀《からだ》のところ〴〵も金色《こんじき》に閃《ひらめ》いてゐた。かれは蜥蜴のやうに四つ這ひになつて歩いてゐるらしかつたが、そのからだの長いのは想像以上で、頭から尾の末《すえ》までは何《ど》うしても四五間《けん》を越えてゐるらしく思はれたので、伊四郎は実に胆《きも》を冷《ひや》した。

この怪物がやうやく自分の前を通り過ぎてしまつたので、伊四郎は初めてほつとする時、雨風は又《また》一《ひ》としきり暴《あ》れ狂《くる》つて、それが今までよりも一層はげしくなつたかと思ふと、海に近い大川の浪《なみ》が逆《さか》まいて湧《わ》きあがつた。暗い空からは稲妻が飛んだ。この凄《すさま》じい景色のなかに、彼《か》の怪物の大きい体軀《からだ》はいよ〳〵金色《こんじき》にかゞやいて、湧きあがる浪を目がけて飛び込むやうにその姿を消してしまつたので、伊四郎は再び胆を冷した。

『あれは一体なんだらう。』

かれは馬琴《ばきん》の八犬伝《はつけんでん》を思ひ出した。里見義実《さとみよしざね》が三浦の浜辺で白龍《はくりゆう》を見たといふ一節を思ひあはせて、彼《か》の怪物はおそらく龍であらうと考へた。不忍《しのばず》の池《いけ》にも龍が棲《す》むと信じられてゐた時代であるから、かれがこの凄じい暴風雨の夜《よ》に龍をみたと考へたのも、決して無理ではなかつた。伊四郎は偶然この不思議に出逢つて、一種のよろこびを感じた。龍をみた者は出世すると云ひ伝へられてゐる。それが果《はた》して龍ならば、自分に取つて好運の兆《ちよう》である。さう思ふと、かれが一旦の恐怖は更《さら》に歓喜の満足と変つて、雨風のすこしく衰へるのを待つてこの門前から再び歩き出した。さうして、二三間《にさんげん》も行つたかと思ふと、かれは自分の爪《つま》さきに光るもの丶落ちてゐるのを見た。立停《たちど》まつて拾つてみると、それは大きい鱗《うろこ》のやうなものであつたので、伊四郎は龍の鱗であらうと思つた。龍をみて、更に龍の鱗を拾つたのであるから、かれはいよ〳〵喜んで、丁寧にそれを懐ろ紙《ふところがみ》につ丶んで懐中《かいちゆう》した。かれは風雨《あらし》の夜《よる》をあるいて、思ひもよらない拾い物をしたのであつた。

無事に御徒町の家《うち》へ帰つて、伊四郎は濡れた着物をぬぐ間もなく、すぐに懐中を探つてみると、紙のなかからは彼《か》の一片の鱗があらはれた。行燈《あんどう》の火に照すと、それは薄い金色《こんじき》に光つてゐた。かれは妻に命じて三宝《さんぼう》を持ち出させて、鱗をその上へのせて、うや〳〵しく床《とこ》の間《ま》に祭つた。

『このことは滅多《めった》に吹聴《ふいちょう》してはならぬぞ。』と、かれは家内《かない》の者どもを固く戒めた。

あくる日になると、ゆうべの風雨の最中《さいちゅう》に、永代《えいたい》の沖《おき》から龍の天上するのを見た者があるといふ噂が伝はつた。伊四郎はそれを聞いて、自分の見たのはいよ〳〵龍に相違ないことを確めることが出来た。そのうちに、口の軽い奉公人どもが饒舌《しゃべ》つたのであらう。彼《か》の鱗の一件がいつとは無しに世間に洩《も》れて、それを一度みせてくれと望んで来る者が続々押掛《おしか》けるので、伊四郎はもう隠すわけには行かなくなつた。初めは努めて断るやうにしてゐたが、終《しまい》には防ぎ切れなくなつて、望むがまゝに座敷へ通して、三宝の上の鱗を一見《いっけん》させることにしたので、その門前は当分賑《にぎわ》つた。

『あれはほんたうの龍かしら。大きい鯉《こい》かなんぞの鱗ぢやないかな。』と、同役のある者は蔭《かげ》でさゝやいた。

『いや、普通の魚の鱗とは違ふ。北条時政《ほうじょうときまさ》が江《え》の島《しま》の窟《いわや》で弁財天《べんざいてん》から授かつたといふ彼《か》の三《み》つ鱗《うろこ》のたぐひらしい。』と、勿体らしく説明する者もあつた。

『してみると、あいつ北条にあやかつて、今に天下を取るかな。』と、笑ふ者もあつた。

『天下を取らずとも、組頭《くみがしら》ぐらゐには出世するかも知れないぞ。』と、羨《うらや》ましさうに云ふ者もあつた。

こんな噂が小《こ》一月《ひとつき》もつゞいてゐるうちに、それが叔母《おば》の勤めてゐる松平相模守《まつだいらさがみのかみ》の屋敷へもきこえて、一度それをみせて貰ひたいと云つて来た。その時には、叔母はもう全快してゐた。ほかの屋敷とは違ふので、伊四郎は快《こころ》よく承知して、新大橋の下屋敷へ出て行つたのは、九月二十日過ぎの麗《うらら》かに晴れた朝であつた。鱗は錦切《にしきぎれ》につゝんで、小さい白木《しらき》の箱に入れて、その上を更に袱紗《ふくさ》につゝんで、大切にかゝへて行つた。

叔母は自分が一応検分した上で、更にそれを奥へさゝげて行つた。幾人が見たのか知らないが、そのあひだ伊四郎は一時《いつとき》ほども待たされた。

『めづらしい物を見たと仰せられて、みな様御満足でござりました。』と、叔母も喜ばしさうに話した。

『これはお前の家《いえ》の宝ぢや。大切に仕舞つて置きなされ。』

これは奥から下されたのだと云つて、伊四郎はこゝで御料理の御馳走になつた。かれは酔《よ》はない程度に酒をのみ、ひる飯《めし》を食つて、九《ここの》つ半（午後一時）過《す》ぐる頃にお暇《いとま》申《もう》して出た。

かれが屋敷の門を出たのは、門番もたしかに見とゞけたのであるが、伊四郎はそれぎり何処《どこ》へ行つてしまつたのか、その日が暮れても、あくる朝になつても、御徒町の家《うち》へは帰らなかつた。家でも心配して叔母のところへ聞きあはせると、右の次第で屋敷の門を出た後《のち》のことは判らなかつた。それから二日を過ぎ、三日を過ぎても、伊四郎はその姿をどこにも見せなかつた。かれは龍の鱗をかゝへたまゝで、なぜ逐電《ちくでん》してしまつたのか、誰にも想像が付かなかつた。

唯《ただ》ひとつの手がかりは、当日の九つ半頃に酒屋の小僧が浜町河岸を通りかゝると、今まで晴れてゐた空がたちまち暗くなつて、俗に龍巻《たつまき》といふ凄じい旋風《つむじかぜ》が吹き起つた。小僧は堪《たま》らなくなつて、地面にしばらく俯伏《うつぶ》してゐると、旋風は一しきりで、天地は再び元のやうに明るくなつた。秋の空は青空にかゞやいて、大川の水はなんにも知らないやうに静《しずか》に流れてゐた。旋風は小部分に起つたらしく、そこら近所にも別に被害はないらしく見えた。唯この小僧のすこし先をあるいてゐた羽織袴《はおりはかま》の侍が、旋風の止《や》んだ時にはもう見えなくなつてゐたと云ふことであるが、その一刹那《いっせつな》、小僧は眼をとぢて地に伏してゐたのであるから、そのあひだに侍は通り過ぎてしまつたのかも知れない。

伊四郎が見たのは龍ではない。おそらく山椒《さんしょう》の魚《うお》であらうといふ者もあつた。そのころの江戸には、川や古池に大きい山椒の魚も棲《す》んでゐたらしい。それが風雨《あらし》のために迷ひ出したので、鱗はなにか他《ほか》の魚《さかな》のものであらうと説明する者もあつた。いづれにしても、彼がゆくへ不明になつたのは事実である。かれは当時二十八歳で、夫婦のあひだに子はなかつた。事情が事情で、急養子《きゆうようし》の届けを出すといふわけにも行かなかつたので、その家《いえ》は空《むな》しく断絶した。

月の夜がたり

一

E君《イー》は語る。

僕は七月の二十六夜《や》、八月の十五夜、九月の十三夜について、皆《みな》一つ宛《ずつ》の怪談を知つてゐる。長いのもあれば、短いのもあるが、月の順にだん〳〵話して行くことにしよう。

そこで、第一は二十六夜――これは某《ある》落語家から聴いた話しだが、なんでも明治八九年頃のことださうだ。その落語家もその当時はまだ前座《ぜんざ》からすこし毛《け》の生《は》えたくらゐの身分であつたが、いつまで師匠《ししよう》の家《うち》の冷飯《ひやめし》を食《く》つて、権助《ごんすけ》同様のことをしてゐるのも気がきかないといふので、師匠の許可を得て、たとひ裏店《うらだな》にしても一軒の世帯《しよたい》をかまへることになつて、毎日かし家《や》をさがしてあるいた。その頃は今と違つて、東京市中《しちゆう》にも空家《あきや》は沢《たく》山《さん》あつたが、その代りに新聞の案内広告のやうな便利なものはないから、どうしても自分で探しあるかなければならない。かれも毎日尻端折《しりばしお》りで、浅草下谷辺《あさくさしたやへん》から本所深川《ほんじよふかがわ》のあたりを根よく探しまはつたが、どうも思ふやうなのは見つからない。なんでも二間《ふたま》か三間《みま》ぐらゐで、ちよつと小綺麗な家で、家賃《やちん》は一円二十五銭どまりのを見つけようといふ註文《ちゆうもん》だから、その時代でも少しむづかしかつたに相違《そうい》ない。

　八月末《すえ》の残暑の強い日に、かれは今日もてく〳〵あるきで、汗をふきながら、下谷御徒《したやおかち》町《まち》のある横町を通ると、狭い路地の入口に「この奥《おく》にかし家《や》」といふ札《ふだ》がなゝめに貼つてあるのを見つけた。しかも二畳《じよう》と三畳と六畳の三間《みま》で、家賃は一円二十銭と書いてあつたので、これはおあつらへ向きだと喜んで、すぐにその路地へ這入つてみると、思つたよりも狭い裏で、つき当りにたつた一軒の小さい家《うち》があるばかりだが、その戸袋《とぶくろ》の上にかし家《や》の札を貼つてあるので、かれはこゝの家《うち》に相違ないと思つた。このころの習《なら》はしで、小さい貸家などは家主が一々案内するのは面倒くさいので、昼のうちは表《おもて》の格子《こうし》をあけておいて、誰でも勝手に這入つて見ることが出来るやうになつてゐた。こゝの家《うち》も表の格子は閉めてあつたが、入口の障子《しようじ》も奥の襖《ふすま》もあけ放して、外から家内《かない》をのぞくことが出来るので、かれも先《ま》づ格子の外から覗いてみた。もとより狭い家だから、三尺《さんじやく》のくつぬぎを隔て、家中《うちじゆう》はすつかり見える。寄付《よりつき》が二畳、次が六畳で、それにならんで三畳と台所がある。うす暗いのでよくわからないが、左《さ》のみ住み荒した家《うち》らしくもない。

　これなら気に入つたと思ひながら不図《ふと》見ると、奥の三畳に一人の婆《ばあ》さんが横向きになつて坐つてゐる。さては留守番がゐるのかと、かれは格子の外から声をかけた。

『もし、御免《ごめん》なさい。』

ばあさんは振向かなかつた。

『御めんなさい。こちらは貸家《かしや》でございますか。』と、かれは再び呼んだ。

ばあさんは矢《や》はり振向かない。幾度つゞけて呼んでも返事はないので、かれも根負《こんま》けがした。あのばあさんはきつと聾に相違ないと思つて、舌打ちをしながら表へ出ると、路地の入口の荒物屋《あらものや》では若いおかみさんが店さきの往来に盥《たらい》を持ち出して洗濯物をしてゐたので、かれは立寄つて訊いた。

『この路地の奥のかし家の家主《やぬし》さんはどこですか。』

家主《いえぬし》はこれから一町《いっちょう》ほど先の酒屋だと、おかみさんは教へてくれた。

『どうもありがたうございます。留守番のおばあさんがゐるんだけれども、居眠りでもしてゐるのか、つんぼうか、幾《いく》ら呼んでも返事をしないんです。』

かれがうつかりと口を滑らせると、おかみさんは俄《にわか》に顔の色をかへた。

『あ、おばあさんが……。また出ましたか。』

この落語家はひどい臆病だ。また出ましたかの一《ひ》と言《こと》にぞつとして、これも顔の色を変へてしまつて、挨拶もそこ〳〵に逃げ出した。勿論《もちろん》、家主《やぬし》の酒屋へ聞き合せなどに行かうとする気はなく、顫《ふる》へあがつて足早にそこを立去つたが、だん〳〵おちついて考へてみると、八月の真《ま》つ昼間《ぴるま》で、あつい日がかん〳〵照つてゐる。その日中《にっちゅう》に幽霊でもあるまい。おれの臆病らしいのをみて、あの女房め、厭《い》やなことを云つておどかしたのかも知れない。ばか〳〵しい目に逢つたとも思つたが、まだ半信半疑で何だか心持がよくないので、その日はかし家《や》さがしを中止して、そのまゝ師匠の家《うち》へ帰つた。

この年は残暑が強いので、どこの寄席《よせ》も休みだ。日が暮れてもどこへ行くといふあてもない。

『今夜は二十六夜様《やさま》だといふから、おまへさんも拝《おが》みに行つちやあどうだえ。』

師匠のおかみさんに教へられて、かれは気がついた。今夜は旧暦の七月二十六夜《や》だ。話には聞いてゐるが、まだ一度も拝みに出たことはないので、自分も商売柄、二十六夜待《やまち》といふのはどんなものか、なにかの参考のために見て置くのもよからうと思つたので、涼みがてらに宵《よい》から出かけた。二十六夜の月の出るのは夜半《よなか》にきまつてゐるのが、かれと同じやうな涼みがてらの人が沢山出るので、どこの高台も宵から賑はつてゐた。

かれは先《ま》づ湯島天神《ゆしまてんじん》の境内《けいだい》へ出かけてゆくと、そこにも男や女や大勢の人がこみあつてゐた。そのなかには老人や子供も随分まじつてゐた。今とちがつて、明治の初年には江戸時代の名残《なご》りをとゞめて、二十六夜待などに出かける人達がなか〳〵多かつたらしい。彼もその群《むれ》にまじつてぶら〳〵してゐる中《うち》に、不図《ふと》あるものを見つけてまたぞつとした。その人ごみのなかに、昼間下谷の空家で見た婆さんらしい女が立つてゐるのだ。広い世間におなじやうな婆さんは幾らもある。いや、ばあさんの顔などといふものは大抵《たいてい》似てゐるものだ。まして昼間見たのはその横顔だけで、どんな顔をしてゐるのか確《たしか》に見とゞけた訳《わけ》でもないのだが、どうもこのばあさんがそれに似てゐるらしく思はれてならない。幾たびか水をくゞつたらしい銚子縮《ちようしちぢみ》の浴衣《ゆかた》までがよく似てゐるやうに思はれるので、かれは何だか薄気味が悪くなつて、早々にそこを立去つた。

かれは方角をかへて、神田から九段《くだん》の方へゆくと、九段坂の上にも大勢の人が群がつてゐた。かれはそこでしばらくうろ〳〵してゐると、またぞつとするやうな目に逢はされた。湯島でみた彼《か》のばあさんがいつの間にかこゝにも来てゐるのだ。かれは若《も》し自分ひとりであつたら、思はずきやつと声をあげたかも知れないほどに驚いて、早々に再びそこを逃げ出した。

かれはそれから芝《しば》の愛宕山《あたごやま》へのぼつた。高輪《たかなわ》の海岸へ行つた。しかも行く先々の人ごみのなかに、屹《きつ》とそのばあさんが立つてゐるのを見出すのだ。勿論そのばあさんが彼を睨《にら》むわけでもない、かれに向つて声をかけるわけでもない、たゞ黙つて突つ立つてゐるのだが、それがだん〳〵に彼の恐怖を増すばかりで、かれはもうどうしていゝか判らなくなつた。自分はこのばあさんに取付かれたのではないかと思つた。月の出るにはまだ余程時間があるのだが、かれに取つてはもうそんなことは問題ではなかつた。なにしろ早く家へ帰らうと思つたが、その時代のことだから電車も鉄道馬車もない、高輪から人力車に乗つて急がせて来ると、金杉《かなすぎ》の通りで車夫は路ばたに梶棒《かじぼう》をおろした。

『旦那《だんな》、ちよいと待つてください。そこで蠟燭《ろうそく》を買つて来ますから。』

かう云つて車夫は、そこの荒物屋《あらものや》へ提灯《ちようちん》の蠟燭を買ひに行つた。荒物屋――昼間のおかみさんのことを思ひ出しながら、彼は車のうへから見かへると、自分の車から二間《けん》ほど距《はな》れた薄暗いところに一人の婆《ばあ》さんが立つてゐた。それを一と目みると、かれはもう夢中で車から飛び降りて、新橋の方へ一目散に逃げ出した。

師匠の家《うち》は根岸《ねぎし》だ。とてもそこまで帰る元気はないので、かれは賑《にぎ》やかな夜の町を駈け足で急ぎながら、これからどうしようかと考へた。彼《か》のばあさんはあとから追つて来るらしくもなかつたが、彼《かれ》はなか〳〵安心出来なかつた。三十間堀《けんぼり》の大きい船宿《ふなやど》に師匠を贔屓《ひいき》にする家がある。そこへ行つて今夜は泊めて貰《もら》はうと思ひついて、転げ込むやうにそこの門をくゞると、帳場でもおどろいた。

『おや、どうしなすつた。ひどく顔の色が悪い。急病でも起つたのか。』

実はかういふわけだと、息をはずませながら訴へると、みんなは笑ひ出した。そこに居あはせた藝者までが彼の臆病を笑つた。しかし彼にとつては決して笑ひごとではなかつた。その晩はたうとうそこに泊めてもらふことにして、肝心の月の出る頃には下座敷《したざしき》の蚊帳《かや》のなかに小さくなつてゐた。

あくる朝、根岸の家《うち》へ帰ると、こゝでも皆《み》んなに笑はれた。あんまり口惜《くやし》いので、もう一度出直して御徒町へ行つて、近所の噂を聞いてみると、彼《か》の貸家には今まで別に変つたことはない。変死した者もなければ、葬式の出たこともない。今まで住んでゐたのは質屋の番頭さんで、現に同町内に引越して無事に暮してゐる。しかしその番頭の引越したのは先月の盂蘭盆前《うらぼんまえ》で、それから二三日過ぎて迎《むか》ひ火《び》をたく十三日の晩に、ひとりの婆さんがその空家《あきや》へ這入るのを見たといふ者がある。その婆さんはいつ出て行つたか、誰も知つてゐる者はなかつたが、その後とき〴〵に、そのばあさんの坐つてゐる姿をみるといふので、家主《やぬし》の酒屋でも不思議に思つて、店の者四五人がその空家をしらべに行つて、戸棚をあらため、床の下までも詮索したが、なんにも怪しいものを発見しなかつた。そんな噂がひろがつて、その後は誰も借り手がない。さうして、その空家にはとき〴〵にそのばあさんの姿がみえる。どこの幽霊が戸惑《とまど》ひをして来たのか、それはわからない。

その話しを聞いて、かれはまた青くなつて、自分はその得体の知れない幽霊に取付かれたに相違ないときめてしまつた。家へ帰る途中から気分が悪くつて、それから三日ばかりは半病人のやうにぼんやりと暮してゐたが、彼《か》のばあさんは執念ぶかく彼を苦しめようとはしないで、その後かれの前に一度もその姿をみせなかつた。彼も安心して、九月からは自分の持席《もちせき》をつとめた。

彼《か》のあき家《や》は冬になるまで矢はり貸家の札《ふだ》を貼られてゐたが、十一月のある日、しかも真昼間に突然燃え出して焼けてしまつた。それが一軒焼けで終つたのも、なんだか不思議に感じられるといふことであつた。

二

第二は十五夜《や》――これは短い話で、今からおよそ二十年ほど前だと覚えてゐる。芝の桜川町《さくらがわちよう》附近が市区改正で取拡《とりひろ》げられることになつて、居住者はある期間にみな立退《たちの》いた。そのなかで、ある煙草屋《たばこや》――たしか煙草屋だと記憶してゐるが、あるひは間違つてゐるかも知れない。――の主人が出張の役人に対してかういふことを話した。

自分は明治以後にこゝへ移つて来たもので、二十年あまりも商売をつゞけてゐるが、こゝの家《うち》には一つの不思議がある。とき〴〵に二階の階子《はしご》の下に人の姿がぼんやりと見える。だん〳〵考へてみると、それが一年に一度、しかも旧暦の八月十五夜《や》に限られてゐて、当夜が雨か曇かの場合には姿をみせない。当夜が明月《めいげつ》であると、きつと出てくる。どこかの隙間から月のひかりがさし込んで、何かの影が浮いてみえるのかとも思つたが、ほかの月夜の晩には曾《かつ》てそんなことがない、かならず八月の十五夜にかぎられてゐるのも不思議だ。人の形ははつきりわからないが、どうも男であるらしい。別にどうするといふでもなく、たゞぼんやりと突つ立つてゐるだけのことだから、こつちの度胸さへすわつてゐれば、先《ま》づ差《さ》したる害もないわけだ。

この主人も幾《いく》らか度胸のすわつた人であつたらしい。それにもう一つの幸ひは、その怪《あや》しいものは夜半《よなか》に出て来て、あけ方には消える。殊《こと》に一年にたつた一度のことであるので、細君《さいくん》をはじめ家内《かない》の人たちは誰もそれを知らないらしい。あるひは自分の眼にだけ映《うつ》つて、ほかの者には見えないのかも知れないと思つたが、いづれにしても迂闊《うかつ》なことをしやべつて家内のものを騒がすのもよくない。そんな噂が世間《せけん》にきこえると、自然商売の障《さわ》りにもなる。かた〴〵これは自分ひとりの胸に納めておく方がいゝと考へて、家内のものにも秘してゐた。さうして、幾年《いくねん》を送るうちに、自分ももう馴れてしまつて、左《さ》のみ怪しまないやうにもなつた。

ところで、今度こゝを立退《たちの》くについて、家屋《かおく》は無論取毀《とりこわ》されるのであるから、この機会に床下《ゆかした》その他をあらためてもらひたい。あるひは人間の髑髏《どくろ》か、金銀を入れた瓶《かめ》のやうなものでも現れるかも知れないと、その主人が云ふのだ。成程《なるほど》そんなことは昔話にもよくあるから、物は試しにその床下を発掘してみようといふことになると、果して店の階子の下あたりと思はれるところ、その土の底から五つの小さい髑髏があらはれた。但《ただ》しそれは人間の骨ではない、いづれも獣《けもの》の頭《かしら》であることがわかつた。その三つは犬であつたが、他の二つは貉《むじな》か狸《たぬき》ではないかといふ鑑定であつた。いつの時代に、何者が五つの獣の首を斬つて埋めて置いたのか、又どうしてそんなことをしたのか、それらのことは永久の謎であつた。

二三の新聞では、それについて色々の想像をかいたが、結局不得要領《ふとくようりよう》に終つたやうだ。

三

第三は十三夜《や》――これが明治十九年のことだ。そのころ僕の家《うち》は小石川の大塚《おおつか》にあつた。あの辺も今でこそ電車が往来して、まるで昔とは違つた繁華の土地になつたが、明治の末《すえ》頃《ごろ》まではまだ〳〵さびしい町で、江戸時代の古い建物なども残つてゐた。まして明治十九年、僕がまだ十五六の少年時代は、山の手も場末《ばすえ》のさびしい町で、人家《じんか》の九分通りは江戸の遺物といふありさまだから、昼でもなんだか薄暗いやうな、まして日が暮れるとどこもかしこも真暗で、女子供の往来はすこし気味が悪いくらゐであつた。さういふわけだから、地代も勿論《もちろん》廉《やす》い、屋賃も安い、僕の親父はそこに小さい地面と家を買つて住んでゐたので、僕もよんどころなくそこで成長したのだ。

ところが、僕の中学の友達で梶井《かじい》と云ふ男があたかも僕の家《うち》の筋向うへ引つ越して来ることになつた。梶井の父は銀行員で、これもその地面と家とを法外に安く買つて来たらしかつた。今まで住んでゐたのは本多《ほんだ》なにがしといふ昔の旗本で、江戸以来こゝに屋敷をかまへてゐたのだが、維新以来いろ〳〵の事業に失敗して、先祖以来の屋敷をたうとう手放すことになつて、自分たちは沼津《ぬまづ》の方へ引つ込んでしまつた。それを買ひとつて、梶井の一家が新しく乗込んで来たのだが、なにしろ相当の旗本の屋敷だから、僕等の家とは違つて頗《すこぶ》る立派なものであつた。勿論屋敷そのものは、随分古い建物で、さん〴〵に住み荒してあるらしかつたが、屋敷の門内はなか〳〵広く、庭や玄関前や裏手の空地などをあはせると、どうしても千坪以上はあるといふ話であつた。

前にもいふ通り、屋敷は散々住みあらしてあるので、梶井の家ではその手入れに随分の金がかゝつたとか云ふことであつたが、家の手入れが済んでから更《さら》に庭の手入れに取りかゝつた。その頃は僕も子供あがりで、詳しいことは知らなかつたが、梶井の父といふのは何かの山仕事に当《あた》つて、今の詞《ことば》でいへば一種の成金《なりきん》になつたらしく、毎日大勢の職人を入れて景気よく仕事をさせてゐた。すると、ある日曜日の午後だ。梶井があわたゞしく僕の家へ駈け込んで来て、不思議なことがあるから見に来いといふのだ。

十一月のはじめで、小春日和《こはるびより》といふのだらう。朝から大空は青々と晴れて滝野川《たきのがわ》や浅草は定《さだ》めて人が出たらうと思はれる麗《うらら》かな日であつた。梶井が息を切つて呼びに来たので、僕は縁側へ出てきいた。

『不思議なこと……。どうしたんだ。』

『稲荷様《いなりさま》の縁《えん》の下《した》から大きな蛇が出たんだ。』

僕は思はず笑ひ出した。梶井は今まで下町に住んでゐたので、蛇などをみて珍しさうに騒ぐのだらうが、こゝらの草深いところで育つた僕達は蛇や蛙を自分の友だちと思つてゐるくらゐだ。なんだ、つまらないと云つたやうな僕の顔をみて、梶井は更に説明した。

『君も知つてゐるだらう。僕の庭の隅に、大きい欅《けやき》が二本立つてゐて、そのまはりには色々の雑木《ざうき》が藪《やぶ》のやうに生ひ繁つてゐる。その欅の下に小さい稲荷の社《やしろ》がある。』

『むゝ。知つてゐる。よほど古い。もう半分ほど毀《こわ》れかゝつてゐる社だらう。あの縁の下から蛇が出たのか。』

『三尺《さんじやく》ぐらゐの灰色のやうな蛇だ。』

『三尺ぐらゐ……。小さいぢやないか。』と、僕はまた笑つた。『こゝらには一間《けん》ぐらゐのが沢山ゐるよ。』

『いや、蛇ばかりぢやないんだ。まあ、早く来て見たまへ。』

梶井がしきりに催促するので、僕も何事かと思つてついてゆくと、広い庭には草が荒れて、雑木や灌木《かんぼく》がまつたく藪のやうに生《お》ひしげつてゐる。その庭の隅の大きい欅の下に十人あまりの植木屋があつまつて、何かわやゝ騒いでゐた。梶井の父も庭下駄をはいて立つてゐた。

この社は前の持主の時代からこゝに祭られてあつたのだが、もう大変に破《いた》んでゐるのと、新しい持主は稲荷様などといふものに対して些《ちつ》とも尊敬心を抱《いだ》いてゐないのとで、庭の手入れをするついでに取毀《とりこわ》すことになつた。いや、別に取毀すといふほどの手間はかゝらない。大の男が両手をかけて一《ひと》つ押せば、たちまち崩れてしまひさうな、古い小さな社であつた。それでも職人が三四人あつまつて、いよ〳〵その社を取毀すことになつた時、ふと気がついてみると、その社の前の低い鳥居には「十三夜稲荷」と記《しる》した額《がく》がかけてある。稲荷さまにも色々あるが、十三夜稲荷といふのはめづらしい。それを聞いて、梶井は父や母と一緒に行つてみると、古びた額の文字は確に十三夜稲荷と読まれた。

妙な稲荷だと梶井の父も云つた。一体どんなものが祭つてあるかと、念のために社のなかを検《あらた》めさせると、小さい白木《しらき》の箱が出た。箱には錠《じょう》がおろしてあつて、それがもう錆《さび》ついてゐるのを叩きこはしてみると、箱の底には一封《いっぷう》の書き物と女の黒髪とが秘めてあつた。その書き物の文字は一々正確には記憶してゐないが、大体こんなことが書いてあつたのだ。

当家《とうけ》の妾《しょう》たまと申す者、家来《けらい》と不義のこと露顕《ろけん》いたし候《そうろ》ふ間《あいだ》、後《のち》の月見の夜《よ》、両人ともに成敗《せいばい》を加《くわ》へ候《そうろう》ところ、女の亡魂《ぼうこん》さま〴〵の祟《たたり》をなすに付《つき》、その黒髪をこゝにまつりおき候《そうろ》ふ事《こと》。

むかしの旗本屋敷などには往々こんなことがあつたさうだが、その亡魂《ぼうこん》が祟《たたり》をなして、兎《と》もかくも一社の神として祭られてゐるのは少《すくな》いやうだ。さう判《わか》つてみると、職人たちも少し気味が悪くなつた。しかし梶井の父といふのはいはゆる文明開化の人であつたから、たゞ一笑に付したばかりで、その書き物も黒髪もそこらに燃えてゐる焚火《たきび》のなかへ投げ込ませようとしたのを、細君《さいくん》は女だけに先づ遮《さえぎ》つた。それから社を取りくづすと、縁の下には一匹の灰色の蛇がわだかまつてゐて、人々があれ〳〵と云ふうちに、たちまち藪のなかへ姿をかくしてしまつた。

蛇はそれぎり行方不明になつたが、彼《か》の書きものと黒髪は残つてゐる。梶井の母はそれを自分の寺へ送つて、回向《えこう》をした上で墓地の隅《すみ》に葬《ほうむ》つてもらふことにしたいと云つてゐた。梶井が僕をよびに来たのは、それを見せたい為《ため》であることが判つた。一種の好奇心が手伝つて、僕もその黒髪と書きものとを一応は見せて貰《もら》つたが、その当時の僕には唯《ただ》こんなものかと思つたばかりで、格別になんといふ考へも浮《うか》ばなかつた。亡魂が祟をなすなどは、勿論信じられなかつた。僕は梶井の父以上に文明開化の少年であつた。

書きものに「後《のち》の月見の夜」とあるから、おそらく九月十三夜《や》の月見の宴《えん》でも開いてゐる時、おたまといふ妾《めかけ》が家来のなにがしと密会してゐるのを主人に発見されて、その場で成敗されたのであらう。その命日が十三夜であるので、十三夜稲荷と呼ぶことになつたらしい。以前の持主の本多は先祖代々この屋敷に住んでゐたのだから、幾代《いくだい》か前の主人の代にかういふ事件があつたものと思はれる。鳥居の柱に、安政《あんせい》三年再建《さいこん》と彫つてあるのをみると、安政二年の地震に倒れたのを翌年再建したのではあるまいか。それからさかのぼつて考へると、この事件はよほど遠い昔のことでなければならないと、梶井は色々の考証めいたことを云つてゐたが、僕はあまり多く耳を仮《か》さなかつた。こんなことはどうでもいゝと思つてゐた。したがつて、その黒髪や書きものが果《はた》して寺へ送られたか、あるひは焚火の灰となつたか、その後の処分方《しよぶんがた》について別に聞いたこともなかつた。

さて、これだけのことならば、単にこんなことがあつたといふ昔話に過ぎないのだが、まだその後談《ごだん》があるので、文明開化の僕もいさゝか考へさせられることになつたのだ。

梶井はあまり健康な体質でないので、学校も兎《と》かく休み勝《がち》で、僕よりも一年おくれて卒業した。それから医師《いしや》になるつもりで湯島《ゆしま》の済生学舎《さいせいがくしや》に這入《はい》つた。その頃の済生学舎は実に盛んなもので、あの学校を卒業して今日《こんにち》開業してゐる医師は全国で幾万に上るとかいふことだが、あのなかには放蕩者《ほうとうもの》も随分あつて、よし原《わら》で心中《しんじゆう》する若い男には済生学舎の学生といふ名をしば〳〵見た。梶井もその一人で、かれは二十二の秋、よし原のある貸座敷で娼妓《しようぎ》とモルヒネ心中を遂《と》げてしまつた。ひとり息子で、両親も可愛がつてゐたし、金に困るやうなこともなし、なぜ心中などを企《くわだ》てたのか、それがわからない。強《し》ひていへば、病身を悲観したのか。あるひは女の方《ほう》から誘はれたのか。先《ま》づそんな解釈を下《くだ》すより外《ほか》はなかつた。

僕が梶井の家《うち》へ悔《くや》みに行くと、かれの母は泣きながら話した。

『なぜ無分別《むふんべつ》なことをしたのか、ちつとも判りません。よく〳〵聞いてみますと、その相手の女といふのは、以前この屋敷に住んでゐた本多といふ人の娘ださうです。沼津へ引つ込んでからいよ〳〵、都合が悪くなつて、ひとりの娘をよし原へ売ることになつたのだと云ふことですが、せがれはそれを知つてゐましたか何《ど》うですか。』

『なるほど不思議な縁《えん》ですね。梶井君は無論知つてゐたでせう。知つてゐたので、両方がいよ〳〵一種の因縁《いんねん》を感じたといふ訳《わけ》ではないでせうか。』と、僕は云つた。『それにしても、梶井君が家《うち》を出て行くときに、今から考えて何か思ひあたるやうな事はなかつたでせうか。わたくしなどは本当に突然でおどろきましたが……。』

『当日は学校をやすみまして、午後からふらりと出て行きました。そのときに、お母《かあ》さん、今夜は旧《きゆう》の十三夜《じゆうさんや》ですねと云つて、庭のすゝきを一たば折つて行きましたが、大かたお友達のところへでも持つて行くのだらうと思つて、別に気にも止めませんでした。あとで聞きますと、ふたりで死んだ座敷の床《とこ》の間《ま》には芒《すすき》が生けてあつたさうです。』

十三夜——文明開化の僕のあたまも急にこぐらかつて来た。

その翌年が日清戦争だ。梶井の父は軍需品の売込みか何かに関係して、よほど儲《もう》けたといふ噂であつたが、戦争後の事業勃興熱《ぼつこうねつ》に浮かされて、色々の事業に手を出したところが、どれもこれも運が悪く、たうとう自分の地所も家屋《かおく》も人手にわたして、気の毒な姿でどこへか立去つてしまつた。

水　鬼

一

A《エー》君——見たところはもう四十近い紳士であるが、ひどく元気のいゝ学生肌の人物で、『野人《やじん》、礼《れい》にならはず。甚《はなは》だ失礼ではありますが……。』と、云《い》ふやうな前置きをした上で、頗《すこぶ》る軽快な弁舌で次のごとき怪談を説《と》きはじめた。

僕の郷里は九州で、彼《か》の不知火《しらぬい》の名所に近いところだ。僕の生れた町には川らしい川もないが、町から一里《いちり》ほど離れた在《ざい》に這入《はい》ると、その村はづれには尾花川《おばながわ》といふのがある。ほんたうの名を唐人川《とうじんがわ》といふのださうだが、土地の者はみな尾花川と呼んでゐる。なぜ唐人川といふのか、なぜ尾花川といふのか、僕もよく知らなかつたが、昔は川の堤《どて》に芒《すすき》が一面におひしげつてゐたと云ふから、尾花川の名はおそらくそれから出たのだらうと思はれる。勿論大抵《もちろんたいてい》の田舎《いなか》の川はさうだらうが、その川の堤《どて》にも昔の名残《なごり》をとゞめて、今でも芒が相当に茂つてゐるのを、僕も子供のときから知つてゐた。

長い川だが、川幅は約二十間《けん》で、先《ま》づ隅田川《すみだがわ》の四分の一ぐらゐだらう。むかしから堤が低く、地面と水との距離が至つて近いので、動《やや》もすると堤を越えて出水《しゆつすい》する。僕の子供のときには四年もつゞいて出水したことがあつた。いや、これから話さうとするのは、そんな遠い昔のことぢやあない。と云つて、きのふ今日の出来事ではない、僕の学生時代、今から十五六年前《ぜん》のことだと思ひたまへ。そのころ僕は東京に出てゐたのだが、その年《とし》にかぎつて学校の夏休みを過ぎても矢《や》はり郷里に残つてゐた。そのわけはだん〳〵に話すが、先づ僕が夏休みで帰郷したのは忘れもしない七月の十二日で、僕の生れた町は停車場《ていしやじよう》から三里余りも離れてゐる。この頃《ごろ》は乗合自動車が通ふやうになつたが、その時代にはがたくりの乗合馬車があるばかりだ。人力車もあるが、僕は差したる荷物があるわけでは無し、第一に値段がよほど違ふので、停車場に降りるとすぐに乗合馬車に乗込んだ。

汽車の時間の都合がわるいので、汽車を降りたのは午後一時、丁度《ちようど》日ざかりで遣切《やりき》れないと思つたが日の暮れるまでこんな所にぼんやりしてゐる訳《わけ》にも行かないので、汗をふきながら乗合馬車に乗込むと定員八人といふ車台のなかに僕をあはせて乗客はわづかに三人、ふだんから乗り降りの少《すくな》いさびしい駅である上《うえ》に、土地の人は人力車にも馬車にも乗らないで、みんな重い荷物を引つかついですた〳〵歩いて行くといふ風《ふう》だから、大抵の場合には馬車満員といふことの無いのは僕もかねて承知してゐたが、それにしても三人はあまりに少過《すくなす》ぎる。併《しか》しまあ少い方に間違つてゐるのは結構、殊《こと》に暑いときには至極結構だと思つて、僕は楽々と一方の腰かけを占領してゐると、向う側に腰をおろしてゐるのは、僕とおなじ年頃かと思はれる二十四五の男と、十九か二十歳《はたち》ぐらゐの若い女で、その顔付から察するに彼等《かれら》はたしかに兄妹《きようだい》らしく見られた。

こゝで僕の注意をひいたのは、この兄妹の風俗の全然相違《ぜんぜんそうい》してゐることで、兄は一見《いつけん》して質朴《しつぼく》な農家の青年であることを認められるにも拘《かかわ》らず、妹は媚《なまめ》かしい派手づくりで、僕等の町でみる酌婦《しやくふ》などよりは遥かに高等《こうとう》、おそらく何処《どこ》かの町の藝妓《げいしや》であらうと想像されることであつた。兄も妹もだまつてゐた。兄はとき〴〵に振向いて車の外をながめたりしてゐたが、妹は顔の色の蒼《あお》ざめた、元気のないやうな風《ふう》で、始終《しじゆう》うつむいて自分の膝《ひざ》の上に眼をおとしてゐた。僕は汽車のなかで買った大阪の新聞や地方新聞などを読んでゐるうちに、馬車は停車場から町のまん中をつきぬけて、やがて村へ這入つて行つた。前にもいふ通り、僕の町へゆき着くにはこの田舎路《みち》を三里あまりもがたくつて行《ゆ》かなければならないのだから、暑い時にはまつたく難儀だ。

それでも長い汽車旅行と暑さとに疲れてゐるので、僕はそのがたゝ馬車にゆられて新聞をよみながら、いつとは無しにうと〳〵と睡《ねむ》つてしまつたと思ふと、不意にぐらゝりと激しく揺《ゆす》ぶられたので、はつと驚いて眼をあくと、僕のからだは腰掛から半分ほど転げかゝつてゐる。向う側の女もあやふく転げさうになつたのを、となりにゐる兄貴に抱きとめられて先づ無事といふ始末。一体どうしたのかと見まはすと、われ〳〵の乗つてゐる馬車馬が突然に倒れたのだ。つまり動物虐待の結果だね。碌々《ろくろく》に物も食はせないで、この炎天に馭者《ぎよしや》の鞭《むち》で残酷に引つぱたかれるのだから助《たす》からない、馬は途中で倒れてしまつたと云ふわけだ。

馭者も困つて馭者台から飛び降りる。われ〳〵も一先《ひとま》づ車から出る。馭者は勿論、彼《か》の青年も僕も手伝つて、近所の農家の井戸から冷《つめた》い水を汲《く》んで来て、馬に飲ませる、馬のからだに打《ぶ》つかける。馭者は心得てゐるので、どこからか荒筵《あらむしろ》のやうなものを貰《もら》つて来て、馬の背中にきせてやる。そんなことをして騒いでゐるうちに、馬はどうにか斯《こ》うにか再び起き上つたので、涼しい木のかげへ牽《ひ》き込んでしばらく休ませてやる。われ〳〵も汗をふいて先づ一息つくといふ段になると、彼《か》の青年は俄《にわか》にあつと叫んだ。

『畜生《ちきしよう》。また逃げたか。』

誰が逃げたのかと思つて見かへると、彼《か》の藝者らしい女がいつの間にか姿をかくしたのだ。われ〳〵が馬の介抱に気をとられて、夢中になつて騒いでゐるうちに、彼《か》の女《おんな》は何処《どこ》へか消え失《う》せてしまつたらしい。なぜ逃げたのか、なぜ隠れたのか、僕には勿論わからなかつたが、青年は一種悲痛のやうな顔色をみせて舌打ちした。さうして、これから何《ど》うしようかと思案してゐるらしかつたが、やがて馭者にむかつて訊いた。

『どうだね。この馬はあるけるかね。』

『すこし休ませたら大丈夫だらうと思ふが……。』と、馭者は考へながら云つた。『だが、這奴《こいつ》もこのごろは馬鹿に足が弱くなつたからね。』

　再び乗り出して、また途中で倒れられては困ると僕は思つた。青年もやはりその不安を感じたらしく、自分は寧《いつ》そこれから歩くと云ひ出した。さうして、馭者と談判の結果、馬車賃の半額を取戻すことになつた。まだ一里ほども来ないのに、半額では少し割が悪いと思つたが、これは災難で両損《りようぞん》とあきらめるより外《ほか》はない。僕も半額をうけ取つて、革鞄《かばん》ひとつを引つ携《さ》げて歩き出すと、青年も一緒に列《なら》んで歩いて来た。かうなると僕も彼と道連れにならないわけには行かない。僕はあるきながら訊いた。

『あなたは何処《どこ》までおいでゝす。』

『××の村までまゐります。』と、かれは丁寧に而《しか》もはつきりと答へた。

『ぢやあ、おなじ道ですね。僕は〇〇の町まで帰るのです。』

　こんなことからだん〳〵に話し合つて、僕が〇〇の町の秋坂《あきざか》のせがれであると云ふことが判《わか》ると、青年は更《さら》にその態度をあらためて、いよ〳〵その挨拶が丁寧になつた。僕の家《うち》は別に大家《たいけ》といふのではないが、なにしろ土地では屈指《くつし》の旧家《きゆうか》になつてゐるので、かれも秋坂の名を知つてゐて、そのせがれの僕に対して相当の敬意を表することになつたらしい。かれは小さい風呂敷包み一つを持つてゐるだけで、殆《ほとん》ど手ぶらも同様だ。僕も革鞄《かばん》ひとつだが、そのなかには書物がぎつしりと詰め込んであるので見るから重さうだ。かれは僕がしきりに辞退するにも拘《かか》はらず、たうとう僕の革鞄をさげて行つてくれることになつた。青年は勿論健脚《けんきやく》らしく、僕も足の弱い方ではないが、なにしろ七月の日盛りに土の焼けた、草いきれのする田舎道をてくてくるのだから堪らない。ふたりは時々に木の下《した》に休んだりして、午後五時に近い頃にやうやく僕の町の姿を見ることになつた。

二

東京の人達は地方の事情をよく御承知あるまいが、僕たちの学生時代に最もうるさく感じたのは、毎年《まいねん》の夏休みに帰省することだ。帰省を嫌ふわけではないが、帰省すると親類や知人のところへ是非《ぜひ》一度は顔出しをしなければならない。それも一度で済むのはまだ好《い》いが、相手によつては二度三度、あるひは泊つて来なければならないと云ふやうなところもある。それも町のうちだけではない。隣村《となりむら》へ行く、又そのとなり村へ行く。甚《はなは》だしいのになると、山越しをして六里も七里も行くと云ふのだから、まつたく遣切《やりき》れない。この時にも勿論それを繰返さなければならなかつたので、七月一杯は殆《ほとん》ど忙がしく暮してしまつた。

八月になつて、先《ま》づその役目も一通り済ませて、はじめて自分のからだになつたやうな気がしたが、毎日たゞ寝転《ねころ》んでゐても面白くない。帰省中に勉強するつもりで、色々の書物をさげて来たのだが、いざとなると矢はりいつもの怠《なま》け癖《ぐせ》が出る。と云つて、何分《なにぶん》にも狭い町だから遊びに行くやうな場所もない。いつそ釣りにでも行つてみようかと思ひ立つて、八月なかばの涼しい日に、家《うち》の釣道具を持ち出して彼《か》の尾花川《おばながわ》へ魚釣《うおつ》りに出かけた。勿論、日中に釣《つ》れさうもないのは判《わか》つてゐるので、僕は午寐《ひるね》から起きて顔を洗つて、午後四時頃から出かけたのだ。町から一里ほど歩いても、このごろの日はまだ暮れさうにも見えない。子供の時からたび〳〵来てゐるので、僕もこの川筋の釣場所は大抵心得てゐるから、堤《どて》の芒《すすき》をかきわけて適当なところに陣取つて、向う岸の櫨《はじ》の並木がゆふ日に彩られてゐるのを眺めながら、悠々と糸を垂れはじめた。

前置きが少し長くなつたが、話の本文《ほんもん》はいよ〳〵これからだと思ひたまへ。

子どもの時からあまり上手でもなかつたが、年を取つてからいよ〳〵下手《へた》になつたとみえて、小一時間も糸をおろしてゐたが一向に釣れない。すこし飽《あ》きて来て、もう浮木《うき》の方へは眼もくれず、足もとに乱れて咲いてゐる草の花などをながめてゐるうちに、不図《ふと》ある小さい花が水のうへに漂《ただよ》つてゐるのを見つけた。僕の土地ではそれを幽霊藻《ゆうれいも》とか幽霊草《ゆうれいそう》とかいふのだ。普通の幽霊草といふのは曼珠沙華《まんじゆしやげ》のことで、墓場などの暗い湿つぽいところに多く咲いているので、幽霊草とか幽霊花《ゆうれいばな》とか云ふ名を附けられたのだが、こゝらで云ふ幽霊藻はまつたくそれとは別種のもので、水のまに〳〵漂《ただよ》つてゐる一種の藻《も》のやうな萍《うきくさ》だ。なんでも夏の初めから秋の中頃へかけて、水の上にこの花の姿をみることが多いやうだ。雪のふるなかでも咲いてゐるといふが、それはどうも嘘らしい。

　なぜそれに幽霊といふ名を冠《かむ》らせたかと云ふと、所詮はその花と葉との形から来たらしい。花は薄白《うすじろ》と薄《うす》むらさきの二種あつて、どれもなんだか曇つたやうな色をしてゐる。殊《こと》にその葉の形がよくない。細い青白い長い葉で、なんだか水のなかから手をあげて招いてゐるやうにも見える。さういふわけで、花といひ、葉といひ、どうも感じのよくない植物であるから、いつの代《よ》からか幽霊藻《ゆうれいも》とか幽霊草とかいふ忌《いや》な名を附けられたのだらうと想像されるが、それに就《つい》ては又かういふ伝説がある。昔、平家の美しい官女《かんじよ》が壇《だん》ノ浦《うら》から落ちのびて、この村まで遠く迷つてくると、ひどく疲れて喉《のど》が渇《かわ》いたので、堤《どて》から這《は》い降りて川の水をすくつて飲まうとする時《とき》、あやまつて足をすべらせて、そのまゝ水の底に吸ひ込まれてしまつた。どうしてそれが平家の官女だといふことが判つたか知らないが、兎《と》も角《かく》もさういふことになつてゐる。さうして、それから後《のち》にこの川へ浮き出したのが彼《か》の幽霊藻で、薄白い花は彼《か》の女《じよ》の小袖《こそで》の色、うすむらさきは彼の女の袴《はかま》の色だといふのだ。官女の袴ならば緋《ひ》でありさうなものだが、これは薄紫であつたといふことだ。哀れな女のたましひを草花に宿らせたやうな伝説は諸国に沢山《たくさん》ある。これもその一例であるらしい。

　聊斎志異《りようさいしい》の水莽草《すいもうそう》とは違つて、この幽霊藻は毒草ではないと云ふことだ。併《しか》しそれが毒草以上に恐れられてゐるのは、その花が若い女の肌に触《ふ》れると、その女は屹《きつ》と祟《たた》られるといふ伝説があるからだ。したがつて、男に取つてはなんの関係もない、単に一種の水草《みずくさ》に過ぎないのだが、それでも幽霊などといふ名が附いてゐる以上、やはり好《い》い心持はしないとみえて、僕達がこの川で泳いだり釣つたりしてゐる時に、この草の漂《ただよ》つてゐるのを見つけると、それ幽霊が出たなどと云つて、人を嚇《おど》かしたり、自分が逃げたり、色々に騒ぎまはつたものだ。

今の僕は勿論そんな子供らしい料簡《りようけん》にもなれなかつたが、それでも幽霊藻——久しぶりで見た幽霊藻——それが暮れかゝる水の上にぼんやりと浮んでゐるのを見つけた時に、それからそれへと少年当時の追憶《ついおく》が呼び起《おこ》されて、僕はしばらく夢のやうにその花をながめてゐると、耳のそばで不意《ふい》にがさ〳〵云ふ音がきこえたので、僕も気がついて見かへると、僕のしやがんでゐる所から三間《げん》とは離れない芒叢《すすきむら》をかきわけて、一人の若い男が顔を出した。かれは白地の飛白《かすり》の単衣《ひとえもの》を着て、麦わら帽子をかぶつてゐた。

かれも僕も顔を見合せると、同時に挨拶した。

『やあ。』

若い男は僕の町の薬屋の忰《せがれ》で、福岡か熊本あたりで薬剤師の免状《めんじよう》を取つて来て、自分の店で調剤もしてゐる。その名は市野弥吉《いちのやきち》と云つて、やはり僕と同年の筈《はず》だ。両親もまだ達者で、小僧をひとり使つて、店は相当に繁昌《はんじよう》してゐるらしい。僕の小学校友達で、子どもの時には一緒にこの川へ泳ぎに来たことも度々《たびたび》ある。それでもお互《たが》ひに年が長《た》けて、たま〳〵斯《こ》うして顔をあはせると、両方の挨拶も自然に行儀正しくなるものだ。殊《こと》に市野は客商売であるだけに如才《じよさい》がない。かれは丁寧に声をかけた。

『釣ですか。』

『はあ。併《しか》しどうも釣れませんよ。』と、僕は笑ひながら答へた。

『さうでせう。』と、かれも笑つた。『近年はだん〳〵に釣れなくなりますよ。併《しか》し夜釣りを遣《や》つたら、鰻《うなぎ》が釣れませう。どうかすると、非常に大きい鱸《すずき》が引つかゝることもあるんですが……。』

『鱸が相変らず釣れますか。退屈しのぎに来たのだから何《ど》うでも好《い》いやうなものゝ、やつぱり釣れないと面白くありませんね。』

『そりやさうですとも……。』

『あなたも釣ですか。』と、僕は訊《き》いた。

『いゝえ。』と、云つたばかりで、彼はすこしく返事に困つてゐるらしかつたが、やがて又《また》笑ひながら云つた。『虫を捕りに来たんですよ。』

『虫を……。』

『近所の子供にも遣《や》り、自分の家にも飼はうと思つて、きり〴〵すを捕りに来たんです。まあ、半分は涼みがてらに……。あなたの釣と同じことですよ。』

きり〴〵すを捕るだけの目的ならば、わざ〳〵こゝまで来ないでも、もつと近いところに幾《いく》らも草原《くさはら》はある筈だと僕は思つた。勿論、涼みがてらと云ふならば格別であるが、それにしても彼は虫を捕るべき何の器械をも持つてゐない。網《あみ》も袋《ふくろ》も籠《かご》も用意してゐないらしい。すこし変だと思つたが、僕に取つてはそれが大《たい》した問題でもないから、深くは気にも留めないでゐると、市野は芒《すすき》をかきわけて僕のそばへ近寄つて来た。

『そこに浮いてゐるのは幽霊藻《ゆうれいも》ぢやありませんか。』

『幽霊藻ですよ。』と、僕は水のうへを指《ゆび》さした。『今ぢやあ怖《こわ》がる者もないでせうね。』

『えゝ、我々の子どもの時と違つて、この頃《ごろ》ぢやあ幽霊藻を怖がる者もだん〲に少《すく》くなつたやうですよ。併《しか》しほかの土地には滅多にない植物だとか云つて、去年も九州大学の人達が来てわざ〲採集して行つたやうですが、それから何《ど》うしましたか。』

『これが貴重な薬草だと云ふやうなことが発見されると好《い》いんですがね。』と、僕は笑つた。

『さうなると、占《し》めたものですが……。』と、かれも笑つた。

それから二言三言《ふたことみこと》話してゐるうちに、彼は俄《にわか》に気がついたやうに背後《うしろ》を見かへつた。

『いや、どうもお妨《さまた》げをしました。まあ、沢山お釣りなさい。』

市野は低い堤《どて》をあがつて行つた。水の上はまだ明るいが、芒の多い堤の上はもう薄暗く暮れかゝつてゐる。僕は何心《なにごころ》なく見かへると、その芒の葉がくれに二つの白い影がみえた。ひとつは市野に相違なかつたが、もう一つの白い影は誰だか判らない。併《しか》しそれが女であることは、うしろ姿でも確《たしか》に判つた。

虫を捕りに来たなどといふのは嘘の皮で、市野はこゝで女を待ちあはせてゐたのかと、僕はひとりで微笑《ほほえ》んだ。それと同時に、このあひだ乗合馬車から姿をかくした彼《か》の藝妓《げいしゃ》のことが不図《ふと》僕のあたまに浮んだ。夕方のうす暗いときに、唯《ただ》そのうしろ姿を遠目に見たゞけで、市野の相手がどんな女であるか勿論《もちろん》判らう筈はないのだが、不思議にその女が彼《か》の藝妓らしく思はれてならなかつた。なぜさう思はれたのか、それは僕自身にも判らない。

市野は別に親友といふのでもないから、彼《かれ》がどんな女にどんな関係があらうとも、僕に取つては何でもないことであるが、相手の女が果《はた》して彼《か》の藝妓であるとすると、僕はすこし考へなければならなかつた。

三

このあひだ僕が道連《みちづ》れになつた青年は、この川沿ひの××村の勝田良次《かつたりようじ》といふ男で、本来は農家であるが、店では少しばかりの荒物《あらもの》を売り、その傍《かたわ》らには店のさきに二脚ほどの床几《しようぎ》をならべて、駄菓子や果物《くだもの》やパンなどを食《く》はせる休み茶屋のやうなこともしてゐるのだ。

『いつそ農一方《のういつぽう》で遣《や》つて行《い》く方《ほう》がいゝのですが、祖父《じじい》の代《だい》から荒物屋だの休み茶屋だの、色々の片商売《かたしようばい》をはじめたので、今さら止《や》めるわけにも行かず、却《かへ》つてうるさくて困ります。それがために妹までが碌《ろく》でもない者になつてしまひました。』と、かれは僕の革鞄《かばん》をさげて歩きながら話した。

店で色々の商売をしてゐるので、妹のおむつは小学校に通つてゐる頃から、店の手伝ひをして荒物を売つたり、客に茶を出したりしてゐるうちに、誰かに唆《そその》かされたとみえて、十四の秋になつて何処《どこ》へか奉公に出たいと云ひ出した。勝田の家《いえ》は母のお種《たね》と惣領《そうりよう》の良次、妹のおむつと弟の達三《たつぞう》の四人ぐらしで、良次と達三は田や畑の方を働き、店の方はお種とおむつが受持つてゐるのであるから、ひとりでも人が欠けては手不足《てぶそく》を感じるので、母も兄弟もおむつを外へ出すことを好まなかつた。家中《うちじゆう》が総反対で、とても自分の目的は達せられないと見て、おむつは無断で姿をかくした。

『そのときは心配しましたよ。』と、良次は今更《いまさら》のやうに嘆息《たんそく》した。『それから手分けをして、妹のゆくへを探しましたが、なか〳〵知れません。たうとう警察の手をかりて、その翌年《よくねん》の三月になつて、初めて妹の居どころが判つたのですが……。妹は熊本に近いある町の料理屋へ酌婦《しやくふ》に住み込んでゐたのです。わたしはすぐに駈《か》けつけて、その前借金《ぜんしやくきん》を償《つぐの》つて、一旦《いつたん》実家へ連れて帰つたのですが、ふた月三月《つきみつき》はおとなしくしてゐるかと思ふと又飛び出す。その都度《つど》に探してあるく。連れて帰る。そんなことが度々かさなるので、母もわたくしももう諦《あきら》めてしまつて、どうとも勝手にしろと打《う》つちやつて置くと、五年あまりも音信不通《いんしんふつう》で、どこに何《ど》うしてゐるか能《よ》く判《わか》りませんでした。それが今年の六月の末《すえ》になつて、突然に手紙をよこしまして、自分は門司《もじ》に藝妓《げいしゃ》をしてゐるが、このごろは身体《からだ》が悪くて困るから、しばらく実家へ帰つて養生《ようじょう》をしたいと思ふ。就《つい》ては、兄《あに》さんか阿母《おっか》さんが出て来て、抱主《かかえぬし》に好《よ》くそのわけを話して貰《もら》ひたいと云ふのです。からだが悪いと聞いては其儘《そのまま》にもして置かれないので、母とも相談の上で、今度はわたくしが門司まで出かけて行きまして、抱主にも色々交渉して、兎《と》もかくも一先《ひとま》づ妹を連れて来ることにして、けふこの停車場《ていしゃじょう》へ着いて、あなたと同じ馬車で帰る途中、御承知の通りの始末《しまつ》で、どこへか消えてしまつたのです。実に仕様のない奴《やつ》で、親泣かせ、兄弟泣かせ、なんともお話になりません。家《うち》にゐたときは三味線《しゃみせん》の持様《もちよう》も知らない奴でしたが、方々《ほうぼう》を流れあるいてゐるうちに、どこで何《ど》う習《なら》つたのか、今では曲《まが》りなりにも藝妓をして、昔とはまるで変つた人間になつてゐるのです。』

それにしても、こゝまで自分と一緒に帰つて来て、なぜ再び姿を隠したのか、その理窟がわからないと良次は云つた。僕にも鳥渡《ちよつと》想像が付かなかつた。そのうちに僕の町へゆき着いたので、僕は革鞄《かばん》を持つてくれた礼を云つて、気の毒な兄と別れた。その後、その妹はどうしたか、僕も深く詮議《せんぎ》するほどの興味を持たなかつたので、ついそのまゝ過ぎてゐたのだが、今偶然にその人らしい姿を見つけて、しかもそれが市野と連れ立《だ》つて行くのをみたので、僕もすこし考へさせられた。

併《しか》しわざ〳〵彼等《かれら》のあとを尾《つ》けて行つて、それを確めるほどの好奇心も湧《わ》き出さなかつたので、僕は再び水の方に向き直つて自分の釣に取りかゝつたが、市野の云つたやうな大きい鱸《すずき》は勿論のこと、小魚一匹もかゝらないので、僕ももう忍耐力をうしなつた。

『帰らう、帰らう。つまらない。』

ひとり言《ごと》を言ひながら釣道具をしまつた。宵闇《よいやみ》の長い堤《どて》をぶら〳〵戻つてくると、僕をじらすやうに大きい魚の跳《は》ねあがる音が暗《くら》い水の上で幾《いく》たびかきこえた。そこらの草のなかには虫の声が一面にきこえる。東京はまだ土用《どよう》が明けたばかりであらうが、こゝらは南の国と云つても矢はり秋が早く来ると思ひながら、空《から》つぽうの魚籠《びく》をさげて帰つた。いや帰つたと云つても、やう〳〵半道《はんみち》ばかりで、その辺《へん》から川筋はよほど曲《まが》つて行くので、僕は堤《どて》の芒《すすき》にわかれを告げて、堤下《どてした》の路《みち》を真直《まつすぐ》にあるき出すと、暗いなかから幽霊のやうにふら〳〵と現《あらわ》れたものがある。思はず立ちどまつて窺《うかが》つてゐると、この暗やみで何《ど》うして判《わか》つたのか知らないが、かれは低い声で云つた。

『秋坂《あきざか》さんぢやございませんか。』

それは若い女の声であつた。尾花川《おばながわ》の堤《どて》にはとき〴〵に狐が出るなどと云ふが、まさかにさうでもあるまいと多寡《たか》をくゝつて、僕は大胆に答へた。

『さうです。僕は秋坂です。』

幽霊か狐のやうな女は僕のそばへ近寄つて来た。

『先日はどうも失礼をいたしました。』

暗いなかで顔形はわからないが、僕ももう大抵の鑑定は付いた。

『あなたは勝田の妹さんですか。』

『さうでございます。』

果《はた》して彼《か》の女《おんな》は勝田良次の妹の藝妓《げいしゃ》であつた。と思ふ間もなく、女はまた云つた。

『あなたはこれから町の方へお帰りでございますか。』

『はあ。これから家《うち》へ帰ります。』

『では、御一緒にお供《とも》させて頂《いただ》けますまいか。わたくしも町の方まで参りたいのですが……。』と、女は僕の方へいよ〳〵摺寄《すりよ》つて来た。

忌《いや》だとも云へないのと、この女から何かの秘密を聴《き》き出してやりたいと云ふやうな興味もまじつて、僕は彼《か》の女《おんな》と列《なら》んで歩き出した。

『あなたは前から市野さんを御存じですか。』と、女は訊いた。

市野と一緒にあるいてゐたのは、この女であつたことがいよ〳〵確《たしか》められた。それからだん〳〵話してみると、この女も芒《すすき》のかげに忍んでゐて、市野と僕との会話をぬすみ聴いていたらしかつた。さうして、僕が秋坂といふ人間であることを市野の口から教へられたらしかつた。左《さ》もなければ、彼《か》の女《じょ》が僕の名を知つてゐる筈がない。いづれにしても、僕は子どもの時から市野を知つてゐると正直に答へた。しかし自分は近年東京に出てゐて、彼《かれ》と一年に一度逢ふぐらゐのことであるから、その近状については何《なん》にも知らないと、あらかじめ一種の予防線を張つて置いた。

『今夜もこれから市野君のところへ行くんですか。』と、僕は空《そら》とぼけて訊いた。

『実はもう少し前まで一緒にゐたんですが……。もう今頃《いまごろ》は死んでしまつたでせう。』

僕もおどろいた。なにぶんにも暗いので、彼《か》の女《おんな》がどんな顔をしてゐるか、どんな姿をしてゐるか、勿論《もちろん》判断は付かないのであるが、平気でそんなことを云つてゐるのを見ると、おそらく発狂でもしてゐるのではないかと疑《うたが》つてゐると、相手はまた冷《ひや》やかに云つた。

『わたくしはこれから警察へ行くんですよ。』

『なにしに行くんです。』

『だつて、あなた。人間ひとりを殺して平気でもゐられますまい。』

相手がおちついてゐるだけに、僕はだん〳〵に薄気味《うすきみ》わるくなつて来た。どうしてもこの女は気違ひらしい。不意に白い歯をむき出して僕に飛びかゝつて来るやうなことが無いとも限らないと思つたが、今更《いまさら》逃げ出すことも出来ないので、僕はよほど警戒しながら一緒にあるいた。かう云つたら、臆病だとか弱虫だとか笑ふかも知れないが、人通りの絶えた田舎路をこんな女と道連れになつて行くのは、決して愉快なものではない。せめて月明りでもあると好《い》いのだが、生憎《あいにく》に今夜は闇だ。

『ぢやあ、あなたはほんたうに市野君を殺したんですか。』と、僕は念を押して訊いてみた。

『剃刀《かみそり》で喉《のど》を突《つ》いて、川のなかへ突《つ》き落《おと》したんですから、たしかに死んでゐると思ひます。わたくしはこれから警察へ自首しに行くんです。』

『冗談でせう。』と、僕は大いに勇気を出したつもりで、わざとらしく笑つた。

『知らない方は冗談だとおつしやるかも知れませんけれど、それが冗談かほんたうか、あしたになれば判ります。わたくしは市野といふ男を殺すために、今度故郷へ帰つて来るやうになつたのかも知れません。』

僕は又ぎよつとした。

『あなたは何にも御存じないでせうから、だしぬけにこんなことを云ふと、定《さだ》めて冗談か、それとも気でも違つてゐるかとお思ひなさるでせうが……。』と、相手はこつちの肚《はら》のなかを見透《みとお》したやうに又云つた。『けれども、それはほんたうのことなんです。このあひだ、兄と一緒にお帰りになつたさうですが、そのときに兄がわたくしのことに就《つい》て、なにかお話をしましたか。』

『はあ、少しばかり聴きました。あなたは門司《もじ》の方に行つてゐたさうで……。』と、僕も正直に答へた。

女はすこし考へてゐるらしかつたが、やがて又しづかに話し出した。

『あの市野といふ男は、わたくしに取つては一生《いつしよう》のかたきなんです。殺すのも無理はないでせう。』

僕はだまつて聴いてゐた。

四

路ばたの草むらから蛍《ほたる》が一匹とび出して、どこへか消えるやうに流れて行つた。こゝらの蛍は大きい。それでも秋の影の薄《うす》く痩《や》せてゐるのが寂しくみえるので、僕もなんだか薄暗いやうな心持で見送つてゐると、女もその蛍のゆくへをぢつと眺めてゐるらしかつた。

『なんだか人魂《ひとだま》のやうですね。』と女は云つた。さうして、また歩きながら話しつゞけた。『兄からお聴きになつてゐるなら、大抵のことはもう御承知でせうが、わたくしは今年廿歳《はたち》ですから、あしかけ七年前《まえ》、わたくしが十四の歳《とし》でした。市野さんはこの川へたび〳〵釣に来て、その途中わたくしの店へ寄つて烟草《たばこ》やマツチなんぞを買つて行くことがありました。時々には床几《しょうぎ》に休んで、梨《なし》や真桑瓜《まくわうり》なんぞを喰《た》べて行くこともありました。そのころ市野さんは十九でしたが、わたくしは十四の小娘《こむすめ》でまだ色気も何もありやあしません。唯《ただ》たび〳〵逢つてゐるので、自然おたがひが懇意《こんい》になつてゐたと云ふだけのことでしたが、ある日のこと、やつぱり今時分《いまじぶん》でした。市野さんが釣の帰りにいつもの通りわたくしの店へ寄つて、お茶を飲んだり塩煎餅《しおせんべい》をたべたりした時に、わたくしが何ごころなく傍《そば》へ行つて、けふは沢山《たくさん》釣れましたかと訊くと、市野さんは笑ひながら、いや今日は不思議になんにも釣れなかつた。この通り魚籠《びく》は空《から》だが、併《しか》しこんなものを取つて来たと云つて、魚籠のなかゝら何か草のやうなものを摑《つか》み出してみせたので、わたくしもうつかり覗《のぞ》いてみますと、それは川に浮いてゐる幽霊藻《ゆうれいも》なんです。あなたも御存知でせう、幽霊藻を……。』

『幽霊藻……。知つてゐます。』と、僕は暗いなかで首肯《うなず》いた。

『あら忌《いや》だと思つて、わたくしは思はず身を退《ひ》かうとすると、市野さんは冗談半分でせう、そら幽霊が取り付くぞと云つて、その草をわたくしの胸へ押込んだのです。暑い時分で、単衣《ひとえもの》の胸をはだけてゐたので、湿《ぬ》れてゐる藻《も》がふところに滑り込んで、乳《ちち》のあたりにぬらりと粘《ねば》り附《つ》くと、わたくしは冷《つめた》いのと気味が悪いのとでぞつとしました。市野さんは面白さうに笑つてゐましたが、悪《わる》いたづらにも程《ほど》があると思つて、わたくしは腹が立つてなりませんでした。市野さんが帰つたあとで、わたくしは腹の立つのを通り越して、急に悲しくなつて来て、床几に腰をかけたまゝで涙ぐんでゐると、外から帰つて来た母が見つけて、どうして泣いてゐる、誰かと喧嘩《けんか》をしたのかと頻《しき》りに訊きましたけれども、わたくしはなんにも云ひませんでした。それはまあそれで済んでしまつたんですが、わたくしはどうも気になつてなりません。幽霊藻が女の肌に触れると、きつとその女に祟《たた》るといふことを考へると、おそろしいやうな悲しいやうな、いつそ早くそれを母や兄にでも打明けてしまつた方がよかつたんでせうが、それを云ふのさへも何だか怖いやうな気がしたもんですから、誰にも云はないで、ひとりで考へてゐるだけでした。あとでそれを市野さんに話しますと、それはお前の神経のせゐだと笑つてゐましたけれど、その晩わたくしは怖い夢をみたんです。わたくしの寝てゐる枕もとへ、白い着物をきて紫の袴《はかま》をはいた美しい官女が坐つて、わたくしの寐顔をぢつと覗いてゐるので、わたくしは声も出せないほどに怖くなつて、一生懸命に蒲団《ふとん》にしがみ附いてゐるかと思ふと眼がさめて、頸《くび》のまはりから身体中《からだじゅう》が汗びつしよりになつてゐました。あくる朝はなんだか頭が重くつて、からだが熱《ほて》るやうで、なんとも云へないやうな忌《いや》な気持でしたが、別に寝るほどのことでもないので、やつぱり我慢して店に出てゐました。さあ、それからがお話なんです。よく聴いてください。』

わかい女が幽霊藻《ゆうれいも》の伝説に囚《とら》はれて、そんな夢に魘《おそ》はれたと云ふのは、不思議のやうで不思議でない。むしろ当《あた》りまへの事かも知れないと、僕は思つた。しかしそれからこの事件がどう発展するかと云ふことに興味をひかれて、僕も熱心に耳をかたむけてゐると、女はひと息ついて又語り出した。

『ところが、どういふわけか知りませんが、けふに限つて市野さんの来るのが待たれるやうな気がしてならないんです。逢《あ》つて昨日《きのう》の恨《うら》みを云はうといふわけでもなく、唯何《ただなん》となしに市野さんが待たれるやうな気がする。それが何故《なぜ》だか自分にもよく判らないんですが、なにしろ市野さんが早く来ればいゝと思つてゐると、その日はたうとう見えませんでした。わたくしはなんだか焦《じ》らされてゐるやうな気がして、妙《みよう》に苛々《いらいら》して、その晩はおち〳〵寐《ね》付《つ》かれなかつたもんですから、そのあしたになると頭が猶《なお》さら重いやうな、その癖にやつぱり苛々して、今日も市野さんの来るのを待つてゐたんです。すると、その日も市野さんは来てくれないので、わたくしはいよ〳〵焦《じ》れつたくなつて、居ても立つてもゐられないやうな心持になつてしまひました。今考へると、まつたく夢のやうです。日がくれて行《ぎよう》水《ずい》を使つて、夕御飯をたべてしまつて、店の先にぼんやり突つ立つてゐるうちに、ふと胸に泛《うか》んだのは若《もし》や市野さんが夜釣に来てゐやあしないかと云ふことで、一昨日《おととい》来たときに、どうも此頃《このごろ》は暑いから当分は夜釣にしようかと云つてゐたから、もしや今頃出かけて来てゐるかも知れない。さう思ふと糸に引かれたやうに、わたくしは急にふら〳〵と歩き出して、川の堤《どて》の上まで行つてみると、その晩も今夜のやうに真暗《まつくら》で、たつた一人、芒《すすき》のなかに小さい提灯《ちようちん》をつけてゐる夜釣の人がみえたので、そつと抜足《ぬきあし》をして近寄つてみると、それはまるで人ちがひのお爺《じい》さんなので、わたくしは無暗《むやみ》に腹が立つて、いつそ石でも抛《ほう》り込んで驚かして遣《や》らうかと思つたくらゐでした。仕方がないから、又ぼんやりと引返して来ると、堤《どて》のなかほどで又ひとつの火がみえました。今度のは巡査が持つてゐるやうな角燈《かくとう》で、だん〳〵に両方が近寄ると、かた手にその火を持つて、片手は長い釣竿《つりざお》を持つてゐるのは……。たしかに市野さんだと判つたときに、わたくしは夢中で駈けて行つて、だしぬけに市野さんに抱きついて、その胸のあたりに顔を押附けて、子供のやうにしく〳〵泣き出しました。なぜ泣いたのか、それは自分にも判りません。唯《ただ》なんだか悲しいやうな心持になつたんです。』

『その晩おそくなつて、わたくしは家《うち》へ帰りました。』と、女は云つた。『今頃までどこを遊びあるいてゐたと、母や兄から叱られましたが、わたくしはなんにも云ひませんでした。とても正直に云へることぢやあないからです。それから一日置き、二日おきぐらゐに、日が暮れてから川端《かわばた》へ忍《しの》んで行《ゆ》きますと、いつでも約束通りに市野さんが来てゐました。かうして、たび〳〵逢つてゐるうちに、母や兄がわたくしの夜遊びをやかましく云ひ出して、一体どこへ出かけて行くのだと詮議《せんぎ》するので、所詮《しよせん》自分の家《うち》にゐては思ふやうに逢ふことも出来ないから、いつそ何処《どこ》へか奉公に出ようと思つたんですが、それも母や兄が承知してくれないので、市野さんと相談の上でわたくしは到頭《とうとう》無断で家を飛び出してしまひました。と云つて、市野さんもまだ親がかりの身《み》の上《うえ》で、わたくしを引取つてくれると云ふわけにも行かないのは判り切つてゐますから、ふたりが又相談の上で、わたくしは熊本に近い町へ茶屋奉公に出ることになりました。そのときに三十円ばかりのお金をうけ取つたんですが、世話をしてくれた人の礼金に十円ほど取られて、残りの二十円を市野さんとわたくしとで二つ分けにしました。初めの約束では少《すく》なくも月に五六度ぐらゐは逢ひに来てくれる筈《はず》でしたが、市野さんは大嘘《おおうそ》つきで、その後《ご》たゞの一度も顔をみせないといふ始末。おまけにその茶屋といふのが料理は附けたりで、まるで淫売宿《いんばいやど》みたやうな家《うち》ですから、その辛《つら》いことお話になりません。ひと思ひに死んでしまはうと思つたこともありましたが、やつぱり市野さんに未練があるので、そのうちには来てくれるかと、頼みにもならないことを頼みにして、兎《と》もかくも明る年の三月頃まで辛抱《しんぼう》してゐると、家《うち》の方《ほう》からは警察へ捜索願ひを出したもんですから、たうとうわたくしの居所が知れてしまつて、兄がすぐに奉公先へたづねて来て、わたくしを連れて帰つてくれました。それでわたくしも辛《つら》い奉公が助かり、恋しい市野さんの家《うち》のそばへ帰ることも出来ると思つて、一旦《いつたん》はよろこんでゐたんですが、帰つてみると何《ど》うでせう。わたくしのゐないあひだに市野さんは自分の家《うち》を出て、福岡とかの薬学校《やくがつこう》へ這入つてしまつたと云ふことで、わたくしも実にがつかりしました。そんならせめて郵便の一本も遣《よこ》して、かう〳〵いふわけで遠方《えんぽう》へ行《ゆ》くぐらゐのことは知らしてくれても好《い》いぢやありませんか。随分薄情な人もあるものだと、わたくしも呆《あき》れてしまふほどに腹が立ちました。何《なん》ぼこつちが小娘だからと云つて、あんまり人を馬鹿にしてゐると、ほんたうに口惜《くやし》くつてなりませんでした。ねえ、あなた、無理もないでせう。』

少女を弄《もてあそ》んで、更《さら》にそれを曖昧茶屋《あいまいぢやや》へ売り飛ばして、素知らぬ顔で遠いところへ立去つてしまふなどは、まつたく怪《け》しからぬことに相違ない。市野にそんな古疵《ふるきず》のあることを僕は今まで些《ちつ》とも知らなかつたが、かれの所行《しよぎよう》に対してこの女が憤慨《ふんがい》するのは無理もないと思つた。

『市野はそんなことを遣《や》つたんですか。おどろきましたね。まつたく不都合《ふつごう》です。』と、僕も同感するやうに云つた。

『わたくしも其時《そのとき》には実に口惜《くやし》かつたんです。けれども、家《うち》へ帰つて十日《とおか》半月《はんつき》とおちついてゐるうちにわたくしの気もだん〳〵に落着いて来て、あんな男にだまされたのは自分の浅慮《あさはか》から起つたことで、今更なんと思つても仕様がない。あんな男のことは思ひ切つて、これから自分の家《うち》でおとなしく働きませうと、すつかり料簡《りようけん》を入れかへて、以前の通りに店の手伝ひをしてゐると、ある晩のことです。わたくしはまた怖い夢をみたんです。丁度去年の夢と同じやうに、白い着物をきて紫の袴をはいた官女がわたくしの枕もとへ来て、寝顔《ねがお》をぢつと覗いてゐる。その夢がさめると汗びつしよりになつてゐる。そのあしたは頭が重い。すべて前の時とおなじことで、自分でも不思議なくらゐに市野さんが恋しくなりました。一旦思ひ切つた人がどうして又そんなに恋しくなつたのか、自分にもその理窟は判らないんですが、唯むやみに恋しくなつて、もう矢も楯もたまらなくなつて、たうとう福岡まで市野さんをたづねて行く気になつたんです。飛んだ朝顔《あさがお》ですね。そこで、あと先の分別もなしに町の停車場まで駈けつけましたが、さて気がついてみると汽車賃がない。今さら途方にくれてうろ〳〵してゐると、そこに居あはせた商人風《あきんどふう》の男がわたくしに馴々《なれなれ》しく声をかけて、色々のことを深切《しんせつ》さうに訊きますので、苦労はしてもまだ十五のわたくしですから、うつかり相手に釣込まれて、これから福岡まで行きたいのだが汽車賃をわすれて来たといふ話をすると、その男はひどく気の毒さうな顔をして、それは定めてお困りだらう。実はわたしも福岡まで行くのだから、一緒に切符を買つてあげようと云つて、わたくしを汽車に乗せてくれました。わたくしは馬鹿ですから好《い》い気《き》になつて連れられて行くと、汽車がある停車場に停まつて、その男がこゝで降りるのだと云ふ。福岡にしては何だか近過ぎるやうだと思ひながら、そのまゝ一緒に汽車を出ると、男は人力車を呼んで来て、わたくしを町はづれの薄暗い料理屋へ連れ込みました。去年の覚えがあるので、あつと思ひましたが既《も》う仕方がありません。福岡といふのは嘘で、福岡まではまだ半分も行かない途中の小さい町で、こゝも案の通りの曖昧茶屋でした。おどろいて逃げ出そうとすると、そんなら汽車賃と車代を返して行けといふ。どうにも斯《こ》うにも仕様がないので、たうとう又こゝで辛《つら》い奉公をすることになつてしまひました。それでもあんまり辛いので三月《みつき》ほど経つてから兄のところへ知らせてやると、兄が又すぐに迎ひに来てくれました。』

女の話はなか〳〵長いが、おなじやうなことを幾度もくり返すのも煩《うる》さいから、掻摘《かいつま》んでその筋道を紹介すると、女は再び故郷の村へ帰つて、今度こそは辛抱する気でおちついてゐると、また例の官女が枕もとへ出て来る。さうすると無暗《むやみ》に市野が恋しくなる。我慢が仕切れなくなつて又とび出すと、途中でまた悪い奴に出逢つて、暗い魔窟《まくつ》へ投げ込まれる。さういふことが度重《たびかさ》なつて仕舞には兄の方でも尋ねて来ない。こつちからも便りをしない。音信不通《いんしんふつう》で幾年《いくねん》を送るあひだに、女は流れ〳〵て門司《もじ》の藝妓《げいしや》になつた。曖昧茶屋の女が、兎《と》もかくも藝妓になつたのだから、かれとしては幾らか浮《うか》み上つたわけだが、その中《うち》にかれは悪い病《やまい》にかゝつた。一種の軽い花柳病《かりゅうびょう》だと思つてゐるうちに、だん〳〵にそれが重《おも》つて来るらしいので、抱主《かかえぬし》もかれに勧め、かれ自身もさう思つて、久しぶりで兄のところへ便りをすると、兄の良次はまた迎ひに来てくれた。さうして抱主も承知の上で、一先《ひとま》づ実家へ帰つて養生することになつて、七月の十二日に六年ぶりで故郷に近い停車場に着いた。

僕とおなじ馬車に乗込んだのは其時のことで、それは前にも云つた通りだ。

五

その後《ご》のことに就《つい》て、おむつといふ女はかう説明した。

『御存じの通り、途中で馬車の馬が倒れて、あなた方がその介抱をしてゐるうちに、わたくしはどこへか姿を隠してしまひましたが、あれは初めから巧《たく》んだことでも何でもないので、わたくしは勿論兄と一緒に帰る積《つも》りだつたんです。ところが、途中まで来ると、路《みち》ばたの百姓家に腰をかけて何か話してゐる人がある。それが確かに市野さんに相違《そうい》ないんです。十四のときに別れたぎりですけれど、わたくしの方ぢやあ決して忘れやあしません。馬車の窓からそれを見て、わたくしがはつと思ふ途端に、まあ不思議ですね、馬車の馬が急に膝を折つて倒れてしまひました。それから皆《みん》ながが騒いでゐるうちに、わたくしは窃《そつ》と抜けて行つて、だしぬけに市野さんの前へ顔を出すと、こつちの姿がまるで変つてゐるので、男の方ぢやあ直《すぐ》には判らなかつたらしいんですが、それでもやう〳〵に気がついて、これは久振りだと云ふことになりました。けれども、こんなところを兄に見付けられてはいけないと云ふので、市野さんはわたくしを引張つて、その家《うち》のうら手の方へまはると、そこには唐蜀黍《とうもろこし》の畑があるので、その唐もろこしの蔭にかくれてしばらく立話をしてゐるうちに、馬の型《かた》が付いて、あなたと兄は歩き出したので、それを遣《や》り過《すご》して、わたくし共はあとからゆつくり帰つて来たんです。その途中で、市野さんと色々話し合ひましたが、あの人はその後に薬学校を卒業して、薬剤師の免状を取つて、自分の家へ帰つて立派に商売をしてゐるさうで、昔のことをひどく後悔してゐると云つて、しきりに言訳をしたり、あやまつたりするので、過ぎ去つたことを今更執念《いまさらしゆうねん》ぶかく云つても仕方がないと思つて、わたくしももう堪忍《かんにん》して遣《や》ることにしました。市野さんはわたくしの病気を気の毒がつて、それも昔に遡《さかのぼ》ればやつぱり自分から起つたことだと云つて、わたくしが家《うち》へ帰つてゐるあひだは幾らかの小遣《こづかい》を送つてくれるやうに云つてゐました。

それでその時は無事に別れて、わたくしは兄よりも一足おくれて家《うち》へ帰りましたが、わたくしの病気は重いと云つても、どつと寝てゐる様な訳でもないので、あくる朝、ひさし振りに川の堤《どて》へあがつて、芒《すすき》のなかをぶら〳〵歩ゐてゐると、足もとに近い水の上に薄白と薄むらさきの小さい花がぼんやりと浮いて流れてゐるのが眼につきました。幽霊藻《ゆうれいも》が相変らず咲いてゐると思ふと、不思議にそれが懐しいやうな気になつて、そこらに落ちてゐる木の枝を拾つて、その藻をすくひあげて、まあどういふ料簡でせう。その湿《ぬ》れた草を自分のふところへ押込んだのです。丁度七年前に、市野さんがわたくしの懐《ふところ》へ押込んだやうに……。その濡れて冷いのが、けふは肌にひやりとして、ひどく好《い》い心持なので、わたくしは着物の上から暫《しばら》くしつかりと抱きしめてゐるうちに、また急に市野さんが恋しくなつて来ました。前にも申す通り、わたくしは所々方々《しよしよほうぼう》をながれ渡つてゐる間、一度も市野さんに逢つたこともなく、今度帰つて来たからと云つて、再び撚《よ》りを戻さうなぞといふ料簡はなかつたんですが、この幽霊藻を抱いてゐるうちに、又むら〳〵と気が変つて、すぐに町まで行きました。さうして、市野さんを表へよび出すと市野さんは迷惑さうな顔をして出て来まして、お前のやうな女がたづねて来ては、両親の手前、近所の手前、わたしが甚《はなは》だ困るから用があるなら私の方から出かけて行くと云ふんです。では、今夜の七時頃までに尾花川《おばながわ》の堤《どて》まで来てくれと約束して別れて、その時刻に行つてみますと、約束通りに市野さんは来てゐました。向うではわたくしがお金の催促にでも行つたと思つたらしく、当座のお小遣にしろと云つて十五円くれましたが、わたくしはそれを押戻して、お金なぞは一文《いちもん》も要《い》らないから何《ど》うぞ元々通りになつてくれと云ひますと、市野さんはいよ〳〵迷惑さうな顔をして、なんともはつきりした返事をして聞かせないんです。それでその晩は有耶無耶《うやむや》に別れてしまつたんですが、わたくしの方では何《ど》うしても諦められないので、一日置きに町の病院まで通《かよ》つて行くのを幸ひに、その都度《つど》きつと市野さんの店へたづねて行つて、男を表へよび出して、どうしても元々通りになつてくれと煩《うるさ》く責めるので、市野さんもよく〳〵持て余したとみえて、今夜も尾花川の堤《どて》へ来て、いよ〳〵何とか相談をきめると云ふことになりました。

　日の暮れかゝるのを待ちかねて、わたくしは堤《どて》の芒《すすき》をかきわけて行くと、あなたが先に来て釣をしておいでなさる。そこがいつも市野さんと逢ふ場所なので、よんどころなく芒のかげにかくれて、市野さんの来るのを待つてゐると、やがて遣つて来て、しばらくあなたと話してゐるので、わたくしも焦《じ》れつたくなつて、芒のかげから顔を出すと、市野さんも気がついて好い加減にあなたに挨拶して別れて、わたくしと一緒に川下《かわしも》の方へ行くことになりました。市野さんはお前がそれほどに云ふならば元々通りになつても好い。いつそ両親にわけを話して、表向きに結婚しても好《い》い。しかし今のやうに病院通ひの身の上では困る。先《ま》づその悪い病気を癒《なお》してしまつた上でなければ、何《ど》うにもならない。就《つい》ては、おまへの病毒は普通の注射ぐらゐでは癒らない。わたしが多年研究してゐる秘密の薬剤があつて、それを飲めば屹《きつ》と癒るから、ふた月ほども続けて飲んでくれないかと云ふんです。わたくしはすぐに承知して、えゝ、そんな薬があるならば飲みませうと云ふと、市野さんは袂《たもと》から小さい粉薬《こぐすり》の壜《びん》を出して、これは秘密の薬だから決して人に見せてはいけない、飲んでしまつたら空壜《あきびん》を川のなかへ抛《ほう》り込んでしまへと云ふ。その様子がなんだか怪《あや》しいので、わたくしは片手で男の袖をしつかり摑《つか》んで、あなた、ほんたうにこの薬を飲んでもいゝんですかと念を押すと、市野さんはすこし顫《ふる》え声になつて、なぜそんなことを訊くのだと云ひますから、わたくしは摑んでゐる男の袖を強く引つ張つて、あなた、これは毒薬でせうと云ふと、市野さんはいよ〳〵顫へ出して、もうなんにも口が利《き》けないんです。

今夜こそは最後の談判で、相手の返事次第でこつちにも覚悟があると、わたくしは家を出るときから帯のあひだに剃刀《かみそり》を忍ばせてゐましたので、畜生《ちきしよう》と唯《ただ》ひと言云つたばかりで、いきなりにその剃刀で男の頸筋《くびすじ》から喉《のど》へかけて力まかせに斬り附けると、相手はなんにも云はずにぐつたりと倒れてしまひました。それでもまだ不安心ですから、そのからだを押転《おしころ》がして、川のなかへ突き落《おと》して置いて、自分もあとから続いて飛び込まうと思ひましたが、また急にかんがへ直して、町の警察へ自首するつもりで暗い路《みち》をひとりで行く途中、丁度あなたにお目にかゝつたんです。飛んだ者と道連れになつて、さだめし御迷惑でございませうが、実は警察がどの辺にあるか存じませんので、あなたに御案内を願ひたいのでございます。』

女の話は先《ま》づこれで終つた。

実際、僕も迷惑を感じないでもなかつたが、さりとて冷《ひや》やかに拒絶するにも忍びないやうな気がしたので素直に承知して警察まで一緒に行くことになつた。その途中で、女は又こんなことを云つた。

『ゆうべも、いつもの官女が枕もとへ来ました。』

水中の幽鬼《ゆうき》の影が女のうしろに附き纏《まと》つてゐるやうにも思はれて、気の弱い僕は又ぞつとした。

尾花川堤《おばながわづつみ》の人殺しは、狭い町の大評判になつた。殊《こと》にその加害者が藝妓《げいしゃ》といふのだから、その噂はいよ〳〵高くなつた。その当夜、現場《げんじょう》で被害者に出逢つたのは僕ひとりで、又一方には加害者を警察まで送つて来た関係もあるので、僕は唯一《ゆいいつ》の参考人として警察へも幾たびか呼び出された。予審判事《よしんはんじ》の取調べも受けた。そんなわけで、九月の学期が始まる頃になつても、僕は上京を延引《えんいん》しなければならないことになつた。

十月になつて、僕はいよ〳〵上京したが、彼《か》の女《おんな》の裁判はまだ決定しなかつた。あとで聞くと、あくる年の四月になつて、刑の執行猶予《しっこうゆうよ》を申渡されて、無事に出獄したさうだ。裁判所の方でも色々の情状を酌量《しゃくりょう》されたらしい。

しかし彼《か》の女《おんな》は無事ではなかつた。家《うち》へ帰る頃には例の病《やまい》がだん〳〵重くなつて、それから二月《ふたつき》ほどもどつと床《とこ》に着いてゐたが、六月末《すえ》の雨のふる晩に寝床《ねどこ》を這い出して、尾花川の堤《どて》から身を投げてしまつた。人殺しの罪を償《つぐな》うためか、それとも病苦に堪《た》へない為か、それらを説明するやうな書置なども残してなかつた。

あくる日、その死体は川下で発見されたが、こゝに伝説信仰者のたましひを脅《おびや》かしたことである。その死体には彼《か》の幽霊藻が一面にからみ附いて、さながら網にかゝつた魚《うお》のやうに見えたと云ふことだ。

馬来《マレイ》俳優の死

『蝦《えび》の天ぷら、菜《な》のひたしもの、蠣鍋《かきなべ》、奴豆腐《やつこどうふ》、蝦と鞘豌豆《さやえんどう》の茶碗《ちやわん》もり——斯《こ》ういふ料理をテーブルの上にならべられた時には、僕もまつたく故郷へ帰つたやうな心持《こころもち》がしましたよ。』と、N《エヌ》君は笑ひながら話し出した。

N君は南洋貿易の用件を帯びて、新嘉坡《シンガポール》からスマトラの方面を一周して、半年ぶりで先月帰朝したのである。その旅行中に何か面白い話はなかつたかといふ問《とい》に対して、かれは先《ま》づ新嘉坡の日本料理店に於《お》ける食物《しよくもつ》の話から説《と》き出したのであつた。新嘉坡には日本人経営のホテルもある。料理店もある。さうして日本内地にある時とおなじやうな料理を食《く》はせると、N君は先づその献立《こんだて》をならべて置いて、それから本文《ほんもん》の一種奇怪な物語に取りかゝつた。

料理のことは勿論この話に直接の関係はないのだが、英領植民地の新嘉坡といふ土地は先《ま》づこんなところであると云ふことを説明するために、ちよいと其の献立書《こんだてがき》をならべただけのことだ。その料理店で、久振りで日本らしい飯《めし》を食つて――なにしろ、僕は馬来《マレイ》半島を三四ケ月《つき》もめぐり歩いてゐた挙句《あげく》だから日本の飯《めし》も恋しくなるさ。まつたく其時《そのとき》は旨《うま》かつたよ。――それから夜の町をぶら〳〵見物に出てゆくと、町には演劇《えんげき》が興行中であるらしく、そこらの辻《つじ》びらのやうなものを見受けたので、僕も一種の好奇心に釣られて、その劇場のある方角《ほうがく》へ足をむけた。実を云ふと、僕はあまり演劇《しばい》などには興味を有《も》つてゐないのだが、まあどんなものか、一度は話の種《たね》に見物して置《お》かうぐらゐの料簡《りようけん》で、兎《と》もかくも劇場の前に立つて見ると、その前には幾枚も長い椰子《やし》の葉が立てゝある。日本の劇場の幟《のぼり》の格《かく》だね。なるほどこれは南洋らしいと思ひながら、入場料は幾らだと訊《き》くと、一等席が一弗《ドル》だといふ。その入場券を買つて這入《はい》ると、建物はあまり立派でないが、土人七分、外国人三分と云ふ割合で殆《ほとん》ど一杯の大入《おおいり》であつた。

　英文で印刷されたプログラムに因《よ》つて、その狂言がアラビアン・ナイトであることを知つたが、登場俳優はみなスマトラの土人ださうで、なにを云つてゐるのか僕等には些《ちつ》とも判《わか》らなかつた。幕のあひだには土人の少年がアイスクリームやレモン水などを売りに来るので、僕もレモン水を一杯のんで、夜の暑さを凌《しの》ぎながら二幕《ふたまく》ばかりは神妙《しんみよう》に見物してゐたが、話の種《たね》にするならもうこれで十分だと思つたので、僕もそろ〳〵帰らうとしてゐると、一人の男がだしぬけに椅子のうしろから僕の肩を叩いた。

『あなたも御見物《ごけんぶつ》ですか。』

ふり返つて見ると、それはこの土地で日本人が経営してゐる××商会の早瀬《はやせ》君であつた。早瀬君はまだ二十五六の元気のいゝ青年で、こゝへ来てから僕も二三度逢つたことがある。彼はもうこの土地に三年も来てゐるので、馬来《マレイ》語も一通りは判るのであるが、それでも妙に節《ふし》をつけて歌ふやうな演劇《しばい》の台詞《せりふ》は碌《ろく》に判らないとのことであつた。

『あなたは終《しま》ひまで御見物ですか。』と、早瀬君はまた訊いた。

『いや、どうで判らないんですから、もう好《い》い加減にして帰らうかと思ひます。』と、僕は顔の汗を拭《ふ》きながら答へた。

『なにしろ暑いんですからね。新嘉坡《シンガポール》といふところは演劇《しばい》の土地ぢやありませんよ。わたし達もほかに遊びどころが無いから、まあ時間つぶしに出かけて来るんです。ぢやあ、どうです。表《おもて》へ出て涼みながら散歩しようぢやありませんか。』

僕もすぐに同意して表へ出ると、二月下旬の夜の空には赤い星が一面に光つてゐた。これから三月四月の頃が新嘉坡では最も暑い時季であると、早瀬君はあるきながら説明してくれた。

『土地の人は暑いのに馴れてゐるせゐですか、演劇《しばい》もなか〳〵繁昌しますね。』と、僕はうしろを振返りながら云つた。

『えゝ、今度の興行は外《はず》れるだらうと云つてゐたんですが、案外に景気が好《い》いやうです。』と、早瀬君は云つた。『なにしろ、一座の人気者がひとり減つたもんですからね。』

『死んだのですか。』

『まあ、さうでせうね。いや、確《たしか》なことは誰にも判らないんですが、まあ死んだといふのが本当でせうね。御承知の通り、あの演劇は馬来《マレイ》俳優の一座で、一年に三四回ぐらゐはこゝへ廻つて来るんです。その一座の中にアントワーリース――土人の名は云ひにくいから、簡短にアンと云つて置きます。――そのアンと云ふのはまだ十九か廿歳《はたち》で、土人にはめづらしい色白の綺麗な俳優で、なんでも本当の土人ではない、土人と伊太利人《イタリーじん》との混血児だとかいふ噂でしたが、なにしろ声も佳《い》い、顔も美しいといふので、それが一座の花形で、土人は勿論、外国人のあひだにも非常に評判がよかつたのです。ところが今度の興行にはアンの姿が舞台に見えないので、失望する者もあり、不思議に思ふ者もあつて、色々詮議してみると、アンはゆくへ不明になつてしまつたと云ふことが確《たしか》められたんです。では、どうしてゆくへ不明になつたかと云ふと、それには又不思議な話があるんです。』

若い美しい俳優の死――それは僕の好奇心をまた唆《そそ》つて、熱心に耳を傾《かたむ》けさせた。早瀬君は人通りの少《すくな》い海岸通りの方へ足をむけながら話しつゞけた。

『アンは去年の三月頃こゝへ廻つて来たときに、ある白人の女と親しくなつたんです。その女は西班牙人《スペインじん》で、あまり評判のよくない、一種の高等淫売《いんばい》でもしてゐるやうな噂のある女でしたが、年は二十七八で容貌《きりよう》はなか〳〵佳《い》い。それがひどくアンに惚れ込んで、どうして近付いたか知れないが、たうとう二人のあひだには恋愛関係が結び付けられてしまつたんです。さあ、さうすると、両方とも夢中になつてしまつて、殊《こと》にアンは年上でこそあれ、白人の美しい女と恋したので、いくらか持つてゐた貯金もみんな使つてしまふ、女の方でも殆《ほとん》ど盲目的に逆上《のぼ》せあがつて、腕環《うでわ》や指環《ゆびわ》を売り飛ばして逢曳《あいびき》の費用を作るといふ始末で、男も女もしまひには裸になつてしまつたんです。一座がこゝの興行を終《おわ》つて、半島の各地を打ち廻つてゐるあひだも、女はアンのあとを何処《どこ》までも追つて行つて、どうしても離れようとしない。一座の者も心配して、アンに意見もしたさうですが、年上の女に執念《しゅうねん》ぶかく魅《みこ》まれたアンは、誰がなんと云つても思ひ切らうとはしない。それから五月頃に再び新嘉坡《シンガポール》に来て、更《さら》に地方巡業に出て、九月頃にまた来て、また地方巡業に出る。それを繰返してゐる間《あいだ》も、女はいつでも影のやうにアンに附《つ》き纏《まと》つてゐて、二人の恋はいよ〳〵熱烈の度をますばかりで、周囲の者も手のつけ様《よう》がなかつたさうです。いくら人気者だの花形だのと云つても、アンは多寡《たか》がスマトラの土人俳優ですから、その取り前も知れたものです。それが白人の女をかゝへて歩くのですから、とても舞台で稼《かせ》ぐだけでは足りる筈《はず》がありません。一座の者には勿論、世間にもだん〳〵に不義理の借金も嵩《かさ》んで来て、もう二進《にっち》も三進《さっち》も行かなくなつたんです。』

云ひかけて、早瀬君は突然に僕に訊いた。

『あなたはこの新嘉坡の歴史を御存じですか。』

僕もあまり委《くわ》しいことは知らない。しかしこの土地はその昔、土人の酋長《しゅうちょう》によつて支配せられ、支那の明朝《みんちょう》に封《ほう》ぜられて王となつて、爾来《じらい》引きつゞいて燕京《えんけい》に入貢《にゅうこう》してゐたが、後《のち》に暹羅《シャム》に併合せられた。それを又、土人の柔佛《じゅうぶつ》族の酋長が恢復して、しばらく此《こ》の柔佛族によつて統治されてゐるうちに、千八百十九年に英国東印度《えいこくひがしいんど》会社から派遣されたトーマス・スタムフオード・ラツフルスがこゝを将来有望の地と認めて、柔佛の王と約束して一時金六十万弗《ドル》と別に年金二万四千弗づつを納めることにして、遂《つい》に英国の国旗の下《もと》に置いたのである。これだけのことは郵船会社の案内記にも書いてあるので、僕はその受売《うけうり》をして聞かせると、早瀬君はうなづいた。

『さうです、さうです。わたしも其《それ》以《い》上《じょう》のことはよく知りませんが、今もあなたが仰《おっ》しやつた柔佛の王——朱丹《しゅたん》といふさうです。——それがこの事件に関係があるんです。勿論、ラツフルスがこの土地を買収したのは、今から百年ほどの昔で、その当時の朱丹が生きてゐる筈はないんですが、その魂《たましい》はまだ生きてゐたとでも云ひませうか。なにしろ、アンがゆくへ不明になつたのは、その朱丹の墓に関係があるんです。』

『墓をあばきに行つたんぢやありませんか。』と、僕は中途から喙《くち》を容《い》れた。

『まつたく其《その》通りです。アンがなぜそんなことをしたかと云ふと、こゝらの土人の間には斯《こ》ういふ伝説が残つてゐるんです。この土地を英国人に売渡した柔佛の朱丹は、ラツフルスから受取つた六十万弗《ドル》の中から二十万弗を同種族のものに分配して、残る十万弗で自分の墳墓《ふんぼ》を作つた。自分は英国から二万四千弗の年金を受けてゐるので、それで生活に不足はない。差引き三十万弗だけは自分の死ぬまで手を着けずに大事にしまつて置いて、いよ〳〵死ぬといふ時に、堅固な鉄の函《はこ》の底《そこ》にその三十万弗を入れて自分の墳墓の奥に葬らせた。この種族の習《ならい》とは云ひながら生前に十万弗も費《ついや》して広大な墳墓を作らせて置いたといふのも、その三十万弗の金を自分の屍《しかばね》と一緒に永久に保護して置かうといふ考へであつたらしく、その墓は向う岸のジヨホール州の奥の方にあるさうです。わたしは一度も行つて見たことはありませんが、熱帯植物の大きい森林の奥にあつて、案内を知つてゐる土人ですらも滅多に近寄ることの出来ないところだと云ひます。まだそればかりでなく、朱丹はその臨終《りんじゆう》の際にかう云ふことを云ひ残したと伝へられてゐます。――おれの肉体は滅びても霊魂は決して亡びない。おれの霊魂はいつまでも自分の財《たから》を守つてゐる。万一おれの墳墓をあばかうとする者があれば、忽《たちま》ちに生命をうしなつて再び世に帰ることは出来ないと思へ。――この遺言に恐れを懐《いだ》いて、見す〳〵そこに三十万弗の金が埋められてあるとは知りながら、慾のふかい土人も迂闊《うかつ》に近寄ることが出来ないで、今日までその墳墓は何者にも犯されずに保存されてゐるのです。なんでも七八年前に、こゝに駐屯してゐる英国の兵士たちの間にその話がはじまつて、慾得の問題は兎も角も、一種の冒険的の興味から三人の兵士がその森林の奥へ踏み込んでゆくと、果してそこに朱丹の墳墓が見出された。入口にはやう〳〵人間のくゞれるくらゐの小さい穴があるので、三人は犬のやうにその穴から這つて行くと、路《みち》はだん〳〵に広くなると同時に、だん〳〵に地の底へ降りて行くやうに出来てゐて、およそ五十尺ほども降りたかと思ふころに初めて平地に行き着いたと云ひます。あたりは勿論真暗で、手さぐりで辿つて行かなければならない。こゝまで来ると、一人の兵士は、急になんだか怖《おそろ》しくなつて、もうこゝらで引返さうと云ひ出したが、他の二人はなか〳〵肯《き》かない。結局その一人がそこに立竦《たちすく》んでゐるあひだに、二人は探りながら奥の方へ進んで行つた。それがいつまで待つても帰つて来ないので、一人はいよ〳〵不安になつて、大きい声で呼んでみたが、その声は暗いなかで反響するばかりで二人の返事はきこえない。云ひ知れない恐怖に襲はれて、一人は他の二人の運命を見さだめる勇気もなしに、早々に元来た路を這ひあがつて、初めて墓の外のあかるい所へ出たがふたりは矢はり戻つて来ないので、たうとう堪らなくなつて森の外まで逃げ出してしまつたさうです。それが聯隊《れんたい》にきこえて、大勢の兵士が捜索に来たんですが、なんだか怖《おそろし》くなつて、奥の奥まで進んで行くことが出来ない、二人の兵士は結局どうしてしまつたのか判らないと云ふことです。』

『不思議な話ですね。』と、僕も息をつめて聴いてゐた。それと同時に、アンの運命も大《たい》抵《てい》想像されるやうに思はれた。

『こゝまでお話しすれば大抵お判りでせう。』と、早瀬君も云《そその》つた。『アンは金に困つた苦しまぎれに、自分から思ひ立つたのか、あるひは女に唆かされたのか、いづれにしても朱丹の墓から彼《か》の三十万弗を盗み出さうとして、十一月の初め頃に、女と一緒に森林の奥へ忍んで行つたんです。朱丹の霊魂がその財《たから》を守つてゐる――その伝説をアンは無論に知つてゐたでせうし、又それを信じてゐたでせうが、恋に眼の眩《くら》んでゐる彼はその怖《おそろ》しいのも忘れてしまつて、いや、怖しいと思ひながらも、金がほしさに最後の決心を固めたのでせう。女はあやぶんで切《しき》りに止めたのを、アンは肯《き》かずに断行したんださうですが、それはどうだか判りません。兎《と》もかくも女のいふ所によると、二人は墓の入口まで行つて、アンが先づ忍び込んだ。女はしばらく入口に待つてゐたんですが、男の身の上がなんだか不安に感じられるのと、自分も一種の好奇心に駆られたのとで、あとから窃《そつ》と忍び込んだが、やはり地の底へゆき着いたかと思ふころに、急に総身がぞつとして思はずそこに立竦《たちすく》んでしまつたが、男はいつまで待つてゐても戻つて来ない、呼んでみても返事がない。いよ〳〵怖しくなつて逃げ出して来たがアンはどうしても戻らない。日のくれる頃から夜のあけるまで墓の前に突つ立つてゐたが、アンは矢はり出て来ないので、女は泣きながら人家《じんか》のある方へ引返して来て、そのことを土人に訴へたが、土人は恐れて誰も捜索に行かうともしないので、女はます〳〵失望して、日本人の経営してゐる護謨園《ごむえん》まで駈け付けて、どうか男を救ひ出してくれと哀願したので、こゝに初めて大騒ぎになつて、白人と日本人と支那人が大勢駈け出して行つたものゝ、さて思ひ切つて墓の奥まで踏み込まうといふ勇者もない。警察でもどうすることも出来ない。結局アンは彼《か》の兵士達とおなじやうに、朱丹の墳墓の中に封じ籠《こ》められてしまつたんです。あるひは奥の方に抜道があるのではないかるといふ説もありますが、以前の兵士も今度のアンもことぐ〳〵く其姿をあらはさないのを見ると、矢はり彼《か》の朱丹が予言した通り、再び世には出られないのかも知れませんよ。』

『女はそれから何《ど》うしました。』

『どうしたかよく判りません。なんでも新嘉坡《シンガポール》を立去つて、香港《ホンコン》の方へ行つたとか云ふことでした。なにしろアンは可哀相《かわいそう》なことをしました。彼《かれ》も恋に囚はれなければ、今夜もこの舞台に美しい姿をみせ、美しい声を聞かせることが出来たんでせうに……。』

『その墓へ這入つた者はみんな窒息するんでせうか。』と、僕は考へながら云つた。

『さあ。』と、早瀬君も首をかしげてゐた。『わたしにも確《たし》かな判断は付きませんが、こゝらにゐる白人のあひだでは専《もつぱ》らこんな説が伝へられてゐます。柔佛の王は自分の遺産を守るために、腹心の家来どもに命令して、無数の毒蛇《どくじや》を墓の底に放して置いたのだらうと云ふんです。して見れば、そこに棲《す》んでゐる毒蛇の子孫の絶えないあひだは、朱丹の遺産が恙《つつが》なく保護されてゐるわけです。実際、印度やこゝらの地方には怖しい毒蛇が棲んでゐますからね。』

云ふうちに、大粒の雨が二人の帽子の上にばら〳〵と降《ふ》つて来た。

『あゝ、シャワーです。強く降らないうちに早く逃げませう。』

早瀬君は先に立つて逃げ出した。僕も帽子をおさへながら続いて駈け出した。

停車場《ていしやじよう》の少女

『こんなことを申上げますと、なんだか嘘らしいやうに思召《おぼしめ》すかも知れませんが、これはほんたうの事で、わたくしが現在出会つたのでございますから、どうか其思召《そのおぼしめし》でお聴きください。』

M《エム》の奥さんはかういふ前置をして、次の話をはじめた。奥さんはもう三人の子持で、その話は奥さんがまだ女学校時代の若い頃の出来事ださうである。

まつたくあの頃はまだ若《わこ》うございました。今考へますと、よくあんなお転婆《てんば》が出来たものだと、自分ながら呆《あき》れかへるくらゐでございます。併《しか》し又《また》かんがへて見ますと、今ではそんなお転婆も出来ず、又そんな元気もないのが、なんだか寂しいやうにも思はれます。そのお転婆の若い盛りに、あとにも先にも唯《た》つた一度、わたくしは不思議なことに出逢ひました。そればかりは今でも判《わか》りません。勿論、わたくし共《ども》のやうな頭の古いものには不思議のやうに思はれましても、今の若い方達には立派に解釈が付いていらつしやるかも知れません。したがつて『あり得《う》べからざる事《こと》』などといふ不思議な出来事ではないかも知れませんが、前にも申上げました通り、わたくし自身が現在立会つたのでございますから、嘘や作り話でないことだけは、確《たしか》にお受合《うけあ》ひ申します。

日露戦争が済んでから間もない頃でございました。水澤《みずさわ》さんの継子《つぎこ》さんが、金曜日の晩にわたくしの宅《たく》へおいでになりまして、明後日《あさって》の日曜日に湯河原《ゆがわら》へ行《ゆ》かないかと誘つて下すつたのでございます。継子さんの阿兄《おあにい》さんは陸軍中尉で、奉天《ほうてん》の戦ひで負傷して、しばらく野戦病院に這入《はい》つてゐたのですが、それから内地へ後送《こうそう》されて、矢《や》はりしばらく入院してゐましたが、それでも負傷はすつかり癒《なお》つて二月のはじめ頃から湯河原へ転地してゐるので、学校の試験休みのあひだに一度お見舞に行きたいと、継子さんはかね〲云つてゐたのですが、いよ〱明後日の日曜日に、それを実行することになつて、ふだんから仲《なか》の好《い》いわたくしを誘つて下すつたといふわけでございます。とても日帰りといふ訳には行きませんので、先方に二晩泊つて、火曜日の朝帰つて来るといふことでしたが、修学旅行以外には滅多《めった》に外泊したことの無いわたくしですから、兎《と》もかくも両親に相談した上で御返事をすることにして、その日は継子さんに別れました。

それから両親に相談いたしますと、おまへが行きたければ行つても好《い》いと、親達もこゝろよく承知してくれました。わたくしは例のお転婆でございますから、大よろこびで直《すぐ》に行くことにきめまして、継子さんとも改めて打合せた上で、日曜日の午前の汽車で新橋《しんばし》を発《た》ちました。御承知の通り、その頃はまだ東京駅はございませんでした。継子さんは熱海《あたみ》へも湯河原《ゆがわら》へも旅行した経験があるので、わたくしは唯《ただ》おとなしくお供《とも》をして行けば好いのでした。

お供と云つて、別に謙遜の意味でも何でもございません。まつたく文字通りのお供に相違ないのでございます。と云ふのは、水澤継子さんの阿兄《おあにい》さん――継子さんもそう云つてゐますし、わたくし共《ども》も矢《や》はりさう云つてゐましたけれど、実はほんたうの兄《あに》さんではない、継子さんとは従兄妹同士《いとこどうし》で、ゆく〳〵は結婚なさるといふ事をわたくしも予《かね》て知つてゐたのでございます。その阿兄さんのところへ尋ねて行く継子さんはどんなに楽《たのし》いことでせう。それに附いて行くわたくしは、どうしてもお供といふ形でございます。いえ、別に嫉妬《やきもち》を焼くわけではございませんが、正直のところ、まあそんな感じが無いでもありません。けれども、又一方にはふだんから仲の好い継子さんと一緒に、たとひ一日でも二日でも春の温泉場《おんせんば》へ遊びに行くといふ事がわたくしを楽ませたに相違ありません。

殊《こと》にその日は三月下旬の長閑《のどか》な日で、新橋を出ると、もうすぐに汽車の窓から春の海が広々とながめられます。わたくし共の若い心はなんとなく浮立つて来ました。国府津《こうづ》へ着くまでのあひだも、途中の山や川の景色がどんなに私どもの眼や心を楽ませたか知れません。国府津から小田原《おだわら》、小田原から湯河原、そのあひだも二人は絶えず海や山に眼を奪はれてゐました。宿屋の男に案内されて、ふたりが馬車に乗つて宿に行《ゆ》き着《つ》きましたのは、もう午後四時に近い頃でした。

『やあ来ましたね。』

継子さんの阿兄《おあにい》さんは嬉しさうに私どもを迎へてくれました。阿兄さんは不二雄《ふじお》さんと仰《おつ》しやるのでございます。不二雄さんはもうすつかり癒《なお》つたと云つて、元気も大層よろしいやうで、来月中旬には帰京すると云ふことでした。

『どうです。わたしの帰るまで逗留《とうりゆう》して、一緒に東京へ帰りませんか。』などと、不二雄さんは笑つて云ひました。

その晩は泊《とま》りまして、あくる日は不二雄さんの案内で近所を見物してあるきました。春の温泉場――そののびやかな気分を今更《いまさら》委《くわ》しく申し上げませんでも、どなたもよく御存じでございませう。わたくし共はその一日を愉快に暮しまして、あくる火曜日の朝、いよ〳〵こゝを発つことになりました。その間にも色々のお話がございますが、余り長くなりますから申上げません。そこで今朝《けさ》はいよ〳〵発つと云ふことになりまして、継子さんとわたくしとは早く起きて風呂場へまゐりますと、なんだか空が曇つてゐるやうで、廊下の硝子窓《がらすまど》から外を覗いてみますと、霧のやうな小雨《こさめ》が降つてゐるらしいのでございます。雨か靄《もや》か確《たしか》にはわかりませんが、中庭の大きい椿も桜も一面の薄《うす》い紗《しや》に包まれてゐるやうにも見えました。

『雨でせうか。』

二人は顔を見あはせました。いくら汽車の旅にしても、雨は嬉《うれ》しくありません。風呂に這入《はい》つてから継子さんは考へてゐました。

『ねえ、あなた。ほんたうに降《ふ》つて来ると困りますね。あなたどうしても今日お帰りにならなければ不可《いけな》いんでせう。』

『え丶火曜日には帰ると云つて来たんですから。』と、わたくしは云ひました。

『さうでせうね。』と、継子さんは矢はり考へてゐました。『けれども、降られるとまつたく困りますわねえ。』

継子さんは頻《しき》りに雨を苦にしてゐるらしいのです。さうして、もし雨だつたらばもう一日逗留《とうりゆう》して行きたいやうなことを云ひ出しました。わたくしの邪推《じやすい》かも知れませんが、継子さんは雨を恐れるといふよりも、ほかに仔細《しさい》があるらしいのでございます。久振《ひさしぶ》りで不二雄さんの傍《そば》へ来て、唯《た》つた一日で帰るのはどうも名残惜《なごりおし》いやうな、物足らないやうな心持が、おそらく継子さんの胸の奥に忍んでゐるのであらうと察しられます。雨をかこつけに、もう一日か二日も逗留してゐたいといふ継子さんの心持は、わたくしにも大抵想像されないことはありません。邪推でなく、全《まつた》くそれも無理のないこと丶私も思ひやりました。けれども、わたくしは何《ど》うしても帰らなければなりません、雨が降つても帰らなければなりません。で、その訳《わけ》を云ひますと、継子さんはまだ考へてゐました。

『電報をかけても不可《いけ》ませんか。』

『ですけれども、三日の約束で出てまゐりましたのですから。』と、わたくしは飽《あく》までも帰ると云ひました。さうして、もし貴女《あなた》がお残りになるならば、自分ひとりで帰つても可《い》いと云ひました。

『そりや不可《いけ》ませんわ。あなたが何《ど》うしてもお帰りになるならば、わたくしも、無論《むろん》御一緒に帰りますわ。』

そんなことで二人は座敷へ帰りましたが、あさの御飯をたべてゐる中《うち》に、たうとう本降《ほんぶ》りになつてしまひました。

『もう一日遊んで行つたら可《い》いでせう。』と、不二雄さんも切《しき》りに勧めました。

さうなると、継子さんはいよ〳〵帰りたくないやうな風に見えます。それを察してゐながら、意地悪く帰るといふのは余りに心無しのやうでしたけれど、その時のわたくしは何《ど》うしても約束の期限通りに帰らなければ、両親に対して済まないやうに思ひましたので、雨のふる中をいよ〳〵帰ることにしました。継子さんも一緒に帰るといふのをわたくしは無理に断《ことわ》つて、自分だけが宿《やど》を出ました。

『でも、あなたを一人で帰しては済みませんわ。』と、継子さんは余ほど思案してゐるやうでしたが、結局わたくしの云ふ通りにすることになつて、ひどく気の毒さうな顔をしながら、幾《いく》たびかわたくしに云訳《いいわけ》をしてゐました。

不二雄さんも、継子さんも、わたくしと同じ馬車に乗つて停車場《ていしやじよう》まで送つて来てくれました。

『では、御免《ごめん》ください。』

『御機嫌よろしう。わたくしも天気になり次第に帰ります。』と、継子さんはなんだか謝るやうな口吻《くちぶり》で、わたくしの顔色をうかゞひながら丁寧に挨拶してゐました。

わたくしは人車鉄道《じんしやてつどう》に乗つて小田原へ着きましたのは、午前十一時頃でしたらう。好《い》い塩梅《あんばい》に途中から雲切れがして来まして、細《こまか》い雨の降つてゐる空の上から薄い日のひかりが時々に洩《も》れて来ました。陽気も急にあたゝかくなりました。小田原から電車で国府津に着きまして、そこの茶店で小田原土産《みやげ》の梅干を買ひました。それは母から頼まれてゐたのでございます。

十二時何分かの東京行列車を待合せるために、わたくしは狭い二等待合室に這入つて、テーブルの上に置いてある地方新聞の綴込《とじこ》みなどを見てゐるうちに、空はいよ〳〵明るくなりまして、春の日が一面にさし込んで来ました。日曜でも祭日でもないのに、けふは発車を待ちあはせてゐる人が大勢ありまして、狭い待合室は一杯になつてしまひました。わたくしはなんだか蒸暖《むしあつた》かいやうな、頭がすこし重いやうな心持になりましたので、雨の晴れたのを幸ひに構外《こうがい》の空地に出て、だん〳〵に青い姿をあらはしてゆく箱根の山々を眺めてゐました。

そのうちに、もう改札口が明いたとみえまして、二等三等の人達がどや〳〵と押合つて出て行くやうですから、わたくしも引返して改札口の方へ行きますと、大勢の人たちが繋《つな》がつて押出されて行きます。わたくしもその人達の中にまじつて改札口へ近づいた時でございます。どこからとも無しにこんな声がきこえました。

『継子さんは死にました。』

わたくしは悸然《ぎよつ》として振返りましたが、そこらに見識《みし》つたやうな顔は見出《みいだ》されませんでした。なにかの聞き違ひかと思つてゐますと、もう一度おなじやうな声がきこえました。しかもわたくしの耳のそばで囁《ささや》くやうに聞えました。

『継子さんは死にましたよ。』

わたくしは又ぎよつとして振返ると、わたくしの左の方に列《なら》んでゐる十五六の娘――その顔容《かおだち》は今でもよく覚えてゐます。色の白い、細面《ほそおもて》の、左の眼に白い曇りのあるやうな、しかし大体に眼鼻立《めはなだち》の整《ととの》つた、どちらかといへば美しい方《ほう》の容貌《ようぼう》の持主で、紡績飛白《ぼうせきがすり》のやうな綿衣《わたいれ》を着て紅《あか》いメレンスの帯を締めてゐました。――それが何《なん》だかわたくしの顔をぢつと見てゐるらしいのです。その娘がわたくしに声をかけたらしくも思はれるのです。

『継子さんが歿《なく》なつたのですか。』

殆《ほとん》ど無意識に、わたくしは其娘に訊《き》きかへしますと、娘は黙つて首肯《うなず》いたやうに見えました。そのうちにあとから来る人に押されて、わたくしは改札口を通り抜けてしまひましたが、あまり不思議なので、もう一度その娘に訊き返さうと思つて見返《みかえ》りましたが、どこへ行つたか其姿《そのすがた》が見えません。わたくしと列《なら》んでゐたのですから、相前後して改札口を出た筈《はず》ですが、そこらに其姿が見えないのでございます。引返《ひつかえ》して構内を覗きましたが、矢はりそれらしい人は見付からないので、わたくしは夢のやうな心持がして、しきりに其《そ》処《こ》らを見廻しましたが、あとにも先にも其娘は見えませんでした。どうしたのでせう、どこへ消えてしまつたのでせう。わたくしは立停《たちどま》つてぼんやりと考へてゐました。

　第一に気にかゝるのは継子さんのことです。今別れて来たばかりの継子さんが死ぬなどといふ筈《はず》がありません。けれども、わたくしの耳には一度ならず、二度までも確《たしか》にさう聞えたのです。怪《あや》しい娘がわたくしに教へてくれたやうに思はれるのです。気の迷ひかも知れないと打消しながらも、わたくしは妙にそれが気にかゝつてならないので、いつまでも夢のやうな心持でそこに突つ立つてゐました。これから湯河原へ引返して見ようかとも思ひました。それもなんだか馬鹿らしいやうにも思ひました。このまゝ真直《まつすぐ》に東京へ帰らうか、それとも湯河原へ引返さうかと、わたくしは色々にかんがへてゐましたが、どう考へてもそんなことの有様《ありよう》は無いやうに思はれました。お天気の好《い》い真昼間《まつぴるま》、しかも停車場の混雑のなかで、怪しい娘が継子さんの死を知らせてくれる——そんなことのあるべき筈《はず》が無いと思はれましたので、わたくしは思ひ切つて東京へ帰ることに決めました。

　その中《うち》に東京行の列車が着きましたので、ほかの人達はみんな乗込みました。わたくしも乗らうとして又俄《またにわか》に躊躇《ちゆうちよ》しました。まつすぐに東京へ帰ると決心してゐながら、いざ乗込むといふ場合になると、不思議に継子さんのことが甚《ひど》く不安になつて来ましたので、乗らうか乗るまいかと考へてゐるうちに、汽車はわたくしを置去《おきざ》りにして出て行つてしまひました。

もう斯《こ》うなると次の列車を待つてはゐられません。わたくしは湯河原へ引返すことにして、再び小田原行の電車に乗りました。

こゝまで話して来て、M《エム》の奥さんは一息ついた。

『まあ、驚くぢやございませんか。それから湯河原へ引返しますと、継子さんはほんたうに死んでゐるのです。』

『死んでゐましたか。』と、聴く人々も眼を瞠《みは》つた。

『わたくしが発《た》つた時分には勿論《もちろん》何事もなかつたのです。それからも別に変つた様子もなくつて、宿《やど》の女中にたのんで、雨のために既《も》う一日逗留するといふ電報を東京の家《うち》へ送つたさうです。さうして、食卓《ちやぶだい》にむかつて手紙をかき始めたさうです。その手紙はわたくしに宛《あ》てたもので、自分だけが後《あと》に残《のこ》つてわたくし一人を先へ帰した云訳が長々と書いてありました。それを書いてゐるあひだに、不二雄さんはタオルを持つて一人で風呂場へ出て行つて、やがて帰つて来てみると、継子さんは食卓の上にうつ伏《ぶ》してゐるので、初めはなにか考へてゐるのかと思つたのですが、どうも様子が可怪《おかし》いので、声をかけても返事がない。揺《ゆす》つてみても正体がないので、それから大騒ぎになつたのですが、継子さんはもうそれぎり蘇生《いきかえ》らないのです。お医者の診断によると、心臓麻痺《まひ》だささうで……。尤《もつと》も継子さんは前の年にも脚気《かつけ》になつた事がありますから、矢はりそれが原因になつたのかも知れません。なにしろ、わたくしも呆気《あつけ》に取られてしまひました。いえ、それよりも私をおどろかしたのは、国府津の停車場で出逢つた娘のことで、あれは一体何者でせう。不二雄さんは不意の出来事に顚倒《てんどう》してしまつて、なか〳〵私のあとを追ひかけさせる余裕はなかつたのです。宿からも使《つかい》などを出したことはないと云ひます。してみると、その娘の正体が判《わか》りません。どうしてわたくしに声をかけたのでせう。娘が教へてくれなかつたら、わたくしは何にも知らずに東京へ帰つてしまつたでせう。ねえ、さうでせう。』

『さうです、さうです。』と、人々はうなづいた。

『それがどうも判りません。不二雄さんも不思議さうに首をかしげてゐました。わたくしに宛てた継子さんの手紙は、もうすつかり書いてしまつて、状袋《じようぶくろ》に入れたまゝで食卓《ちやぶだい》の上に置いてありました。』

木曾《きそ》の旅人《たびびと》

一

T《テー》君は語る。

その頃の軽井沢《かるいざわ》は寂《さび》れ切《き》つてゐましたよ。それは明治廿四年《にじゆうよねん》の秋で、あの辺《へん》も衰微《すいび》の絶頂であつたらしい。なにしろ昔の中仙道《なかせんどう》の宿場《しゆくば》がすつかり寂れてしまつて、土地には なんにも産物《さんぶつ》は無いし、殆《ほとん》どもう立ち行《ゆ》かないことになつて、ほか土地へ立退《たちの》く者もある。わたしも親父《おやじ》と一緒に横川《よこかわ》で汽車を下りて、碓氷峠《うすいとうげ》の旧道をがた馬車にゆられながら登つて下《お》りて、荒涼たる軽井沢の宿《しゆく》に着いたときには、実に心細いくらゐ寂しかつたのです。それが今日《こんにち》ではどうでせう。まるで世界が変つたやうに開けてしまひました。その当時わたし達が泊つた宿屋はなにしろ一泊三十五銭といふのだから、大抵《たいてい》想像が付きませう。その宿屋も今では何とかホテルといふ素晴らしい大建物《おおだてもの》になつてゐます。一体そんなところへ何《なに》しに行つたのかと云ふと、つまり妙義《みようぎ》から碓氷の紅葉《もみじ》を見物しようといふ親父《おやじ》の風流心から出発したのですが、妙義で好《い》い加減に疲れてしまつたので、碓氷の方はがた馬車に乗りましたが、山路《やまみち》で二三度あぶなく引つくり返されさうになつたのには驚きましたよ。

　わたしは一向《いつこう》面白くなかつたが、親父は閑寂《しずか》で好《い》いとかいふので、その軽井沢の大きい薄暗い宿屋に四日ばかり逗留《とうりゆう》してゐました。考へてみると随分物好きです。すると、その三日目は朝から雨がびしよ〳〵降る。十月の末だから信州のこゝらは急に寒くなる。おやぢと私とは宿屋の店に切つてある大きい炉の前に坐つて、宿の亭主を相手に土地の話などを聴いてゐると、やがて日の暮れかゝるころに、もう五十近い大男《おおおとこ》がずつと這入つて来ました。その男の商売は杣《そま》で、五年ばかり木曾の方へ行つてゐたが、さびれた故郷でも矢はり懐《なつか》しいとみえて、この夏の初めからこゝへ帰つて来たのださうです。われ〳〵も退屈してゐるところだから、その男を炉のそばへ呼びあげて、色々の話を聴いたりしてゐるうちに、杣の男が木曾の山奥にゐたときの話をはじめました。

『あんな山奥にゐたら、時々には怖《おそろ》しいことがありましたらうね。』と、年《とし》の若い私は一種の好奇心にそゝられて訊きました。

『さあ。山奥だつて格別に変《かわ》りはありませんよ。』と、かれは案外平気で答へました。

『怖しいのは大風雨《おおあらし》ぐらゐのものですよ。猟師はとき〳〵に怪物《えてもの》にからかはれると云ひますがね。』

『えてものとは何です。』

『なんだか判《わか》りません。まあ、猿の甲羅経《こうらへ》たものだとか云ひますが、誰も正体をみた者はありません。まあ、早くいふと、そこに一羽《いちわ》の鴨《かも》があるいてゐる。はて珍しいと云ふのでそれを捕らうとすると、鴨めは人を焦《じら》すやうについと逃げる。こつちは焦《あせ》つて又追つて行く。それが他《ほか》のものには何《なん》にもみえないで、猟師は空《くう》を追つて行くんです。その時にほかの者が大きい声で、そらえてものだぞ、気をつけろと怒鳴《どな》つて遣《や》ると、猟師もはじめて気が付くんです。なに、最初から何にもゐるのぢやないので、その猟師の眼にだけそんなものが見えるんです。それですから木曾の山奥へ這入る猟師は決して一人で行きません。屹《きつ》とふたりか三人連れで行くことにしてゐます。ある時にはこんなこともあつたさうです。山奥へ這入つた三人の猟師が、谷川の水を汲んで飯《めし》をたいて、もう蒸《む》れた時分だらうと思つて、そのひとりが釜《かま》の蓋《ふた》をあけると、釜のなかから女の大きい首がぬつと出たんです。その猟師はあわてゝ釜の蓋をして、上からしつかり押さへながら、えてものだ、えてものだ、早くぶつ攘《ばら》へと怒鳴《どな》りますと、連《つれ》の猟師はすぐに鉄砲を取つてどこを的《まと》とも無しに二三発つゞけ撃ちに撃ちました。それから釜の蓋をあけると、女の首はもう見えませんでした。まあ、斯《こ》ういふたぐひのことをえてものゝ仕業《しわざ》だと云ふんですが、そのえてものに出逢ふものは猟師仲間に限つてゐて、杣小屋《そまごや》などでは一度もそんな目に逢つたことはありませんよ。』

かれは太い煙管《きせる》で煙草《たばこ》をすぱ〳〵と燻《くゆ》らしながら澄《すま》し込んでゐるので、わたしは失望しました。さびしく衰《おとろ》へた古い宿場で、暮秋《ぼしゆう》の寒い雨が小歇《こや》みなしに降《ふ》つてゐる夕《ゆうべ》、深山《みやま》の奥に久しく住んでゐた男から何かの怪《あや》しい物がたりを聞き出さうとした、その期待は見事に裏切られてしまつたのです。それでも私は強請《ねだ》るやうに執拗《しつこ》く訊きました。

『しかし五年もそんな山奥にゐては、一度や二度はなにか変つたこともあつたでせう。いや、お前さん方は馴《な》れてゐるから何とも思はなくつても、ほかの者が聞いたら珍しいことや、不思議なことが……。』

『さあ。』と、かれは粗朶《そだ》の煙が眼にしみたやうに眉を皺《しわ》めました。『なるほど考へてみると、長いあひだに一度や二度は変つたこともありましたよ。そのなかでも唯《た》つた一度、なんだか判らずに薄気味の悪かつたことがありました。なに、その時は別になんとも思はなかつたのですが、あとで考へるとなんだか気味が好《よ》くありませんでした。あれは何《ど》ういふわけですかね。』

かれは重兵衛《じゆうべえ》といふ男で、そのころ六《むつ》つの太吉《たきち》といふ男《おとこ》の児《こ》と二人きりで、木曾の山奥の杣小屋《そまごや》にさびしく暮してゐました。そこは御嶽山《おんたけさん》にのぼる黒沢口《くろさわぐち》から更《さら》に一里《り》ほどの奥に引込んでゐるので、登山者も強力《ごうりき》もめつたに姿をみせなかつたさうです。さてこれからがお話の本文《ほんもん》と思つてください。

『お父《とつ》さん、怖《こわ》いよう。』

今までおとなしく遊んでゐた太吉《たきち》が急に顔の色を変へて、父の膝《ひざ》に取りついた。親ひとり子一人でこの山奥に年中暮して居《い》るのであるから、寂しいのには馴れてゐる。猿や猪《いのしし》を友達のやうに思つてゐる。小屋を吹き飛ばすやうな大風雨《おおあらし》も、山がくづれるやうな大雷鳴《おおかみなり》も、めつたにこの少年を驚かすほどのことはなかつた。それが今日にかぎつて顔色をかへて顫《ふる》へて騒ぐ。父はその頭をなでながら優しく云ひ聞かせた。

『なにが怖い。お父さんはこゝにゐるから大丈夫だ。』

『だつて、怖いよ。お父さん。』

『弱虫め。なにが怖いんだ。そんな怖いものがどこにゐる。』と、父の声はすこし暴《あら》くなつた。

『あれ、あんな声が……。』

太吉が指さす向うの森の奥、大きい樅《もみ》や栂《つが》のしげみに隠れて、なんだか唄ふやうな悲しい声が切《き》れ〴〵にきこえた。九月末《すえ》のゆふ日はいつか遠い峰《みね》に沈んで、木の間《こま》から洩《も》れる湖のやうな薄青い空には三日月《みかづき》の淡い影が白銀《しろがね》の小舟のやうに泛《うか》んでゐた。

『馬鹿め。』と、父はあざ笑つた。『あれがなんで怖いものか。日がくれて里へ帰る、樵夫《きこり》か猟師が唄つてゐるんだ。』

『いゝえ、さうぢやないよ。怖い、怖い。』

『えゝ、うるさい野郎だ。そんな意気地無《いくぢな》しで、こんなところに住んでゐられるか。そんな弱虫で男になれるか。』

　叱《しか》り付けられて、太吉はたちまち竦《すく》んでしまつたが、やはり怖しさは止《や》まないとみえて、小屋の隅《すみ》の方に這ひ込んで小さくなつてゐた。重兵衛も元来は子煩悩《こぼんのう》の男であるが、自分の巌乗《がんじよう》に引きくらべて、わが子の臆病がひどく癪《しやく》に障《さわ》つた。

『やい、やい、何《なん》だつてそんなに小さくなつてゐるんだ。こゝは俺達の家《うち》だ。誰が来たつて怖いことはねえ。もつと大きくなつて威張《いば》つてゐろ。』

　太吉は黙つて、相変らず小さくなつてゐるので、父はいよ〱癪に障つたが、流石《さすが》にわが子をなぐり付けるほどの理由も見出せないので、たゞ忌々《いまいま》しさうに舌打した。

『仕様のねえ馬鹿野郎だ。およそ世のなかに怖いものなんぞあるものか。さあ、天狗《てんぐ》でも山の神でもえてものでも何でもこゝへ出て来てみろ。みんなおれが叩きなぐつて遣《や》るから。』

　わが子の臆病を励ますためと、また二つには唯《ただ》なにが無しに癪に障つて堪《たま》らないのとで、かれは焚火《たきび》の太い枝を把《と》つて、火のついたまゝで無暗《むやみ》に振りまはしながら、相手があらば一撃ちと云つたやうな剣幕で、小屋の入口へつか〱と駈け出した。出ると、外には人が立つてゐて、出会ひがしらに重兵衛のふり廻す火の粉《こ》は、その人の顔にばら〱と飛び散つた。相手も驚いたであらうが、重兵衛もおどろいた。両方が、しばらく黙つてにらみ合つてゐたが、やがて相手は高く笑つた。こつちも思はず笑ひ出した。

『どうも飛んだ失礼を致《いた》しました。』

『いや、どうしまして……。』と、相手も会釈《えしやく》した。『わたくしこそ突然にお邪魔をして済みません。実は朝から山越しをして草臥《くたび》れ切つてゐるもんですから。』

少年を恐れさせた怪《あや》しい唄《うた》の主《ぬし》はこの旅人《たびびと》であつた。夏でも寒いと唄はれてゐる木曾の御嶽《おんたけ》の山中《さんちゆう》に行きくれて、かれはその疲れた足を休めるために此《こ》の焚火の煙《けむり》を望んで尋《たず》ねて来たのであらう。疲労《つかれ》を忘れるがために唄つたのである。火を慕ふがために尋ねて来たのである。これは旅人の習《ならい》で不思議はない。この小屋はこゝらの一軒家であるから、樵夫や猟師が煙草やすみに来ることもある。路に迷つた旅人が湯を貰《もら》ひに来ることもある。そんなことは左《さ》のみ珍しくもないので、深切《しんせつ》な重兵衛はこの旅人をも快《こころよ》く迎ひ入れて、生木《なまき》のいぶる焚火の前に坐らせた。

旅人はまだ二十四五ぐらゐの若い男で、色の少し蒼《あお》ざめた、頰《ほお》の痩《や》せて尖《とが》つた、しかも円《まる》い眼は愛嬌《あいきよう》に富んでゐる優しげな人物であつた。頭には鍔《つば》の広い薄茶の中折帽《なかおれぼう》をかぶつて、詰襟《つめえり》ではあるが左《さ》のみ見苦《みぐるし》くない縞《しま》の洋服をきて、短いズボンに脚絆草鞋《きやはんわらじ》といふ身軽のいでたちで、肩には学校生徒のやうな茶色の雑囊《ざつのう》をかけてゐた。見たところ、御《ご》料林《りようりん》の見分《けんぶん》に来た県庁のお役人か、悪くいへば地方行商《ぎようしよう》の薬売か、先《ま》づそんなところであらうと重兵衛はひそかに値踏《ねぶ》みをした。

かういふ場合に、主人が先づ旅人に対する質問は、昔からの紋切形《もんきりがた》であつた。

『お前さんはどつちの方から来なすつた。』

『福島《ふくしま》の方から。』

『これから何地《どつち》へ……。』

『御嶽を越して飛騨《ひだ》の方へ……。』

こんなことを云つてゐるうちに、日も暮れてしまつたらしい。燈火《あかり》のない小屋のなかは燃えあがる焚火にうす紅《あか》く照《てら》されて、重兵衛の四角張つた顔と旅人の尖つた顔とが、うづ巻く煙のあひだからぼんやりと浮いてみえた。

二

『おかげさまで大分《だいぶ》暖くなりました。』と、旅人は云つた。『まだ九月の末だといふのに、こゝらはなかなか冷えますね。』

『夜になると冷えて来ますよ。なにしろ駒《こま》ケ嶽《たけ》では八月に凍《こご》え死んだ人があるくらゐですから。』と、重兵衛は焚火に木の枝をくべながら答へた。

それを聴いたゞけでも薄ら寒くなつたやうに、旅人は洋服の襟《えり》をすくめながら首肯《うなず》いた。

この人が来てから凡《およ》そ半時間ほどにもならうが、そのあひだに彼《か》の太吉は、子供に追ひつめられた石蟹《いしがに》のやうに、隅の方に小さくなつたまゝで身動きもしなかつた。が、彼はいつまでも隠れてゐる訳《わけ》には行かなかつた。彼はたうとう自分の怖れてゐる人に見付けられてしまつた。

『おゝ、子供衆《しゆう》がゐるんですね。うす暗いので先刻《さつき》から些《ちつ》とも気がつきませんでした。そんならこゝに好《い》いものがあります。』

かれは首にかけた雑嚢《ざつのう》の口をあけて、新聞紙につゝんだ竹の皮包をとり出した。中には海苔《のり》巻《ま》きの鮓《すし》が沢山に這入つてゐた。

『山越しをするには腹が減るといけないと思つて、食ひ物を沢山かい込んで来たのですが、さうも食へないもので……。御覧なさい。まだこつちにもこんなものがあるんです。』

もう一つの竹の皮づつみには、食ひ残りの握《にぎ》り飯《めし》と刻《きざ》み鰑《するめ》のやうなものが這入つてゐた。

『まあ、これを子供衆にあげてください。』

こゝらに年中住んでゐるものでは、海苔《のり》巻《ま》きの鮓《すし》でもなか〳〵珍しい。重兵衛は喜んでその贈物をうけ取つた。

『おい、太吉。お客人がこんな好《い》いものを下すつたぞ。早く来てお礼をいへ。』

いつもならば嫣然《にこにこ》して飛び出して来る太吉が、今夜はなぜか振向いても見なかつた。かれは眼にみえない怖《おそろ》しい手に摑まれたやうに、固くなつたまゝで竦《すく》んでゐた。さつきからの一件もあり、且《かつ》は客人の手前もあり、重兵衛はどうしても叱言《こごと》を云はないわけには行かなかつた。

『やい、何をぐづ〳〵してゐるんだ。早く来い、こつちへ出て来い。』

『あい。』と、太吉は微《かすか》に答へた。

『あいぢやあねえ、早く来い。』と、父は怒鳴《どな》つた。『お客人に失礼だぞ。早く来い。来ねえか。』

気の短い父はあり合ふ生木《なまき》の枝を取つて、わが子の背《せな》にたゝき付けた。

『あ、あぶない。怪我《けが》でもすると不可《いけ》ない。』と、旅人はあわてゝ遮《さえぎ》つた。

『なに、云ふことを肯《き》かない時には、いつでも引つ叺《ばた》くんです。さあ、野郎、来い。』

もう斯《こ》うなつては仕方がない。太吉は穴から出る蛇のやうに、小さいからだをいよ〳〵小さくして、父のうしろへ窃《そつ》と這ひ寄つて来た。重兵衛はその眼さきへ竹の皮包みを開いて突きつけると、紅い生姜《しようが》は青黒い海苔を彩《いろど》つて、小児《こども》の眼には左《さ》も旨《うま》さうにみえた。

『それみろ。旨さうだらう。お礼をいつて、早く食《く》へ。』

太吉は父のうしろに隠れたまゝで、やはり黙つてゐた。

『早くおあがんなさい。』と、旅人も笑ひながら勧めた。

その声を聞くと、太吉はまた顫《ふる》へた。さながら物に魘《おそ》はれたやうに、父の背中に犇《ひし》と獅《し》嚙《が》みついて、しばらくは呼吸《いき》もしなかつた。彼はなぜそんなにこの旅人を恐れるのであらう。小児《こども》にはあり勝《がち》の他羞恥《ひとみしり》かとも思はれるが、太吉は平生《へいぜい》そんなに弱い小児ではなかつた。殊《こと》に人里の遠いところに育つたので、非常に人を恋しがる方であつた。樵夫でも猟師でも、あるひは見しらぬ旅人でも、一度この小屋へ足を入れた者は、みんな小さい太吉の友達であつた。どんな人に出逢つても、太吉はなれ〳〵しく小父《おじ》さんと呼んでゐた。それが今夜にかぎつて、普通の不人相《ぶにんそう》を通り越して、ひどくその人を嫌つて恐れてゐるらしい。相手が子供であるから、旅人は別に気にも留めないらしかつたが、その平生を知つてゐる父は一種の不思議を感じないわけには行かなかつた。

『なぜ食はない。折角《せつかく》うまい物を下《くだ》すつたのに、なぜ早く頂《いただ》かない。馬鹿な奴だ。』

『いや、さうお叱りなさるな。子供といふものは、その時の調子でひよいと拗《こじ》れることがあるもんですよ。まあ後で喫《た》べさせたら可《い》いでせう。』と、旅人は笑ひを含んで宥《なだ》めるやうに云つた。

『お前がたべなければ、お父さんがみんな喫べてしまふぞ。いゝか。』

父が見返つてたづねると、太吉は僅《わずか》にうなづいた。重兵衛は傍《そば》の切株の上に皮包をひろげて、錆《さ》びた鉄の棒のやうな海苔巻きの鮓を、またゝく間に五六本も頬張《ほおば》つてしまつた。それから薬鑵《やかん》のあつい湯をついで、客にもすゝめ、自分もがぶ〳〵飲んだ。

『時にどうです。お前さんはお酒を飲みますかね。』と、旅人は笑ひながらまた訊いた。

『酒ですか。飲みますとも……。大好きですが。かういふ世の中にゐちやあ不自由ですよ。』

『それぢやあ、こゝにこんなものがあります。』

旅人は雑嚢《ざつのう》をあけて、大きい罎詰《びんづめ》の酒を出してみせた。

『あ、酒ですね。』と、重兵衛の口からは涎《よだれ》が出た。

『どうです。寒さ凌《しの》ぎに一杯遣《や》つたら……。』

『結構です。すぐに燗《かん》をしませう。えゝ、邪魔だ。退《ど》かねえか。』

自分の背中にこすり付いてゐる我が子をつき退《の》けて、重兵衛は傍《かたわら》の棚から忙がしさうに徳利《とくり》を把《と》り出した。それから焚火に枝を加へて、罎《びん》の酒を徳利に移した。父にふり放された太吉は猿曳《さるひき》に捨てられた小猿のやうにうろ〳〵してゐたが、煙のあひだから旅人の顔を見ると、また忽《たちま》ちに顫へあがつて、筵《むしろ》の上に俯伏《うつぶ》したまゝで再び顔をあげなかつた。

『今晩は……。重兵衛どん、居るかね。』

外から声をかけた者がある。重兵衛とおなじ年頃の猟師で、大きい黒い犬を牽《ひ》いてゐた。

『弥七《やしち》どんか。這入るがいゝよ。』と、重兵衛は燗の支度をしながら答へた。

『誰か客人がゐるやうだね。』と、弥七は肩にした鉄砲をおろして、小屋へ一足踏み込まうとすると、黒い犬はなにを見たのか俄《にわか》に唸《うな》りはじめた。

『なんだ、なんだ。こゝはお馴染《なじみ》の重兵衛どんの家だぞ。はゝゝゝゝ。』

弥七は笑ひながら叱つたが、犬はなか〳〵鎮《しず》まりさうにもなかつた。四足の爪を土に食ひ入るやうに踏ん張つて、耳を立て、眼を瞋《いか》らせて、頻《しき》りにすさまじい唸り声をあげてゐた。

『黒め。なにを吠えるんだ。叱《し》つ、叱つ。』と、重兵衛も内から叱つた。

弥七は焚火の前に寄つて来て、旅人に挨拶した。犬は相変らず小屋の外に唸つてゐた。

『お前好《い》いところへ来たよ。実は今このお客人にかういふものを貰《もら》つての。』と、重兵衛は自慢らしく彼《か》の徳利を振つてみせた。

『やあ、酒の御馳走《ごちそう》があるのか。なるほど運が好いなう。旦那《だんな》、どうも有難うごぜえます。』

『いや、お礼をいふほどに沢山もないのですが、まあ寒さ凌《しの》ぎに飲んでください。喫《く》ひ残りで失礼ですけれど、これでも下物《さかな》にして……。』

旅人は包みの握り飯と刻《きざ》み鯣《するめ》とを出した。海苔巻きもまだ幾つか残つてゐる。酒に眼のない重兵衛と弥七とは遠慮なしに飲んで食つた。まだ宵《よい》ながら山奥の夜《よ》は静寂《しずか》で、たゞ折々に峰を渡る山風が大浪の打ち寄せるやうに聞えるばかりであつた。

酒は左《さ》のみの上酒《じようしゆ》といふでもなかつたが、地酒を飲み馴れてゐるこの二人には上々の甘露《かんろ》であつた。自分達ばかりが飲んでゐるのも流石《さすが》にきまりが悪いので、をり〳〵には旅人にも茶碗をさしたが、相手はいつも笑つて頭《かしら》を振つてゐた。小屋の外では犬が待兼ねてゐるやうに吠えつゞけてゐた。

『騒々しい奴だなう。』と、弥七は呟《つぶや》いた。『奴め、腹が空《へ》つてゐるのだらう。この握り飯を一つ分けてやらうか。』

かれは握り飯を把つて軽く投げると、戸の外までは転げ出さないで、入口の土間に落ちて止まつた。犬は食物をみて入口へ首を突つ込んだが、旅人の顔を見るや否や俄《にわか》に狂ふやうに吠《ほ》え哮《たけ》つて、鋭い牙をむき出して飛びかゝらうとした。

『叱《し》つ、叱つ。』

重兵衛も弥七も叱つて追ひ退《の》けようとしたが、犬は憑物《つきもの》でもしたやうにいよ〳〵狂ひ立つて、焚火の前に跳《おど》り込んで来た。旅人は矢はり黙つて睨《にら》んでゐた。

『怖いよう。』と、太吉は泣き出した。

犬はます〳〵吠え狂つた。小児《こども》は泣く、犬は吠える、狭い小屋のなかは乱脈である。客人の手前、あまり気の毒になつて来たので、無頓着《むとんじやく》の重兵衛もすこし顔を皺《しか》めた。

『仕様がねえ。弥七、お前はもう犬を引張つて帰れよ。』

『むゝ。長居をすると却《かえ》つてお邪魔だ。』

弥七は旅人に幾たびか礼を云つて、早々に犬を追ひ立てゝ出た。と思ふと、かれは小戻りをして重兵衛を表《おもて》へ呼び出した。

『どうも不思議なことがある。』と、かれは重兵衛に囁《ささや》いた。『今夜の客人は怪物《えてもの》ぢやねえかしら。』

『馬鹿を云へ。えてものが酒や鮓《すし》を振舞つてくれるものか。』と、重兵衛はあざ笑つた。『それもさうだが……。』と、弥七はまだ首を拈《ひね》つてゐた。『おれ達の眼にはなんにも見えねえが、この黒めの眼には何か可怪《おかし》い物が見えるんぢやねえかしら。這奴《こいつ》、人間よりよつぽど利口《りこう》な奴だからの。』

弥七の牽《ひ》いてゐる熊のやうな黒犬がすぐれて利口なことは、重兵衛もふだんから能《よ》く知つてゐた。この春も大猿がこの小屋へ窺《うかが》つて来たのを、黒は焚火のそばに転がつてゐながら直《すぐ》に覚《さと》つて追ひ掛けて、たうとう彼《かれ》を咬《か》み殺したこともある。その黒が今夜の客にむかつて激しく吠えかゝるのは何か仔細《しさい》があるかも知れない。わが子がしきりに彼《か》の旅人を恐れてゐることも思ひ合《あわ》されて、重兵衛もなんだか忌《いや》な心持になつた。

『だつて、あれが真逆《まさか》にえてものぢやあるめえ。』

『おれも然《そ》う思ふがの。』と、弥七はまだ腑《ふ》に落ちないやうな顔をしてゐた。『どう考へても黒めが無暗《むやみ》にあの客人に吠えつくのが可怪《おかし》い。どうも唯事《ただごと》でねえやうに思はれる。試しに一つ打《ぶ》つ放《ぱな》してみようか。』

さう云ひながら彼は鉄砲を取り直して、空《くう》にむけて一発撃つた。その筒音《つつおと》はあたりに谺《こだま》して、森の寐鳥《ねとり》がおどろいて起《た》つた。重兵衛はそつと引返して内《うち》をのぞくと、旅人は些《ちつ》とも形を崩さないで、やはり焚火の煙の前におとなしく坐つてゐた。

『どうもしねえか。』と、弥七は小声できいた。『可怪《おかし》いなう。ぢや、まあ仕方がねえ。おれはこれで帰るから、あとを気をつけるが可《い》いぜ。』

まだ吠えやまない犬を追ひ立てゝ、弥七は麓《ふもと》の方へ下つて行つた。

三

今まではなんの気も注《つ》かなかつたが、弥七に嚇《おど》されてから重兵衛もなんだか薄気味悪くなつて来た。まさかに怪物《えてもの》でもあるまい——かう思ひながらも、彼《かれ》は彼《か》の旅人に対して今までのやうな親《したし》みを有《も》つことが出来なくなつた。かれは黙つて内へ引返《ひつかえ》すと、旅人は彼にきいた。

『今の鉄砲の音はなんですか。』

『猟師が嚇《おど》しに撃つたんですよ。』

『嚇しに……。』

『こゝらへは時々にえてものが出ますからね。畜生《ちくしよう》の分際《ぶんざい》で人間を馬鹿にしようとしたつて、そりや駄目ですよ。』と、重兵衛は探るやうに相手の顔をみると、かれは平気で聴いてゐた。

『えてものとは何です。猿ですか』

『さうでせうよ。いくら甲羅経《こうらへ》たつて人間にや敵《かな》ひませんや。』

かう云つてゐるうちにも、重兵衛はそこにある大きい鉈《なた》に眼を遣《や》つた。素破《すわ》と云つたらその大鉈で相手の真向《まつこう》を殴《くら》はして遣《や》らうと、ひそかに身構《みがま》へをしてゐたが、それが相手には些《ちつ》とも感じないらしいので、重兵衛もすこし張合抜《はりあいぬ》けがした。怪物《えてもの》の疑ひもだん〳〵に薄れて来て、かれは矢はり普通の旅人であらうと重兵衛は思ひ返した。併《しか》しそれも束《つか》の間《ま》で、旅人は又こんなことを云ひ出した。

『これから山越しをするのも難儀《なんぎ》ですから、どうでせう、今夜はこゝに泊めて下さるわけには行きますまいか。』

重兵衛は返事に困つた。一時間前の彼であつたらば、無論にこゝろよく承知したに相違なかつたが、今となつてはその返事に躊躇《ちゆうちよ》した。よもやとは思ふものゝ、なんだか暗い影を帯びてゐるやうな此《こ》の旅人を、自分の小屋に明日まで止《と》めて置く気にはなれなかつた。かれは気の毒さうに断《ことわ》つた。

『折角《せつかく》ですが、それはどうも……。』

『いけませんか。』

思ひなしか、旅人の瞳《ひとみ》は鋭く晃《ひか》つた。愛嬌《あいきよう》に富んでゐる彼《か》の眼が俄《にわか》に獣《けもの》のやうに険《けわ》しく変つた。重兵衛はぞつとしながらも、重ねて断つた。

『何分知らない人を泊めると警察でやかましうございますから。』

『さうですか。』と、旅人は嘲《あざけ》るやうに笑ひながら首肯《うなず》いた。その顔がまた何となく薄気味悪かつた。

焚火がだん〳〵に弱くなつて来たが、重兵衛はもう新しい枝を燻《く》べ足《た》さうとはしなかつた。暗い峰から吹きおろす山風が小屋の戸をぐら〳〵と揺《ゆす》つて、どこやらで猿の声がきこえた。太吉は先刻《さつき》から筵《むしろ》をかぶつて隅の方に竦《すく》んでゐた。重兵衛も云ひ知れない恐怖に囚《とら》はれて、再びこの旅人を疑ふやうになつて来た。かれは努めて勇気を振《ふる》ひ興《おこ》して、この不気味な旅人を追ひ出さうとした。

『なにしろ何時《いつ》までも斯《こ》うしてゐちやあ夜が更《ふ》けるばかりですから、福島の方へ引返《ひつかえ》すか、それとも黒沢口から夜通しで登るか、早くどつちかにした方が可《い》いでせう。』

『さうですか。』と、旅人はまた笑つた。

消えかゝつた焚火の光に薄明るく照されてゐる彼の蒼《あお》ざめた顔は、どうしてもこの世の人間とは思はれなかつたので、重兵衛はいよ〳〵堪《たま》らなくなつた。併《しか》しそれは自分の臆病な眼がさうした不思議を見せるのかも知れないと、彼はそこにある鉈《なた》に手をかけようとして幾たびか躊躇してゐるうちに、旅人は思ひ切つたやうに起《た》ち上《あが》つた。

『では、福島へ引返しませう。さうして明日は強力《ごうりき》を雇《やと》つて登りませう。』

『さうなさい。それが無事ですよ。』

『どうもお邪魔をしました。』

『いえ、わたくしこそ御馳走《ごちそう》になりました。』と、重兵衛は気の毒が半分と、憎いが半分とで、丁寧に挨拶しながら、入口まで送り出した。ほんたうの旅人ならば気の毒である。人をだまさうとする怪物《えてもの》ならば憎い奴である。どつちにも片附かない不安な心持で、かれは旅人のうしろ影が大きい闇につゝまれてゆくのを見送つてゐた。

『お父《とつ》さん。あの人は何処《どこ》へか行つてしまつたかい。』と、太吉は生返つたやうに這い起きて来た。『怖い人が行つてしまつて、好《い》いねえ。』

『なぜあの人がそんなに怖かつた。』と、重兵衛はわが子に訊いた。

『あの人、屹《きつ》とお化《ばけ》だよ。人間ぢやないよ。』

『どうしてお化だと判つた。』

それに対して詳しい説明をあたへるほどの知識を太吉は有《も》つてゐなかつたが、彼《かれ》はしきりに彼《か》の旅人はお化であると顫へながら主張してゐた。重兵衛はまだ半信半疑であつた。

『なにしろ、もう寝よう。』

重兵衛は表《おもて》の戸を閉めようとするところへ、袷《あわせ》の筒袖《つつそで》で草鞋《わらじ》がけの男がまた這入つて来た。

『今こゝへ二十四五の洋服を着た男は来なかつたかね。』

『まゐりました。』

『どつちへ行つた。』

教へられた方角をさして、その男は急いで出て行つたかと思ふと、二三町《ちよう》先の森の中でたちまち鉄砲の音がつゞいて聞えた。重兵衛はすぐに出て見たが、その音は二三発で止《や》んでしまつた。前の旅人と今の男とのあひだに何かの争闘が起《おこ》つたのではあるまいかと、かれは不安ながらに立つてゐると、やがて筒袖の男があわたゞしく引返して来た。

『ちよいと手を貸してくれ。怪我人《けがにん》がある。』

男と一緒に駈けてゆくと、森のなかには彼《か》の旅人が倒れてゐた。かれは片手にピストルを摑んでゐた。


『その旅人は何者なんです。』と、わたしは訊きました。

『なんでも甲府《こうふ》の人間ださうです。』と、重兵衛さんは説明してくれました。『それから一週間ほど前に、諏訪《すわ》の温泉宿に泊つてゐた若い男と女があつて、宿《やど》の女中の話によると女は蒼い顔をして、毎日しく〳〵泣いてゐるのを、男はなんだか叱つたり嚇《おど》したりしてゐる様子が、どうしても女の方では忌《いや》がつてゐるのを、男が無理に連れ出して来たものらしいと云ふことでした。それでも逗留中は別に変つたこともなかつたのですが、そこを出てから何処《どこ》でどうされたのか、その女が顔から胸へかけてずた〳〵に酷《むご》たらしく斬《き》り刻《きざ》まれて、路《みち》ばたに抛《ほう》り出されてゐるのを見つけ出した者がある。無論にその連《つれ》の男に疑ひがかゝつて、警察の探偵《たんてい》が木曾路の方まで追ひ込んで来たのです。』

『すると、あとから来た筒袖の男がその探偵なんですね。』

『さうです。前の洋服がその女殺しの犯人だつたのです。たうとう追ひつめられて、ピストルで探偵を二発撃つたが中《あた》らないので、もうこれまでと思つたらしく、今度は自分の喉《のど》を撃つて死んでしまつたのです。』

親父とわたしとは顔を見あはせて少時《しばらく》黙つてゐると、宿の亭主が口を出しました。

『ぢやあ、その男のうしろには女の幽霊でも附いてゐたのかね。子供や犬がそんなに騒いだのをみると……。』

『それだからね。』と、重兵衛さんは仔細《しさい》らしく息をのみ込んだ。『おれも急にぞつとしたよ。いや、俺にはまつたく何にも見えなかつた。弥七にもなんにも見えなかつたさうだ。が、小児《こども》は顫《ふる》へて怖がる。犬は気狂ひのやうになつて吠える。なにか変なことがあつたに相違ない。』

『そりやさうでせう。大人に判らないことでも子供にはわかる。人間に判らないことでも他の動物には判るかも知れない。』と、親父は云ひました。

私もさうだらうかと思ひました。しかし彼等を恐れさせたのは、その旅人の背負つてゐる重い罪の影かあるひは殺された女の悽惨《ものすご》い姿か、確《たしか》には判断がつかない。何方《どつち》にしても私はうしろが見られるやうな心持がして、だん〳〵に親父のそばへ寄つて行つた。丁度《ちようど》彼《か》の太吉といふ子供が父に取付いたやうに……。

『今でもあの時のことを考へると心持がよくありませんよ。』と、重兵衛さんは又云ひました。

外には暗い雨が降りつゞけてゐる。亭主はだまつて炉に粗朶《そだ》を燻《く》べました。――その夜の情景は今でもあり〳〵と私の頭《あたま》に残つてゐます。

影を踏まれた女

一

Y《ワイ》君は語る。

先刻《せんこく》も十三夜《や》のお話が出たが、わたしも十三夜に縁《えん》のある不思議な話を知つてゐる。それは影を踏《ふ》まれたといふことである。

影を踏むといふ子供遊びは今は流行《はや》らない。今どきの子供はそんな詰《つま》らない遊びをしないのである。月のよい夜《よ》ならばいつでも好《よ》さゝうなものであるが、これは秋の夜にかぎられてゐるやうであつた。秋の月があざやかに冴《さ》え渡つて、地に敷《し》く夜露《よつゆ》が白く光つてゐる宵々《よいよい》に、町の子供たちは往来に出て、こんな唄《うた》を歌ひはやしながら、地にうつる彼等《かれら》の影を踏むのである。

——影や道陸神《どうろくじん》、十三夜《や》のぼた餅《もち》——

ある者は自分の影を踏まうとして駈けまはるが、大抵《たいてい》は他人の影を踏まうとして追ひまはすのである。相手は踏まれまいとして逃げまはりながら、隙《すき》をみて巧みに敵の影を踏まうとする。また横合から飛び出して行つて、どちらかの影を踏まうとするのもある。かうして三人五人、多いときには十人以上も入りみだれて、地に落つる各自《めいめい》の影を追ふのである。勿論、すべつて転ぶのもある。下駄《げた》や草履《ぞうり》の鼻緒《はなお》を踏み切るのもある。この遊びはいつの頃から始まつたのか知らないが、兎《と》にかくに江戸時代を経て明治の初年、わたし達の子どもの頃まで行はれて、日清《につしん》戦争の頃にはもう廃《すた》つてしまつたらしい。

子ども同士がたがひに影を踏み合つてゐるのは別に仔細《しさい》もないが、それだけでは面白くないとみえて往々にして通行人の影をふんで逃げることがある。迂闊《うかつ》に大人の影を踏むと叱られる虞《おそ》れがあるので、大抵《たいてい》は通りがかりの娘や子供の影をふんでわつと囃《はや》し立て、逃げる。まことに他愛《たわい》のない悪戯《いたずら》ではあるが、たとひ影にしても、自分の姿の映《うつ》つてゐるものを土足《どそく》で踏みにじられると云ふのは余り愉快なものではない。それに就《つい》てこんな話が伝へられてゐる。

嘉永《かえい》元年九月十二日の宵《よい》である。芝《しば》の柴井町《しばいちよう》、近江屋《おうみや》といふ糸屋の娘おせきが神明前《しんめいまえ》の親類をたづねて、五《いつ》つ（午後八時）前に帰つて来た。あしたは十三夜で、今夜の月も明るかつた。ことしの秋の寒さは例年よりも身にしみて風邪引きが多いといふので、おせきは仕立ておろしの綿入《わたいれ》の両袖《りょうそで》をかき合せながら、北に向つて足早に辿《たど》つてくると、宇田《うだ》川町《がわちょう》の大通りに五六人の男の児《こ》が駈けまはつて遊んでゐた。影や道陸神《どうろくじん》の唄の声もきこえた。

そこを通りぬけて行きかゝると、その子供の群《むれ》は一度にばら〳〵と駈けよつて来て、地に映《うつ》つてゐるおせきの黒い影を踏まうとした。はつと思つて避けようとしたが、もう間にあはない。いたづらの子供たちは前後左右から追取《おっと》りまいて来て、逃げまはる娘の影を思ふがまゝに踏んだ。かれらは十三夜のぼた餅を歌ひはやしながらどつと笑つて立去つた。

相手が立去つても、おせきはまだ一生懸命に逃げた。かれは息を切つて、逃げて、逃げて、柴井町の自分の店さきまで駈けて来て、店の框《かまち》へ腰をおろしながら横さまに俯伏《うつぶ》してしまつた。店には父の弥助《やすけ》と小僧ふたりが居《い》あはせたので、驚いてすぐに彼女《かれ》を介抱した。奥からは母のお由《よし》も女中のおかんも駈出《かけだ》して来て、水をのませて落着かせて、さて、その仔細を問ひ糺《ただ》さうとしたが、おせきは胸の動悸《どうき》がなか〳〵鎮《しず》まらないらしく、しばらくは胸をかゝへて店さきに俯伏してゐた。

おせきは今年十七の娘ざかりで、容貌《きりょう》もよい方である。宵とは云へ、月夜とは云へ、賑《にぎや》かな往来とは云つても、なにかの馬鹿者にからかはれたのであらうと親たちは想像したので、弥助は表へ出てみたが、そこらには彼女《かれ》を追つて来たらしい者の影もみえなかつた。

『おまへは一体どうしたんだよ。』と、母のお由は待ちかねて又訊いた。

『あたし踏まれたの。』と、おせきは声をふるはせながら云つた。

『誰に踏まれたの。』

『宇田川町を通ると、影や道陸神の子供達があたしの影を踏んで……。』

『なんだ。』と、弥助は張合《はりあ》ひ抜《ぬ》けがしたやうに笑ひ出した。『それが何《ど》うしたといふのだ。そんなことを騒ぐ奴があるものか。影や道陸神なんぞ珍しくもねえ。』

『ほんたうにそんな事を騒ぐにやあ及ばないぢやあないか。あたしは何事が起つたのかと思つてびつくりしたよ。』と、母も安心と共に少《すこ》しく不平らしく云つた。

『でも、自分の影を踏まれると、悪いことがある……。寿命《じゆみよう》が縮まると……。』と、おせきは更《さら》に涙ぐんだ。

『そんな馬鹿なことがあるものかね。』

お由は一言《いちごん》の下《もと》に云ひ消したが、実をいふと其頃の一部の人達のあひだには、自分の影を踏まれると好《よ》くないといふ伝説がないでもなかつた。七尺《しちしやく》去つて師《し》の影を踏まずなどと支那でも云ふ。たとひ影にしても、人の形《かたち》を踏むといふことは遠慮しろといふ意味から、彼《か》の伝説は生まれたらしいのであるが、後《のち》には踏む人の遠慮よりも踏まれる人の恐れとなつて、影を踏まれると運が悪くなるとか、寿命が縮むとか、甚《はなは》だしきは三年の内に死ぬなどと云ふ者がある。それほどに怖るべきものであるならば、どこの親達も子どもの遊びを堅く禁止しさうなものであるが、それ程《ほど》にはやかましく云はなかつたのを見ると、その伝説や迷信も一般的ではなかつたらしい。而《しか》もそれを信じて、それを恐れる人達からみれば、それが一般的であると無いとは問題ではなかつた。

『馬鹿をいはずに早く奥へ行け。』

『詰《つま》らないことを気におしでないよ。』

父には叱られ、母にはなだめられて、おせきはしよんぼりと奥へ這入つたが、胸一杯の不安と恐怖とは決して納《おさ》まらなかつた。近江屋の二階は六畳《じよう》と三畳の二間《ふたま》で、おせきはその三畳に寝ることになつてゐたが、今夜は幾たびも強い動悸《どうき》におどろかされて眼をさました。幾つかの小さい黒い影が自分の胸や腹の上に跳つてゐる夢をみた。

あくる日は十三夜で、近江屋でも例年の通りに芒《すすき》や栗《くり》を買つて月の前にそなへた。今夜の月も晴れてゐた。

『よいお月見でございます。』と、近所の人たちも云つた。

併《しか》しおせきはその月を見るのが何だか怖しいやうに思はれてならなかつた。月が怖しいのではない、その月のひかりに映し出される自分の影をみるのが怖しいのであつた。世間ではよい月だと云つて、或《あるい》は二階から仰《あお》ぎ、あるひは店先から望み、あるひは往来へ出て眺めてゐるなかで、かれ一人は奥に閉籠《とじこも》つてゐた。

——影や道陸神、十三夜の牡丹餅《ぼたもち》——

子ども等《ら》の歌ふ声々が、おせきの弱い魂《たましい》を執念ぶかく脅《おびや》かした。

二

それ以来、おせきは夜《よ》あるきをしなかつた。殊《こと》に月の明るい夜には、表《おもて》へ出るのを恐れるやうになつた。どうしても夜あるきをしなければならないやうな場合には、努《つと》めて月のない暗い宵《よい》を選んで出ることにしてゐた。世間の娘たちとは反対のこの行動が父や母の注意をひいて、お前はまだそんな詰《つま》らないことを気にしてゐるのかと、両親からしば〳〵叱られた。而《しか》もおせきの魂に深く食《く》ひ入つた一種の恐怖と不安とはいつまでも消え失《う》せなかつた。

さうしてゐる中《うち》に、不運のおせきは再び自分の影におどろかされるやうな事件に遭遇した。その年の師走《しわす》の十三日、おせきの家《うち》で煤掃《すすはき》をしてゐると、神明前《しんめいまえ》の親類の店から小僧が駈けて来て、おばあさんが急病で倒れたと報《しら》せた。神明前の親類といふのは、おせきの母の姉が縁付いてゐる家《うち》で、近江屋とは同商売であるばかりか、その次男の要次郎《ようじろう》をゆく〳〵はおせきの婿《むこ》にするといふ内相談《ないそうだん》もある。そこの老母が倒れたと聞いては其儘《そのまま》には済《すま》されない。誰かゞすぐに見舞に駈け付けなければならないのであるが、生憎《あいにく》にけふは煤掃の最中で父も母も手が離されないので、とりあへずおせきを出して遣ることにした。

襷《たすき》をはづして、髪をかきあげて、おせきが兎《と》つかはと店を出たのは、昼の八《や》つ（午後二時）を少し過ぎた頃であつた。ゆく先は大野屋《おおのや》といふ店で、こゝも今日は煤掃である。その最中に今年七十五になるおばあさんが突然打《ぶ》つ倒《たお》れたのであるから、その騒ぎは一通りでなかつた。奥には四畳半の離屋《はなれ》があるので、急病人をそこへ運び込んで介抱してゐると、幸ひに病人は正気に戻つた。けふは取分けて寒い日であるのに、達者《たつしゃ》にまかせて老人が、早朝から若い者どもと一緒になつて立働《たちはたら》いたために、こんな異変をひき起したのであるが、左《さ》のみ心配することはない。静《しず》かに寝かして置けば自然に癒《なお》ると、医者は云つた。それで先《ま》づ一安心したところへ、おせきが駈けつけたのである。

『それでもまあ好《よ》うござんしたわねえ。』

おせきも安心したが、折角《せっかく》こゝまで来た以上、すぐに帰つてしまふわけにも行かないので、病人の枕もとで看病の手つだひなどをしてゐるうちに、師走のみじかい日はいつしか暮れてしまつて、大野屋の店の煤はきも片附いた。蕎麦《そば》を食はされ、ゆふ飯《めし》を食はされて、おせきは五つ少し前に、こゝを出ることになつた。

『阿父《おとつ》さんや阿母《おつか》さんにもよろしく云つてください。病人も御覧の通りで、もう心配することはありませんから。』と、大野屋の伯母《おば》は云つた。

宵ではあるが、年の暮《くれ》で世間《せけん》が物騒《ぶつそう》だといふので、伯母は次男の要次郎に云ひつけて、おせきを送らせて遣ることにした。お取込みのところをそれには及ばないと、おせきは一応辞退したのであるが、それでも間違ひがあつてはならないと云つて、伯母は無理に要次郎を附けて出した。店を出るときに伯母は笑ひながら声をかけた。

『要次郎。おせきちやんを送つて行くのだから、影や道陸神《どうろくじん》を用心おしよ。』

『この寒いのに、誰も表に出てゐやしませんよ。』と、要次郎も笑ひながら答へた。

おせきが影を踏まれたのは、やはりこゝの家《うち》から帰る途中の出来事で、彼女《かれ》がそれを気に病《や》んでゐるらしいことは、母のお由《よし》から伯母にも話したので、大野屋一家の者もみな知つてゐるのであつた。要次郎は今年十九の、色白の痩形《やせがた》の男で、おせきとは似合の夫婦と云つてよい。その未来の夫婦がむつまじさうに肩をならべて出てゆくのを、伯母は微笑《ほほえ》みながら見送つた。

一応は辞退したものゝ、要次郎に送られてゆくことはおせきも実は嬉《うれ》しかつた。これも笑ひながら表へ出ると、煤はきを済《すま》せて今夜は早く大戸《おおど》をおろしてゐる店もあつた。家《うち》中《じゆう》に灯《ひ》をとぼして何かまだ笑ひさゞめいてゐる店もあつた。その家々の屋根の上には、雪が降つたかと思ふやうに月のひかりが白く照り渡つてゐた。その月を仰いで、要次郎は夜の寒さが身にしみるやうに肩をすくめた。

『風はないが、なか〳〵寒い。』

『寒うござんすね。』

『おせきちやん、御覧《ごらん》よ。月がよく冴《さ》えてゐる。』

要次郎に云はれて、おせきも思はず振り仰《あお》ぐと、向う側の屋根の物干《ものほし》の上に、一輪《いちりん》の冬の月は、冷《つめた》い鏡のやうに冴えてゐた。

『好《い》いお月様ねえ。』

とは云つたが、忽《たちま》ちに一種の不安がおせきの胸に湧《わ》いて来た。今夜は十二月十三日で、要次郎と一緒にあるいてゐるのとで、おせきはそれを忘れてゐたのである。明るい月――それと反対におせきの心は暗くなつた。急におそろしいものを見せられたやうに、おせきは慌《あわ》て丶顔をそむけて俯向《うつむ》くと、今度は地に映る二人の影があり〳〵と見えた。

それと同時に、要次郎も思ひ出したやうに云つた。

『おせきちやんは月夜の晩には表へ出ないんだつてね。』

おせきは黙つてゐると、要次郎は笑ひ出した。

『なぜそんなことを気にするんだらう。あの晩もわたしが一緒に送つて来ればよかつたつけ。』

『だつて、なんだか気になるんですもの。』と、おせきは低い声で訴へるやうに云つた。

『大丈夫だよ。』と、要次郎はまた笑つた。

『大丈夫でせうか。』

二人はもう宇田川町の通りへ来てゐた。要次郎の云つた通り、この極月《ごくげつ》の寒い夜に、影を踏んで騒ぎまはつてゐるやうな子供のすがたは一人も見出されなかつた。むかしから男女《おとこおんな》の影法師《かげぼうし》は憎いものに数《かぞ》へられてゐるが、要次郎とおせきはその憎い影法師を土の上に落しながら、摺寄《すりよ》るやうに列《なら》んであるいてゐた。勿論、こゝらの大通りに往来は絶えなかつたが、二つの憎い影法師をわざ〳〵踏みにじつて通るやうな、意地の悪い通行人もなかつた。

宇田川町をゆきぬけて、柴井町へ踏み込んだときである。どこかの屋根の上で鴉《からす》の鳴く声がきこえた。

『あら、鴉が……』と、おせきは声のする方をみかへつた。

『月夜鴉《つきよがらす》だよ。』

要次郎がかう云つた途端に、二匹の犬がそこらの路地から駈け出して来て、恰《あたか》もおせきの影の上で狂ひまはつた。はつと思つておせきが身をよけると、犬はそれを追ふやうに駈けあるいて、かれの影を踏みながら狂つてゐる。おせきは身をふるはせて要次郎に取縋《とりすが》つた。

『おまへさん、早く追つて……』

『畜生《ちくしょう》。叱《し》つ、叱つ。』

犬は要次郎に追はれながらも、やはりおせきに附纏《つきまと》つてゐるやうに、かれの影を踏みながら跳り狂つてゐるので、要次郎も癇癪《かんしゃく》をおこして、足もとの小石を拾つて二三度叩きつけると、二匹の犬は悲鳴をあげて逃げ去つた。

おせきは無事に自分の家《うち》へ送りとゞけられたが、その晩の夢には、二匹の犬がかれの枕もとで駈けまはるのを見た。

三

今まで、おせきは月夜を恐れてゐたのであるが、その後のおせきは、昼の日光をも恐れるやうになつた。日光のかゞやくところへ出れば、自分の影が地に映《うつ》る。それを何者にか踏まれるのが怖《おそろ》しいので、かれは明るい日に表へ出るのを嫌つた。暗い夜《よ》を好み、暗い日を好み、家内《かない》でも薄暗いところを好むやうになると、当然の結果として彼女《かれ》は陰鬱な人間となつた。

それが嵩《こう》じて、あくる年の三月頃になると、かれは燈火《あかり》をも嫌ふやうになつた。月といはず、日と云はず、燈火といはず、すべて自分の影をうつすものを嫌ふのである。かれは自分の影を見ることを恐れた。かれは針仕事の稽古《けいこ》にも通はなくなつた。

『おせきにも困つたものですね。』と、その事情を知つてゐる母は、とき〴〵に顔をしかめて夫にさゝやくこともあつた。

『まつたく困つた奴だ。』

弥助も溜息をつくばかりで、どうにも仕様がなかつた。

『やつぱり一つの病気ですね。』と、お由は云つた。

『まあさうだな。』

それが大野屋の人々にもきこえて、伯母夫婦も心配した。とりわけて要次郎は気を痛めた。ことに二度目のときには自分が一緒に連《つ》れ立《だ》つてゐただけに、彼は一種の責任があるやうにも感じられた。

『おまへが傍《そば》に附いてゐながら、なぜ早くその犬を追つてしまはないのだねえ。』と、要次郎は自分の母からも叱られた。

おせきが初めて自分の影を踏まれたのは九月の十三夜である。それからもう半年以上を過ぎて、おせきは十八、要次郎は廿歳《はたち》の春を迎へてゐる。前々からの約束で、今年はもう婿入りの相談をきめることになつてゐるのであるが、肝心の婿取り娘が半気ちがひのやうな、半病人のやうな形になつてゐるので、それも先《ま》づそのまゝになつてゐるのを、おせきの親たちは勿論、伯母夫婦もしきりに心配してゐたのであるが、ただ一通りの意見や説諭《せつゆ》ぐらゐでは、何《ど》うしてもおせきの病《やまい》を癒《なお》すことは出来なかつた。

なにしろこれは一種の病気であると認めて、近江屋でも嫌がる本人を連れ出して、二三人の医者に診《み》て貰《もら》つたのであるが、どこの医者にも確《たしか》な診断を下《くだ》すことは出来ないで、おそらく年ごろの娘にあり勝《がち》の気鬱病《きうつびよう》であらうかなどと云ふに過ぎなかつた。そのうちに大野屋の惣領息子《そうりようむすこ》、すなはち要次郎の兄が或人《あるひと》から下谷《したや》に偉い行者《ぎようじや》があるといふことを聞いて来たが、要次郎はそれを信じなかつた。

『あれは狐使《きつねつか》ひだと云ふことだ。あんな奴に祈禱《きとう》を頼むと、却《かえ》つて狐を憑《つ》けられる。』

『いや、その行者はそんなのではない。大抵の気ちがひでも一度御祈禱をして貰《もら》へば癒るさうだ。』

兄弟が頻《しき》りに云ひ争つてゐるのが母の耳にも這入つたので、兎《と》も角《かく》もそれを近江屋の親たちに話して聞かせると、迷ひ悩んでゐる弥助夫婦は非常によろこんだ。然《しか》しすぐに娘を連れて行くと云つても、きつと嫌がるに相違ないと思つたので、夫婦だけが先《ま》づその行者をたづねて、彼《かれ》の意見を一応訊いて来ることにした。それは嘉永二年六月のはじめで、今年の梅雨《つゆ》のまだ明け切らない暗い日であつた。

行者の家《うち》は五条《ごじよう》の天神《てんじん》の裏通りで、表構《おもてがま》へは左《さ》ほど広くもないが、奥行のひどく深い家《うち》であるので、この頃《ごろ》は雨の日には一層うす暗く感じられた。何の神か知らないが、それを祭つてある奥の間には二本の蠟燭が点《とも》つてゐた。行者は六十以上かとも見える老人で、弥助夫婦からその娘のことを詳《くわ》しく聴いた後《のち》に、かれはしばらく眼をとぢて考へてゐた。

『自分で自分の影を恐れる――それは不思議のことでござる。では、兎も角もこの蠟燭をあげる。これを持つてお帰りなさるがよい。』

行者は神前《しんぜん》にかゞやいてゐる蠟燭の一本を把《と》つて出した。今夜の子《ね》の刻《こく》（午後十二時）

にその蠟燭の火を照《てら》して、壁か又は障子《しょうじ》にうつし出される娘の影を見とゞけろと云ふのである。娘に何かの憑物《つきもの》がしてゐるならば、その形《かたち》は見えずとも其影《そのかげ》があり〳〵と映る筈《はず》である。その娘に狐が憑いてゐるならば、狐の影がうつるに相違ない。鬼が憑いてゐるならば鬼が映る。それを見とゞけて報告してくれゝば、わたしの方にも又相当の考へがあると云ふのであつた。かれはその蠟燭を小さい白木《しらき》の箱に入れて、なにか呪文のやうなことを唱《とな》へた上で、うや〳〵しく弥助にわたした。

『ありがたうござります。』

夫婦は押頂《おしいただ》いて帰つて来た。その日はゆふ方から雨が強くなつて、とき〴〵に雷《らい》の音がきこえた。これで梅雨も明けるのであらうと思つたが、今夜の弥助夫婦に取つては、雨の音、雷の音、それがなんとなく物すさまじいやうにも感じられた。

前から話して置いては面倒《めんどう》だと思つたので、夫婦は娘にむかつて何事も洩《もら》さなかつた。四《よ》つ（午後十時）には店を閉めることになつてゐるので、今夜もいつもの通りにして家内の者を寝かせた。おせきは二階の三畳に寝た。胸に一物《いちもつ》ある夫婦は寐《ね》た振《ふり》をして夜《よ》のふけるのを待つてゐると、やがて子《ね》の刻《こく》の鐘《かね》がひゞいた。それを合図に夫婦はそつと階子《はしご》をのぼつた。弥助は彼《か》の蠟燭を持つてゐた。

二階の三畳の襖《ふすま》をあけて窺《うかが》ふと、今夜のおせきは疲れたやうにすや〳〵と眠つてゐた。お由はしづかに揺《ゆ》り起《おこ》して、半分は寐ぼけてゐるやうな若い娘を寝床の上に起き直らせると、かれの黒い影は一方の鼠壁に細く揺れて映つた。蠟燭を差出す父の手がすこしく顫へてゐるからであつた。

夫婦は恐るゝやうに壁を見つめると、それに映つてゐるのは確に娘の影であつた。そこには角《つの》のある鬼や、口の尖つてゐる狐などの影は決して見られなかつた。

四

夫婦は安心したやうに先《ま》づほつとした。不思議さうにきよろ〳〵してゐる娘を再び窃《そつ》と寝かせて、ふたりは抜き足をして二階を降りて来た。

あくる日は弥助ひとりで再び下谷《したや》の行者《ぎようじや》をたづねると、老いたる行者は又かんがへてゐた。

『それでは私にも祈禱の仕様がない。』

突き放されて、弥助も途方にくれた。

『では、どうしても御祈禱は願はれますまいか。』と、かれは嘆くやうに云つた。

『お気の毒だが、わたしの力には及ばない。しかし、折角たび〳〵お出でになつたのであるから、もう一度ためして御覧になるがよい。』と、行者は更に一本の蠟燭を渡した。『今夜はすぐにこの火を燃《もや》すのではない。今から数えて百日目の夜、時刻はやはり子《ね》の刻《こく》、お忘れなさるな。』

今から百日といふのでは、あまりに先が長いとも思つたが、弥助はこの行者の前で我儘《わがまま》をいふほどの勇気はなかつた。かれは教へられたまゝに一本の蠟燭をいたゞいて帰つた。

かういふ事情であるから、おせきの婿取りも当然延期されることになつた。あんな行者などを信仰するのは間違つてゐると、要次郎は蔭《かげ》でしきりに憤慨してゐたが、周囲の力に圧《あつ》せられて、彼はおめ〳〵それに服従するのほかは無かつた。

『夏の中《うち》にどこかの滝《たき》にでも打たせたら好《よ》からう。』と、要次郎は云つた。かれは近江屋の夫婦を説いて王子《おうじ》か目黒《めぐろ》の滝へおせきを連れ出さうと企《くわだ》てたが、両親は兎も角も、本人のおせきが外出を堅く拒むので、それも結局実行されなかつた。

ことしの夏の暑さは格別で、おせきの夏瘦《なつや》せは著るしく眼に立つた。日の目を見ないやうな奥の間にばかり閉籠つてゐるために、運動不足、それに伴《ともな》ふ食慾不振がいよ〳〵彼女《かれ》を疲《つか》らせて、さながら生きてゐる幽霊のやうになり果てた。訳《わけ》を知らない人は癆症《ろうしよう》であらうなどとも噂してゐた。そのあひだに夏も過ぎ、秋も来て、旧暦では秋の終りといふ九月になつた。行者に教へられた百日目は九月十二日に相当するのであつた。

それは今初めて知つたわけではない。行者に教へられた時、弥助夫婦はすぐに其日を繰《く》つてみて、それが十三夜の前日に当《あた》ることをあらかじめ知つてゐたのである。おせきが初めて影を踏まれたのは去年の十三夜の前夜で、行者のいふ百日目が恰《あたか》も満一年目の当日であるといふことが、彼女《かれ》の父母《ちちはは》の胸に一種の暗い影を投げた。今度こそはその蠟燭のひかりが何かの不思議を照し出すのではないかとも危《あや》ぶまれて、夫婦は一面に云ひ知れない不安をいだきながらも、いはゆる怖いもの見たさの好奇心も手伝つて、その日の早く来るのを待ちわびてゐた。

その九月十二日がいよ〳〵来た。その夜の月は去年と同じやうに明るかつた。

あくる十三日、けふも朝から晴れてゐた。午《ひる》少し前に弱い地震があつた。八《や》つ頃（午後二時）に大野屋の伯母が近所まで来たと云つて、近江屋の店に立寄つた。呼ばれて、おせきは奥から出て来て、伯母にも一通りの挨拶をした。伯母が帰るときに、お由は表まで送つて出て、往来で小声でさゝやいた。

『おせきの百日目といふのは昨夜《ゆうべ》だつたのですよ。』

『さう思つたからわたしも様子を見に来たのさ。』と伯母も声をひそめた。『そこで、何か変つたことでもあつて……。』

『それがね、姉さん。』と、お由はうしろを見かへりながら摺寄《すりよ》つた。『ゆうべも九つ《ここの》（午後十二時）を合図におせきの寝床へ忍んで行つて、寐《ね》ぼけてぼんやりしてゐるのを抱き起して、内《うち》の人が蠟燭をかざしてみると――壁には骸骨《がいこつ》の影が映つて……。』

お由の声は顫《ふる》へてゐた。伯母も顔の色を変へた。

『え、骸骨の影が……。見違ひぢやあるまいね。』

『あんまり不思議ですから好《よ》く見つめてゐたんですけれど、確《たしか》にそれが骸骨に相違ないので、わたしはだん〲に怖くなりました。わたしばかりでなく、内《うち》の人の眼にもさう見えたといふのですから、嘘ぢやありません。』

『まあ。』と、伯母は溜息をついた。『当人はそれを知らないのかえ。』

『ひどく眠がつてゐて、又すぐに寐てしまひましたから、何《なん》にも知らないらしいのです。それにしても、骸骨が映るなんて一体どうしたんでせう。』

『下谷《したや》へ行つて訊いて見たの。』と、伯母は訊いた。

『内の人は今朝《けさ》早くに下谷へ行つて、その話をしましたところが、行者様はたゞ黙つて考へてゐて、わたしにもよく判らないと云つたさうです。』と、お由は声を曇らせた。『ほんたうに判らないのか、判つてゐても云はないのか、どつちでせうね。』

『さあ。』

判つてゐても云はないのであらうと、伯母は想像した。お由もさう思つてゐるらしかつた。もしさうならば、それは悪いことに相違ない。善《い》いことであれば隠す筈がないとは、誰でも考へられることである。二人の女は暗い顔をみあはせて、しばらく往来中《なか》に突つ立つてゐると、その頭の上の青空には白い雲が高く流れてゐた。

お由はやがて泣き出した。

『おせきは死ぬのでせうか。』

伯母もなんと答へていゝか判らなかつた。かれも内心には十二分《ぶん》の恐れをいだきながら、兎も角も間にあはせの気休めを云つて置くの外《ほか》はなかつた。

伯母は家へ帰つてその話をすると、要次郎はまた怒つた。

『近江屋の叔父さんや叔母さんにも困るな。いつまで狐つかひの行者なんかを信仰してゐるのだらう。そんなことをして此方《こつち》をさん〴〵嚇《おど》かして置いて、お仕舞《しまい》に高い祈禱料をせしめようとする魂胆《こんたん》に相違ないのだ。そのくらゐの事が判らないのかな。』

『そんなことを云つても、論より証拠で、丁度百日目の晩に怪《あや》しい影が映つたといふぢやないか。』と、兄は云つた。

『それは行者が狐を使ふのだ。』

又もや兄弟喧嘩《げんか》がはじまつたが、大野屋の両親にもその裁判が付かなかつた。行者を信じる兄も、行者を信じない弟も、所詮《しよせん》は水かけ論に過ぎないので、ゆふ飯《めし》を境《さかい》にしてその議論も自然物別れになつてしまつたが、要次郎の胸はまだ納まらなかつた。ゆふ飯を食つてしまつて、近所の銭湯へ行つて帰つてくると、今夜の月はあざやかに昇つてゐた。

『好《い》い十三夜だ。』と、近所の人たちも表に出た。中には手をあはせて拝んでゐるのもあつた。

十三夜――それを考へると、要次郎はなんだか家《うち》に落《おち》ついてゐられなかつた。彼はふら〳〵と店を出て、柴井町の近江屋をたづねた。

『おせきちやん、居ますか。』

『はあ。奥にゐますよ。』と、母のお由は答へた。

『呼んで呉《く》れませんか。』と、要次郎は云つた。

『おせきや。要ちやんが来ましたよ。』

母に呼ばれて、おせきは奥から出て来た。今夜のおせきはいつもより綺麗に化粧してゐるのが、月のひかりの前に一層美しくみえた。

『月がいゝから表へ拝《おが》みに出ませんか。』と、要次郎は誘つた。

おそらく断《ことわ》るかと思ひの外《ほか》、おせきは素直に表へ出て来たので、両親も不思議に思つた。要次郎もすこし案外に感じた。併《しか》し彼はおせきを明るい月の前にひき出して、その光を恐れないやうな習慣を作らせようと決心して来たのであるから、それを丁度幸ひにして、ふたりは連れ立つて歩き出した。両親もよろこんで出して遣《や》つた。

若い男と女とは、金杉《かなすぎ》の方角にむかつて歩いてゆくと、冷《つめた》い秋の夜風がふたりの袂《たもと》をそよ〳〵と吹いた。月のひかりは昼のやうに明るかつた。

『おせきちやん。かういふ月夜の晩にあるくのは、好《い》い心持だらう。』と、要次郎は云つた。

おせきは黙つてゐた。

『いつかの晩も云つた通り、詰《つま》らないことを気にするからいけない。それだから気が鬱《ふさ》いだり、からだが悪くなつたりして、お父《とつ》さんや阿母《おつか》さんも心配するやうになるのだ。そんなことを忘れてしまふために、今夜は遅くまで歩かうぢやないか。』

『え、。』と、おせきは低い声で答へた。

——影や道陸神《どうろくじん》、十三夜《や》のぼた餅《もち》——

子どもの唄が又きこえた。それは近江屋の店先を離れてから一町《いつちよう》ほども歩き出した頃であつた。

『子供が来ても構《かま》はない。平気で思ふさま踏ませて遣る方がい、よ。』と、要次郎は励《はげ》ますやうに云つた。

子供の群《むれ》は十人ばかりが一組になつて横町から出て来た。かれらは声をそろへて唄ひながら二人のそばへ近寄つたが、要次郎は片手でおせきの右の手をしつかりと握りながら、わざと平気で歩いてゐると、その影を踏まうとして近寄つたらしい子供等はなにを見たのか、急にわつと云つて一度に逃げ散《ち》つた。

『お化《ば》けだ、お化けだ。』

かれらは口々に叫びながら逃げた。影を踏まうとして近寄つても、こつちが平気でゐるらしいので、更《さら》にそんなことを云つて嚇《おど》したのであらうと思ひながら、要次郎は自分のうしろを見かへると、今までは南に向つて歩いてゐたので一向《いつこう》に気が付かなかつたが、斜《なな》めにうしろの地面に落ちてゐる二つの影——その一つは確かに自分の影であつたが、他《た》の一つは骸骨の影であつたので、要次郎もあつと驚いた。行者を狐つかひなどと罵《ののし》つてゐながらも、今やその影を実地《じつち》に見せられて、かれは俄《にわか》に云ひ知れない恐怖に襲はれた。子供等がお化けだと叫んだのも嘘ではなかつた。

要次郎は不意の恐れに前後の考へをうしなつて、今までしつかりと握りしめてゐたおせきの手を振放《ふりはな》して、半分は夢中で柴井町の方へ引返して逃げた。

その注進《ちゆうしん》におどろかされて、おせきの両親は要次郎と一緒にそこへ駈け着けてみると、おせきは右の肩から袈裟斬《けさぎ》りに斬られて往来のまん中に倒れてゐた。

近所の人の話によると、要次郎が駈け出したあとへ一人の侍《さむらい》が通りかゝつて、いきなりに刀をぬいておせきを斬り倒して立去つたといふのであつた。宵の口といひ、この月夜に辻斬《つじぎり》でもあるまい。かの侍も地にうつる怪《あや》しい影をみて、たちまちに斬り倒してしまつたのかも知れない。

おせきが自分の影を恐れてゐたのは、かういふことになる前兆であつたかと、近江屋の親たちは嘆いた。行者の奴が狐を憑けてこんな不思議を見せたのだと、要次郎は憤《いきどお》つた。しかし誰にも確《たしか》な説明の出来る筈はなかつた。唯《ただ》こんな奇怪な出来事であつたとして、世間に伝へられたに過ぎなかつた。

鐘《かね》が淵《ふち》

一

I《アイ》君は語る。

僕の友人に大原《おおはら》といふのがある。現今《げんこん》は北海道の方へ行つて、盛《さかん》に鑵詰《かんづめ》事業をやつてゐるが、お父《とつ》さんの代までは旧幕臣《きゆうばくしん》で、当主の名は右之助《うのすけ》といふことになつてゐた。遠いむかしは右馬之助《うまのすけ》と云つたのださうであるが、何かの事情で馬の字を省《はぶ》いて、単に右之助といふことになつて、代々の当主は右之助と呼ばれてゐた。ところで、今から六代前の大原右之助といふ人は徳川八代将軍吉宗《よしむね》に仕《つか》へてゐたが、その時にかういふ一つの出来事があつたといつて、家の記録に書き残されてゐる。由来《ゆらい》、諸家《しよけ》の系図とか記録とか伝説とかいふものは、可《か》なり疑《うたが》はしいものが多いから、これも確《たしか》にほんとうか何《ど》うかは受合はれないが、兎《と》もかくも大原の家では真実の記録として子々孫々に伝へてゐる。それを当代の大原君が曾《かつ》て話してくれたので、僕は今その受売りをするわけであるから、多少の聞き間違ひがあるかも知れない。

その話の大体はかうである。

享保《きようほ》十一年に八代将軍吉宗は小金《こがね》が原《はら》で猟《かり》をしてゐる。やはり其年《そのとし》のことであるといふが、将軍の隅田川《すみだがわ》御成《おなり》があつた。僕も遠い昔のことはよく知らないが、二代将軍のころには隅田川の堤《つつみ》を鷹狩《たかがり》の場所と定められて、そこには将軍の休息所として隅田川御殿といふものが作られてゐたさうである。それが五代将軍綱吉《つなよし》の殺生禁断《せつしようきんだん》の時代に取り毀《こわ》されて、その後は木母寺《もくぼじ》または弘福寺《こうふくじ》を将軍の休息所にあて、ゐたといふことであるが、大原家の記録によると、木母寺を弘福寺に換へられたのは寛保《かんぽう》二年のことであるといふから、この話の享保時代にはまだ木母寺が将軍の休息所になつたゐたものと思はれる。

こんな考証は僕の畑《はたけ》にないことであるから、先《ま》づ好《い》い加減にして置いて、手取早く本《ほん》文《もん》にとりかゝると、このときの御成《おなり》は四月の末《すえ》といふのであるから鷹狩ではない。木母寺のすこし先に御前畑《ごぜんばたけ》といふものがあつて、そこに将軍家の台所用の野菜や西瓜《すいか》真桑瓜《まくわうり》のたぐひを作つてゐる。又その附近に広い芝生《しばふ》があつて、桜、桃、赤松、柳、あやめ、躑躅《つつじ》、さくら草《そう》のたぐひを沢山に栽《う》ゑさせて、将軍がとき〴〵遊覧に来ることになつてゐる。このときの御成も単に遊覧のためで、隅田のながれを前にして、晩春初夏の風景を賞《め》でるだけのことであつたらしい。

旧暦の四月末といへば、晩春よりも初夏に近い。けふは朝から麗《うらら》かに晴れ渡つて、川上の筑波《つくば》もあざやかに見える。芝生の植込みのあひだにも御茶屋といふものが出来てゐるが、それは大きい建物ではないので、そこに休息してゐるのは将軍と少数の近習《きんじゆ》だけで、ほかのお供の者はみな木母寺の方に控へてゐる。大原右之助は廿三歳《にじゆうさんさい》でお徒士組《かちぐみ》の一人《にん》としてけふのお供に加はつて来てゐた。かれは昼飯《ひるめし》の弁当を食つてしまつて、二三人の同輩と梅若塚《うめわかづか》のあたりを散歩してゐると、近習がしらの山下三右衛門《やましたさんえもん》が組頭同道《くみがしらどうどう》で彼をさがしに来た。

『大原、御用だ。すぐに支度《したく》をしてくれ。』と、組頭は云つた。

『は。』と、大原は形をあらためて答へた。『なんの御用でござります。』

『貴公《きこう》。水練《すいれん》は達者かな。』と、山下は念を押すやうに訊いた。

『いさゝか心得がござります。』

口では聊《いささ》かと云つてゐるが、水練にかけては大原右之助、実は大いなる自信があつた。大原にかぎらず、この時代のお徒士《かち》の者はみな水練に達してゐたと云ふことである。それは将軍吉宗が職をついで間もなく、隅田川のほとりへ狩に出た時、将軍の手から放した鷹が一羽の鴨《かも》をつかんだが、その鴨があまりに大きかつた為に、鷹は摑《つか》んだまゝで水のなかに落ちてしまつた。お供の者もあれ〳〵と立ち騒いだが、この大川へ飛び込んでその鷹を救ひあげようとする者がない。一同いたづらに手に汗を握つてゐるうちに、お徒士の一人坂入半七《さかいりはんしち》といふのが野懸《のが》けの装束《しようぞく》のまゝで飛び込んで、やがてその鷹と鴨とを臂《ひじ》にして泳ぎ戻つて来たので、将軍は殊《こと》のほかに賞美《しようび》された。その帰り路《みち》に、とある民家の前に沢山の米俵《こめだわら》が積んであるのを将軍がみて、あの米はなんの為にするのである。わが家《や》の食米《しよくまい》にするのか、他《た》へ納めるのかと訊いたので、おそばの者がその民家に聞き糺《ただ》して、これは自家の食米ではない、代官伊奈半右衛門《いなはんえもん》に上納《じようのう》するものであると答へると、しからばそれを彼《か》の鷹を据《す》ゑ上《あ》げたる者に取らせろと将軍は云つた。その米は四百俵《ぴよう》あつたといふ。かうして、坂入半七は意外の面目《めんぼく》をほどこした上に、意外の恩賞にあづかつたので、それ以来お徒士組の者は競つて水練をはげむやうになつた。

あらためて云ふまでもなく、八代将軍吉宗は紀州《きしゆう》から入つて将軍職を継《つ》いだ人で、本国の紀州にあつて、若いときから常に海上を泳いでゐたので、頗《すこぶ》る水練に達してゐる。江戸へ出て来てから自分に扈従《こじゆう》するお徒士の侍どもを見るに、どうもあまり水練の心得はないらしい。水練は武術の一科目ともいふべきものであるのに、その練習を怠るのを宜《よろ》しくないと思つてゐたので、この機会に於て吉宗は彼《か》の坂入半七を特に激賞し、あはせて他を激励したのであると伝へられてゐる。いづれにしても、それが動機となつて、お徒士の面々はみな油断なく水練の研究をすること、なつたのみならず、吉宗は更にそれを奨励《しようれい》するために、毎年六月、浅草駒形堂《あさくさこまがたどう》附近の隅田川に於てお徒士組の水練を行はせること、した。

夏季《かき》の水練は幕府の年中行事《ねんじゆうぎようじ》であるが、元禄以後殆《ほとん》ど中絶のすがたとなつてゐたのを、吉宗はそれを再興して、年々《ねんねん》かならず励行《れいこう》することに定めたので、苟《いやし》くも水練の心得がなければお徒士《かち》の役は勤められないことにもなつた。したがつてその道にかけては皆相当のおぼえがある中でも、大原右之助は指折りの一人《にん》であつた。

大原と肩をならべる水練の達者は、三上治太郎《みかみじたろう》、福井文吾《ふくいぶんご》の二人で、去年の夏の水練御《すいれんご》上覧《じようらん》の節には大原は隅田川のまん中で立泳ぎをしながら短冊《たんざく》に歌をかいた。三上はおなじく立泳ぎをしながら西瓜と真桑瓜の皮を剝《む》いた。福井は家重代《いえじゆうだい》の大鎧《おおよろい》をきて、兜《かぶと》をかぶつて太刀《たち》を佩《は》いて泳いだ。それほどの者であるから、近習頭《きんじゆがしら》の山下もかれが水練の腕前を知らないわけでは無かつたが、役目の表《おもて》として、一応は念を押したのである。それに対して、大原もいさゝか心得がござると答へたのである。大原ばかりでなく、三上も福井もよび集められて、かれらも一応は水練の有無《うむ》を問ひ糺《ただ》された。

さてその上で、山下はかう云ひ聞かせた。

『いづれ改めて御上意《ごじようい》のあることゝは存ずるが、手前《てまえ》よりも内々《ないない》に申含《もうしふく》めて置く。今日《こんにち》の御用は鐘《かね》が淵《ふち》の鐘《かね》を探《さぐ》れとあるのだ。』

『はあ。』と、三人は顔をあわせた。

沈鐘《ちんしよう》伝説などと云ふことをこゝでは説《と》かないことにしなければならない。口碑《こうひ》によれば、むかし豊島郡石浜《としまごおりいしはま》にあつた普門院《ふもんいん》といふ寺が亀戸村《かめいどむら》に換地《かえち》をたまはつて移転する時、寺の什物《じゆうもつ》一切《いつさい》を船にのせて運ぶ途中、あやまつて半鐘《はんしよう》を淵《ふち》の底に沈めたので、そのところを鐘《かね》が淵《ふち》と呼ぶと云ふのである。江戸砂子《えどすなご》には橋場《はしば》の法源寺《ほうげんじ》の鐘楼《しようろう》がくづれ落ちて、その釣鐘《つりがね》が淵《ふち》に沈んだのであるとも云つてゐる。半鐘《はんしよう》か釣鐘か、いづれにしても或《ある》時代に或寺の鐘がこゝに沈んで、淵の名を作《な》したといふことになつてゐる。将軍吉宗はけふ初めてその伝説を聴いたのか、あるひは予《かね》て聴いてゐたので、けふはその探検《たんけん》を実行しようと思ひ立つたのか。幸ひに今日は空も晴れてゐる、そよとの風もない。まことに穏《おだや》かな日和《ひより》であるから、水練の者を淵《ふち》の底にくゞらせて、果《はた》して世に云ふがごとく、鐘が沈んでゐるか何《ど》うかを詮議させろと云ふ命令を下《くだ》したのであつた。

大勢のなかゝら選《えら》み出されたのは三人の名誉であると云つてよい。しかし普通の水練とは違つて、この命令には三人もすこしく躊躇した。彼《か》の鐘《かね》はむかしから引揚げを企《くわだ》てた者もあつたが、それがいつも成功しないのは水神《すいじん》が惜《おし》ませたまふ故《ゆえ》であると伝へられてゐる。また、その鐘の下《した》には淵《ふち》の主《ぬし》が棲《す》んでゐるとも伝へられてゐる。支那の越王潭《えつおうたん》には青い牛が棲み、亀山《きざん》の淵には青い猿が沈んでゐるといふ、さうした奇怪な伝説も思ひあはされて、三人もなんだが気味悪く感じたが、将軍家の上意とあれば、辞退すべきやうはない。火の中でも水の底でも猶予《ゆうよ》なく飛び込まなければならない。かう覚悟すると、かれらも流石《さすが》に武士である。それには又一種の冒険的興味も加はつて、三人は先《ま》づ山下《やました》にむかつてお請《うけ》の旨《むね》を答へた。

組頭もそばから注意した。

『大事の御用だ。一生懸命に仕《つかま》つれ。』

『かしこまりました。』

三人は勇ましく答へた。山下のあとに附いてゆくと、将軍も野懸《のが》けの装束《しょうぞく》で、芝生《しばふ》のなかの茶屋に腰をかけてゐた。あたりには、今を盛りの躑躅《つつじ》の花が真紅《まつか》に咲きみだれてゐた。将軍の口からも山下が今云つたのと同じ意味の命令が直々《じきじき》に伝へられた。

こゝで正式にお請《うけ》の口上《こうじょう》をのべて、三人は再び木母寺へ引返して来た。それ〴〵に身《み》支度《じたく》をする為である。なにしろ珍しい御用であるので、組頭も心配して色々の世話を焼いた。朋輩達《ほうばいたち》も寄りあつまつて手伝つた。そこで問題になつたのは、三人が同時に水をくゞるか、それとも一人づつ順々に這入るかと云ふことであつた。

二

誰が先《ま》づ第一に鐘《かね》が淵《ふち》の秘密を探るかと云ふことが面倒な問題である。三人が同時にくゞるのは拙《つたな》い。どうしても順々に潜《くぐ》り入《い》るのでなければいけないと決《きま》つたのであるが、その順番をきめるのが頗《すこぶ》るむづかしくなつた。第一番に飛び込むものは戦場の先陣とおなじことで、危険が伴《ともな》ふ代《かわ》りに功名《こうみよう》にもなる。したがつて、この場合にも一種の先陣争ひが起《おこ》つて来た。

組頭《くみがしら》もこの処分には困つたが、そんな争ひに時刻を移しては上《かみ》の御機嫌も如何《いかが》といふので、結局めい／＼の年の順で先後《せんご》をきめることにして、三上治太郎は廿五歳《にじゆうごさい》であるから第一番、その次は廿三歳の大原右之助で、廿歳の福井文吾が最後に廻された。年の順とあれば議論の仕様もないので、三人もおとなしく承知した。

いよ／＼準備が出来たので、将軍吉宗は堤《どて》の上に床几《しようぎ》を据ゑさせて見物する。お供の面々も固唾《かたず》をのんで水の上を睨《にら》んでゐる。今と違つてその頃の堤《どて》は低く、川上《かわかみ》遠く落ちてくる隅田川の流れはこゝに深い淵をなして、淀んだ水は青黒い渦をまいてゐる。むかしから種々《しゆじゆ》の伝説が伴つてゐるだけに、なにさまこの深い淵の底には何かの秘密が潜んでゐるらしく思はれて、云ひ知れない悽愴《せいそう》の気が諸人の胸にも冷く沁《し》み渡つた。

けふは川御成《かわおなり》であるから、どういふことで水に這入る場合がないとも限らないので、御《お》徒士《かち》の者はみなそれだけの用意をしてゐた。択《えら》み出《だ》された三人は稽古着《けいこぎ》のやうな筒袖《つつそで》の肌着一枚になつて、刀を背負つて、額《ひたい》には白布《しろぬの》の鉢巻をして、草の青い堤下《どてした》に小膝《こひざ》をついて控へてゐると、近習《きんじゆ》がしらの山下三右衛門が扇《おうぎ》をあげる。それを合図に、第一番の三上治太郎は鮎《あゆ》を狙《ねら》ふ鵜《う》のやうにさつと水に飛び込むと、淀んだ水は更に大きい渦をまいて、吸ひ込むやうに彼を引き入れてしまつた。

人々は息をころして見つめてゐると、しばらくして三上は浮きあがつて来た。かれは湿《ぬ》れた顔を拭きもしないで報告した。

『淵の底には何物も見あたりませぬ。』

『なにも無いか。』と、近習頭は念を押した。

『はあ。』

なにも無いとあつては、続いて飛び込むのは無用のやうでもあつたが、已《すで》に択《えら》ばれてゐる以上は、かの二人もその役目を果さなければならないので、第二番の大原が入れ代つて水をくゞることになつた。晴れた日には堤《どて》の上から淵の底までも透《す》いて見えると云ひ伝へられてゐるが、けふは一天《いってん》拭《ぬぐ》ふがごとくに晴れ渡つて、初夏の真昼の日光が眩《まば》ゆいばかりにきら〳〵と水を射《い》てゐるにも拘《かかわ》らず、すこしく水をくゞつてゆくと、あたりは思ひのほかに暗く濁つて居たが、水練に十分の自信のある大原は血気《けっき》の勇《ゆう》も伴《ともな》つて、志度《しど》の浦《うら》の海女《あま》のやうに恐れげも無く沈んで行つた。沈むにつれて周囲はます〳〵暗くなる。一種の藻《も》のやうな水草が手足にからむやうに思はれるのを掻《か》き退《の》けながら、深く深く降《くだ》つてゆくと、暗い藻のなかに何か光るものが見えた。

それが何者かの眼《め》であることを覚《さと》つたときに、大原の胸は跳《おど》つた。かれは念のために背なかの刀を一度探つてみて、更《さら》にその光る物のそばへ潜《くぐ》りよると、それは大きい魚《うお》の眼であつた。猶《なお》その正体を見とどけようとして近《ちか》づくと、魚はたちまちに牡丹《ぼたん》のやうな紅《あか》い大きい口をあいて、正面から大原に向つて来た。それは淵《ふち》の主《ぬし》ともいふべき鯉《こい》か鱸《すずき》のたぐひであらうと思つたので、かれは一刀《いっとう》に刺し殺さうとしたが又かんがへた。その正体はなんであらうとも、所詮は一尾《いっぴき》の魚である。手にあまつて刺し殺したとあつては、けふの手柄《てがら》にならない。彼《か》の金時《きんとき》が鯉を抱いたやうに生捕りにして上覧に入れようと、かれは水中に身をかはして、彼の魚を横抱きにかゝると、敵も身を斜めにして跳ね退《の》けた。その途端《とたん》に、鰭《ひれ》で撲《う》たれたのか、尾《お》で敲《たた》かれたのか、大原は脾腹《ひばら》を強く打たれて、殆《ほとん》ど気が遠くなるかと思ふ間《ま》に、魚は素疾《すばや》く水をくゞつて藻の深いなかへ姿を隠してしまつた。気がついて追はうとすると、そこらの水草はいよ〳〵深くなつて、名も知れない長い藻は無数の水蛇《みずへび》か蛸《たこ》のやうに彼の手足にからみ付いて来るので、大原もほと〳〵持て余した。

かれはよんどころなしに背なかの刀をぬいて、手あたり次第に切払つたが、果てしもなく流れつき絡み付く藻のたぐひを彼はどうすることも出来なかつた。大原は蜘蛛の巣にかゝつた蝶のやうに徒《いたず》らに藻掻《もが》きまはつてゐるうちに、暗い底には大きい波が湧きあがつて、無数の藻のたぐひは恰《あたか》も生きてゐる物のやうに一度にそよいで動き出した。そのありさまをみて、大原は急におそろしくなつた。彼はもう何のかんがへも無しに早々《そうそう》に泳いで浮きあがつた。

大原は堤《どて》へ帰つて、自分の見たまゝを正直に申立てた。しかし唯《ただ》おそろしくなつて逃げ帰つたとは云はれないので、かれは大きい魚《うお》と闘ひ、無数の藻と闘ひながら、淵の底を隈《くま》なく見まはつたが、なにぶんにも鐘らしいものは見当らなかつたと報告した。三上も大原も目的の鐘を発見しなかつたは同様であるが、大原の方には色々の冒険談があつただけに諸人《しよにん》の興味をひいた。かれの報告のいつはりでないのは、その左の脾腹《ひばら》に大きい紫の痣《あざ》を残してゐるのを見ても知られた。

つゞいて第三番の福井文吾が水をくゞつた。彼はやがて浮きあがつて来て、かういふ報告をした。

『淵の底には鐘が沈んでをります。一面の水草が取り付いて戦《そよ》いで居りますので、その大きさは確かに判りませぬが、鐘は横さまに倒れてゐるらしく、薄暗いなかに龍頭《りゆうず》が光つてをりました。』

かれは第一の殊勲者《しゆくんしや》で、沈める鐘をあきらかに見とゞけたのである。将軍からも特別に賞美《しようび》の詞《ことば》を下された。

『文吾、大儀であつた。その鐘を水の底に埋《うず》めて置くは無益ぢや。いづれ改めて引揚げさするであらう。』

鐘をひき揚げるには相当の準備が要《い》る。とても今すぐと云ふわけに行かないことは誰も知つてゐるので、いづれ改めてと云ふ沙汰だけで将軍はもとの芝生《しばふ》の茶屋へ戻つた。御徒《おか》士《ち》の者共も木母寺《もくぼじ》の休息所へ引返して、かの三人は組頭からも今日の骨折を褒められたが、そのなかでも福井が最も面目《めんぼく》をほどこした。公方家《くぼうけ》から特別に御賞美《ごしようび》のおことばを下されたのは徒士組の名誉であると、組がしらも喜んだ。他の者共も羨《うらや》んだ。

喜ぶとか羨むとか云ふほかに、それが大勢の好奇心をそゝつたので、福井のまはりを幾《いく》重《え》にも取りまいて、みな口々に種々《いろいろ》の質問を浴《あび》せかけた。鐘の沈んでゐた位置、鐘の形、その周囲の状況などを、いづれも詳しく聞かうとした。福井がかうして持囃《もてはや》されるにつけて、こゝに手持無沙汰の人間がふたり出来た。それは三上治太郎と大原右之助でなければならない。この二人は鐘を認めないと報告したのに、最後に行つて、しかも最《もつと》も年のわかい福井文吾がそれを見出したといふのであるから、かれらは何《ど》うしても器量を下げたことになる。殊《こと》に一番の年上でもあり、家柄も上であるところの三上は、若輩の福井に対してまことに面目ない男になつたのである。

三上は大原を葉桜の木かげへ招いで、小声で云ひ出した。

『福井はほんたうに鐘を見付けたのだらうか。』

『さあ。』と、大原も首をひねつた。かれも実は半信半疑であつた。しかし自分は大きい魚《うお》に襲はれ、更《さら》におそろしい藻《も》に脅《おびや》かされて、淵の底の隅々までも残らず見とゞけて来なかつたのであるから、若《も》しも一段の勇気を振つて、底の底まで根よく猟《あさ》り尽したらば、あるひは福井と同じやうに、その鐘の本体を見付けることが出来たのかも知れない。それを思ふと、かれは一図に福井をうたがふ訳には行かなかつたが、実際その鐘がどこかに横《よこた》はつてゐたならば、自分の眼にも這入りさうなものであつたと云ふ気もするので、今や三上の問に対して、かれは右《みぎ》とも左《ひだり》とも確《たしか》な返事をあたへることが出来なかつた。

『どうも可怪《おかし》いではないか。貴公にも見えない、おれにも見えないと云ふ鐘がどうして福井の眼にだけ見えたのだらう。』と、三上はまた囁《ささや》いた。『あいつ年が若いのに、うろたへて何かを見違へたのではあるまいか。藻のなかに龍頭《りゆうず》が光つてゐたなどといふが、あいつも貴公とおなじやうに魚の眼の光るのでも見たのではないかな。』

さう云へばさう疑はれないこともない。大原は首肯《うなず》いたまゝで又かんがへてゐると、三上はつゞけて云つた。

『さもなければ、大きい亀でも這つてゐたのではないか。亀も年経《としふ》る奴になると、甲《こう》に一面の苔《こけ》や藻《も》が附いてゐる。うす暗いなかで、その頭を龍頭と見ちがへるのは有りさうなことだぞ。』

まつたく有りさうなことだと大原も思つた。かれは俄《にわか》に溜息をついた。

『若《も》しさうだと大変だな。』

『大変だよ。』と、三上も顔をしかめた。

ありもしない鐘を有ると申立てゝ、いざ引揚げといふ時にその詐《いつわ》りが発覚したら、福井の身の上はどうなるか。将軍家から特別の御賞美をたまはつてゐるだけに、彼の責任はいよ〳〵重いことになつて、軽くても蟄居閉門《ちつきよへいもん》、あるひは切腹《せつぷく》――将軍家からは流石《さすが》に切腹しろとは申渡すまいが、当人自身が申訳の切腹といふ羽目にならないとも限らない。当人は身のあやまりで是非ないとしても、それから惹《ひ》いて組がしらの難儀、組中の不面目《ふめんぼく》、世《せ》間《けん》の物笑ひ、これは実に大変であると大原は再び溜息をついた。

三

三上のいふ通り、若《も》しも福井文吾が軽率の報告をしたのであるとすれば、本人の越度《おちど》ばかりでなく、惹《ひ》いては組中の面目にもかゝはることになる。併《しか》し自分たちの口から迂闊《うかつ》にそれを云ひ出すと、なんだか福井の手柄を猜《ねた》むやうに思はれるのも残念であると、大原はかんがへた。かれは当座の思案に迷つて、しばらく躊躇してゐると、三上は催促するやうに又云つた。

『どう考へても、このまゝに打つちやつては置かれまい。これから二人で組頭のところへ行つて話さうではないか。』

『むゝ。』と、大原はまだ生返事《なま》をしてゐた。

沈んでゐる鐘を福井が確《たしか》に見とゞけたと将軍の前で一旦《いったん》申立てゝしまつた以上、今となつては既《も》う取返しの付かないことで、実をいへば五十歩百歩である。いよ〳〵その鐘をひき揚げにとりかゝつてから、彼《かれ》の報告のいつはりであつたことが発覚するよりも、今のうちに早くそれを取消した方が幾分か罪は軽いやうにも思はれるが、それで彼《かれ》の失策が一切《いっさい》帳消《ちようけ》しになると云ふわけには行かない。どの道、かれはその罪をひき受けて相当の制裁をうけなければならない。まかり間違へば、矢はり腹切《はらき》り仕事《しごと》である。かう煎《せん》じつめて来ると、福井の制裁と組中の不面目とは所詮《しよせん》逃れ難《がた》い羽目に陥つてゐるので、今さら騒ぎ立てたところで何《ど》うにもならないやうにも思はれた。

大原はその意見を述べて、三上の再考を求めたが、かれは何《ど》うしても肯《き》かなかつた。

『たとひ五十歩百歩でも、それを知りつゝ黙つてゐるのはいよ〳〵上《かみ》をあざむくことになる。貴公が不同意といふならば、拙者ひとりで申立てる。』

さう云はれると、大原ももう躊躇してはゐられなくなつた。結局ふたりは組頭を小蔭《こかげ》に呼んで、三上の口からそれを云ひ出すと、組頭の顔色は俄《にわか》に陰《くも》つた。勿論、かれも早速にその真偽を判断することは出来なかつたが、万一それが福井の失策であつた場合にはどうするかと云ふ心配がかれの胸を重く圧付《おしつ》けたのである。

『では、福井を呼んでよく詮議してみよう。』

かれとしては差当《さしあた》りそのほかに方法もないので、すぐに福井をそこへ呼び付けて、貴公は確《たし》かにその鐘といふのを見とゞけたのかと重ねて詮議することになつた。福井はたしかに見とゞけましたと答へた。

『万一の見損《みそん》じがあると、貴公ばかりでなく組中一統《くみじゆういつとう》の難儀《なんぎ》にもなる。貴公たしかに相違ないな。』と、組頭は繰返して念を押した。

『深い淵の底には色々のものが棲んでゐる。よもや大きい魚《うお》や亀などを見あやまつたのではあるまいな。』

『相違ござりませぬ。』

『いえ、相違ござりませぬ。』

幾たび念を押しても、福井の返答は変らなかつた。かれは飽《あく》までも相違ござらぬを押通してゐるのである。かうなると、組頭もその上《うえ》には何とも詮議の仕様もないので、少しくあとの方に引き退《さが》つてゐる三上と大原とを呼び近づけた。

『福井はどうしても見とゞけたと云ふのだ。貴公等《ら》はたしかに見なかつたのだな。』

『なんにも見ません。』と、三上はは
つきりと答へた。

『わたくしは大きい魚《さかな》に出逢ひました。大きい藻《も》にからまれました。しかし鐘らしいものは眼に這入りませんでした。』と、大原も正直に答へた。

それは彼等が将軍の前で申立てたと同じことであつた。三人が三人、最初の申口《もうしくち》を些《ちつ》とも変へようとはしない。又それを変へないのが当然でもあるので、組頭はいよ〳〵その判断に迷つた。たゞ幾分《いくぶん》の疑念は、年上の三上と大原とが揃いも揃つて見なかつたと云ふものを、最も年のわかい福井ひとりが見とゞけたと主張することであるが、唯《ただ》それだけのことで福井の申立てを一途《いちず》に否認するわけには行かないので、この上は自然の成行《なりゆき》に任せるよりほかはないと組頭も決心したらしく、詮議は結局有耶無耶《うやむや》に終つた。

組頭が立去つたあとで、三上は福井に云つた。

『組がしらの前でそんなに強情《ごうじょう》を張つて、貴公慥《たしか》に見たのか。』

『公方家《くぼうけ》の前で一旦見たと申立てたものを、誰の前でも変改《へんかい》が出来るものか。』と、福井は云つた。

『一旦はさう申立てゝも、あとで何かの疑ひが起つたやうならば、今のうちに正直に云ひ直した方が可《い》い。なまじひに強情を張り通すと、却つて貴公の為になるまいぞ。』と、三上は注意するやうに云つた。

それが年長者の深切《しんせつ》であるのか、或《あるい》は福井に対する一種の猜《そね》みから出てゐるのか、それは大原にも能《よ》くわからなかつたが、相手の福井はそれを後者と認めたらしく、やや尖《とが》つたやうな声で答へた。

『いや、見たものは見たと云ふよりほかは無い。』

『さうか。』と、三上はかんがへてゐた。

そんなことに時を移《うつ》してゐるうちに、浅草寺のゆふ七《なな》つの鐘が水にひゞいて、将軍お立ちの時刻となつたので、近習頭から供揃《ともぞろ》へを触《ふ》れ出された。三上も大原も福井も、他の人々と一緒にお供をして帰つた。

けふの役目をすませて、大原が下谷御徒士町《したやおかちまち》の組屋敷へ帰つた時には、このごろの長い日ももう暮れ切つてゐた。風呂へ這入つて汗をながして、先《ま》づ一と息つくと、左の脾腹《ひばら》から胸へかけて俄《にわか》に強く痛み出した。鯉《こい》か鱸《すずき》か知れない魚に撲《う》たれた痕《あと》が先刻《せんこく》からときぐに痛むのを、お供先《ともさき》では我慢してゐたのであるが、家《うち》へ帰つて気が弛《ゆる》んだせゐか、このとき一層強く痛んで来て、熱もすこしく出たらしいので、彼はゆふ飯《めし》も食はずに寝床《ねどこ》に転《ころ》げ込んでしまつた。家内《かない》のものは心配して医者を呼ばうかと云つたが、あしたになれば癒《なお》るであらうと其儘《そのまま》にして寝てゐると、その枕もとへ三上治太郎がたづねて来た。

『福井の奴が鐘をみたと云ふのがどうも腑《ふ》に落ちない。これから出直して行つて、もう一度探つてみようと思ふが、どうだ。』

かれはこれから鐘が淵へ引返して行つて、その実否《じつぴ》をたしかめる為に、再び淵の底にくゞり入らうといふのであつた。大原はそんなことをするには及ばないと云つて再三《さいさん》止めた。又どうしてもそれを実行するとしても、なにも今夜にかぎつたことではない。昼でさへも薄暗い淵の底に夜中《やちゆう》くゞり入るのは、不便でもあり、危険でもある。天気のいゝ日を見さだめて、白昼のことにしたら好《よ》からうと注意したが、三上はそれが気になつてならないから、何《ど》うしても今夜を過《すご》されないと云ひ張つた。

『おれの見損じか、福井の見あやまりか。有《あ》るものか、無《な》いものか。もう一度確めて来なければ、どうしても気が済まない。所詮《しよせん》今夜は一緒に行かれない。貴公、この体《てい》では一緒に出られないか。』

『からだは痛む、熱は出る。所詮今夜は一緒に行かれない。』と、大原は断つた。

『では、おれひとりで行つて来る。』

『どうしても今夜行くのか。』

『むゝ、どうしても行く。』

三上は強情に出て行つた。その夜半《よなか》から大原の熱がいよ〳〵高くなつて、とき〴〵に譫《うわ》言《ごと》をいふやうにもなつたので、家内の者も捨置《すてお》かれないので医者を呼んで来た。病人は熱の高いばかりでなく、紅《あか》とむらさきとに腫《は》れあがつた胸と脾腹が火傷《やけど》をしたやうに痛んで苦しんだ。それから三日ほどを夢うつゝに暮してゐるうちに、幸ひに熱もだん〳〵に下《さが》つて来て、からだの痛みも少しく薄らいだ。五六日の後《のち》にはやうやく正気にかへつて、寝床の上で粥《かゆ》ぐらゐを啜《すす》れるやうになつた。

家内のものは病人に秘してゐたが、大原はおひ〳〵快方に向ふにつれて、彼《か》の鐘が淵の水中に意外の椿事《ちんじ》が出来《しゆつたい》してゐたことを洩れ聞いた。三上はその夜《よ》帰つて来ないので、家内の者も案じてゐると、明《あく》る朝になつてその亡骸《なきがら》が鐘が淵に発見された。彼はきのふと同じやうに半裸体のすがたで刀を背負つて、ひとりの若い男と引組《ひつく》んで浮んだまゝでゐた。組み合つてゐる男は福井文吾で、これも同じこしらへで刀を背負つてゐた。福井も無論死んでゐた。

福井の家の者の話によると、かれはお供をすませて一旦我家へ帰つて来たが、ゆふ飯《めし》を食つてしまふと又ふらりと何処《どこ》へか出て行つた。近所の友達のところへでも遊びに行つたのかと思つてゐると、これもそのまゝ帰らないで、冷い亡骸《なきがら》を鐘が淵に浮べてゐたのであつた。

三上が鐘が淵へ行つた仔細《しさい》は、大原ひとりが知つてゐるだけで、余人には判《わか》らなかつた。福井がどうして行つたのかは、大原にも判らなかつた。他《た》にもその仔細を知つてゐる者はないらしかつた。しかし三上と福井の身ごしらへから推量すると、かれらは昼間の探検を再びする積《つも》りで水底にくゞり入つたものらしく思はれた。三上は自分の眼に見えなかつた鐘の有無をたしかめるために、再び夜を冒《おか》してそこへ忍んで行つたのであるが、福井はなんの目的で出直して行つたのか、その仔細は誰にも容易に想像が付かなかつた。あるひは一旦確に見とゞけたと申立てながらも、あとで考へると何だか不安になつて来たので、もう一度それを確めるために、彼も夜中《やちゆう》ひそかに出直して行つたのではあるまいかと云ふのである。

もし果《はた》して然《そ》うであるとすると、三上と福井とが恰《あたか》もそこで落合つたことになる。ふたりが期せずして落合つて、それから何《ど》うしたのか。昼間の行《ゆ》きがかりから考へると、彼等はおそらく鐘の有無について云ひ争つたであらう。さうして論より証拠といふことになつて、二人が同時に淵の底へ沈んだのかも知れない――と、こゝまでの筋道は先《ま》づどうにか辿《たど》つて行かれるのであるが、それから先の判断が頗《すこぶ》るむづかしい。その解釈は二様にわかれて、ある者は果して鐘があつた為だといひ、或者は鐘が無かつた為だといふので、どちらにも相当の理窟がある。

前者は、果して鐘のあることが判つた為に、三上は福井の手柄を妬《ねた》んで、かれを水中で殺さうと企てたのであらうと云ふ。後者は、鐘のないことがいよ〳〵確められた為に、福井は面目をうしなつた。自分は粗忽《そこつ》の申訳に切腹しなければならない。所詮死ぬならば、口論の相手の三上を殺して死なうと計《はか》つたのであらうと云ふ。ふたりの死因は大方《おおかた》そこらであるらしく、水練に達してゐる彼等がたがひに押沈《おししず》めようとして水中に闘ひ疲れ、遂《つい》に組み合つたまゝで息が絶えたものらしい。しかも肝心の問題は未解決で、鐘があつた為に二人が死んだのか、鐘が無かつた為に二人が死んだのか、その疑問は依然として取残されてゐた。

大原は一月《ひとつき》ばかりの後《のち》に、やうやく元のからだになると、同役《どうやく》のある者は彼にさゝやいた。

『それでも貴公は運がよかつたのだ。三上と福井の死んだのは水神《すいじん》の祟《たたり》に相違ない。それが上《かみ》のお耳にもきこえたので、鐘の引揚げは御沙汰止《ごさたや》みになつたさうだ。』

英邁《えいまい》のきこえある八代将軍吉宗が果して水神の祟を恐れたか何うかは知らないが、鐘が淵の鐘ひき揚げが其後沙汰やみになつたのは事実であつた。大原家の記録には、「上《かみ》にも深き思召《おぼしめし》のおはしまし候儀《そうろうぎ》にや」云々《しかじか》と書いてある。

河《か》鹿《じか》

C《シー》君は語る。

これは五六年前に箱根《はこね》へ遊びに行つたときに、湯《ゆ》の宿《やど》の一室で同行のS《エス》君から聴かされた話で、所詮《しよせん》は受売りであるから、その積《つも》りで聴いて下さい。

つい眼のさきに湧《わ》きあがる薄《うす》い山霧をながめながら、わたしはS君と午後の茶を啜《すす》つてゐた。石に咽《むせ》んで流れ落ちてゆく水の音もけふは幾《いく》らか緩《ゆる》やかで、心しづかに河鹿《かじか》の声を聴くことの出来るのも嬉《うれ》しかつた。

『閑静だね。』と、わたしは云つた。

『むゝ。かうなると、閑静を通り越して少しく幽寂《ゆうじやく》を感じるくらゐだよ。箱根の中《なか》でもこゝらは交通が不便で、自動車の横着《よこづ》けなどと云ふ、洒《しや》落れた藝当が出来ないから、成金《なりきん》先生《せんせい》などは滅多に寄附《よりつ》く気づかひがない。われ〳〵の読書静養には持つて来いといふところだよ。実際、あの石高路《いしだかみち》をこゝの谷底まで降りて来るのは少々難儀だけれど、僕は好んでこゝへ来る。来てみると、いつでも静《しづか》なおちついた気分に浸《ひた》ることが出来るからね。』

S君は毎年《まいねん》一度は欠《か》かさずにこゝへ来るだけあつて、しきりにこの箱根の谷底の湯を讃美してゐた。霧はだん〳〵に深くなつて、前の山の濃い青葉もいつか薄黒《うすぐろ》い幕のかげに隠れてしまつた。なんだか薄ら寒くなつて来たので、わたしは起《た》つて二階の縁側《えんがわ》の硝子戸《がらすど》を閉めた。

『戸を閉めても河鹿の声は聞えるだらう。』

『そりや聞えるさ。』と、S君は笑ひながら答へた。『柄《がら》にもない、君はしきりに河鹿を気にしてゐるね。一夜《いちや》作りの風流人《ふうりゆうじん》はそれだから煩《うる》さい。だが、僕もあの河鹿の声を聞くと、なんだか忌《いや》に寂しい心持になることがある。いや、単に風流とか何とか云ふのぢやない、ほかに少し理由があるんだが……。』

『河鹿がどうしたんだ。なにかその河鹿に就《つ》いて一種の思ひ出があるとか云ふわけなんだね。』

『まあ、さうだ。実はその河鹿が直接にどうしたと云ふ訳でもないんだがね。僕がやつぱりこゝの宿《やど》へ来て、河鹿の声を聞いた晩に起《おこ》つた出来事なんだ。僕は箱根の中《うち》でもこゝが一番好きだから、もうこれで八年ほどつゞけて来る。大抵《たいてい》は七八月の夏場か十月十一月の紅葉の頃だが、五年前に唯《た》つた一度、丁度この六月の梅雨頃《つゆごろ》にこゝへ来たことがある。いつでも此頃《このごろ》は閑《ひま》な時季だが、とりわけて其年《そのとし》はどこの宿屋も閑散《かんさん》だとかいふことで、僕の泊つてゐた此宿《このやど》も滞在客は僕ひとりといふ訳さ。お寂しうございませうなどと宿の者は云つてゐたが、僕は寧《むし》ろ寂しいのを愛する方だから、ちつとも驚かない。奥二階の八畳《じよう》の座敷に陣取つて、雨に烟《けぶ》る青葉を毎日ながめながら、のんびりした気持で河鹿の声を聞いたのさ。いや、実を云ふと、僕はそれまで河鹿の声などといふものに対して特別の注意も払つてゐなかつた。毎日聞いてゐれば、別にめづらしくもないからね。ところが、僕よりも一週間ほど後《おく》れて、三人づれの女客がこゝの宿《やど》へ入込《いりこ》んで来た。ほかに滞在客は無し、女ばかりでは寂しいといふので、わざ〳〵僕の隣を択《えら》んで六畳と四畳半の二間《ふたま》を借りることになつたのだ。』

『みんな若いのかい。』

『むゝ、二人は若かつた。ひとりは女中らしい廿歳《はたち》ばかりの女で、一人は十六七ぐらゐのお嬢さん、もう一人はこの阿母《おかあ》さんらしい四十前後の上品な奥さんで、みんな寡言《むくち》な淑《つつ》ましやかな人達だから、僕の隣にゐるとは云ふもの丶、廊下や風呂場で出逢つたときに唯《ただ》簡単な挨拶をするだけのことで、隣同士なんの交渉もなかつた。』

『交渉があつちや大変だ。』

『いや、まぜつ返しちやいけない。』と、S君は真面目に云つた。『まあ、聴きたまへ。勿論相当の身分のある人の家族達には相違ないが、それにしてもあんまり淑《つつ》ましやか過ぎる。寧《むし》ろ陰気《いんき》すぎると云つた方が適当かも知れない。天気の悪いせゐでもあらうが、どこへ出るでもなしに一日閉籠《とじこも》つてゐて、殆《ほとん》ど口一つ利《き》いたことがないと云つても可《い》いくらゐ。いくら上品にしても、人間が三人揃つてゐるんだからね、たまには笑ひ声ぐらゐ聞えさうなものだが、鎮《しず》まり返つて音もない。病人かと思ふと、さうでもないらしい。尤《もつと》も奥さんは中背の瘦せぎすな人で、顔の色は水のやうに蒼白《あおじろ》かつたが、風呂場などへ通つてゐる様子をみるのに、別に病人といふほどの弱つた姿もみえなかつた。が、まあ、僕に取つては静《しずか》な方が結句《けつく》ありがたいので、深くも気に留《と》めてゐないと、ある晩のことだ。その日は昼のうち少し晴れたので、僕は宮《みや》の下《した》の町《まち》まで買物ながら散歩に出て、一時間ほどもうろ附いて帰つて来ると、その途中から霧のやうな細《こま》かい雨が又しと〳〵と降《ふ》り出して来て、夜になつても止《や》みそうもない。明日《あした》もまた降籠《ふりこ》められるのかと鬱陶《うつとう》しく思ひながら、僕は夕飯《ゆうめし》の膳《ぜん》にむかつた。それから電燈の下で書物を読んで、十時頃に風呂にはひつて、すぐに寝床に潜《もぐ》り込んだが、隣座敷《となりざしき》の三人は一時間ほども前に既《も》う寐《ね》てしまつたらしく、縁側に向いた障子《しようじ》には電燈のひかりは映《さ》してゐなかつた。隣ではいつでも、電燈を消して寐るのを知つてゐるので、僕は別に怪《あやし》みもしなかつた。さうして、僕も枕《まくら》に就《つ》いたが、今夜はなぜか眼が冴《さ》えて寐付かれない。水の音に消されて雨の音はきこえないが、時々に軒《のき》の樋《とい》をこぼれ落ちる雨だれの音で、今夜もまだ降りつゞけて居るのが知られた。例の河鹿の声が哀れに寂しく聞える。僕は幾たびか寝返りをして、しまひには床の上《うえ》に起《お》き直《なお》つて莨《たばこ》をすひはじめた。枕頭《まくらもと》に置いてある懐中時計をみると、もう午後一時に近い。左《さ》なきだに泊り客の少《すくな》いこの宿は、更《ふ》けていよ〱ひつそりしてゐる。

僕の神経はます〱鋭くなつて、とても安らかに眠られさうもないので、いつそ書物でも読まうかと思つて、その本を取らうとして寝床から這い出さうとする途端《とたん》に、どこかで「パパア」と云ふやうな声が突然にきこえた。四辺《あたり》がひつそりしてゐるから、その声は僕の耳にはつきりと響いた。それはなんだか人間の声ではないらしい、勿論河鹿の声ではないらしい、而《しか》も一種の悲しい哀れな、腸《はらわた》にしみ透るやうな声であつたので、僕は思はずぞつとして、急にあたりを見まはしたが、電燈の明るい僕の座敷のうちには何物かの忍び込んだらしい形跡もみえなかつた。と思ふ一刹那《いっせつな》に、怪《あや》しい声は又もきこえて、今度は「ママア」と悲しげに呼んだ。身の毛が弥立《よだ》つて、僕もしばらくは息をのみ込んでゐると……。いや、臆病と云はれても仕方がない。まつたく其時には総身の血が凍るやうに感じたので、僕は床《とこ》の上に坐つたまゝで其声の正体を確に聞き定めようとしてゐると、それから二三分も経つたかと思ふ頃に、彼《か》の「パパア」といふ声がまた聞えた。その声は隣《となり》の座敷から響いて来るのだ。』

『隣の人たちは寝てゐるといふぢやないか。』と、わたしは訊きかへした。

『それだから猶可怪《なおおかし》い。僕も念のために窃《そっ》と障子をあけて縁側をうかゞふと、隣の障子はやつぱり真暗《まっくら》で、内《うち》はひつそりとしてゐる。いよ〱可怪いと思つてゐると、その暗い障子の中で「ママア」といふ悲しい声が又もやきこえたので、僕はもう堪《たま》らなくなつて自分の座敷へあわて、逃げ込んで、寝床のなかへ潜り込んでしまつた。さうして、衾《よぎ》をかぶりながらぢつと耳をすましてゐると、隣の声はもう聞えなかつた。それでも僕の神経は過度に興奮してしまつて、夜のふけるまで到頭《とうとう》眠られなかつた。とりわけて僕の聴神経《ちようしんけい》は過敏になつてゐるので、河鹿の声までが例《いつも》よりは耳について、もしや隣の声ではないかと幾たびか脅《おびや》かされた。さう云ふわけだから、いつもより早起きをしてすぐに湯に浸《ひた》つて帰つてくると、隣座敷では今やう〳〵起きたらしかつた。僕は注意して隣の様子をうかゞつてゐたが、やつぱり例《いつも》の通りに鎮まり返つてゐて、ゆうべの怪しい声に就《つ》いては何にも知らないらしい。しかし其声はたしかに隣座敷に相違ないので、僕の疑問は容易に解けなかつた。と云つて、隣へわざ〳〵押掛けて行つて、ゆうべ斯《こ》う云ふことがありましたがと報告するのも変だから、まあ其《その》まゝに黙つてゐると、その日は案外に朝から快晴になつたので、水の音も陽気にきこえる。山の色も眼が醒《さ》めたやうに鮮かに見える。ゆうべ殆《ほとん》ど一睡《いつすい》もしなかつた僕も、なんだか軽い気分になつて、あさ飯《めし》をすませると、すぐにステツキを振つて町の方へ散歩に出て、けふも一時間あまり歩きまはつて、宿《やど》の方へ帰る坂路《さかみち》を降りてくると、丁度隣座敷の女中に逢つた。女中も町の方へ買物に出て、これから宿へ帰る途中なので、ふたりは一緒につながつて坂路を降りて来たが、僕はゆうべの一件が胸にあるので、わざと馴々《なれなれ》しく話しかけて、かれの口から何かの手掛りを探り出さうと努めた結果、かう云ふ事情を始めて聞き出した。かれの主人はある外交官の細君《さいくん》と娘で、主人公は欧羅巴《ヨーロッパ》に赴任してゐる。この主人公から小さい娘のところへ玩具《おもちや》の人形を送つて来た。それは日本ではめづらしい人形で、右の手をあげると自然に「パパア」といふ声が出る。左の手をあげると「ママア」といふ声が出る。』

『なあんだ。』と、わたしは思はず笑ひ出した。

『笑つちや不可《いけな》い。これからが話の眼目《がんもく》だ。それを貰つた娘といふのは、今度こゝへ来てゐる令嬢の末《すえ》の妹で、今年やう〳〵九歳《ここのつ》になるのだが、お父さんから送つてくれた其人形を非常に可愛《かわい》がつて、毎日それを懐《だ》いたり抱《かか》へたりしてゐる中《うち》に、どうかした機《はずみ》に人形の腕を折つてしまつて、パパアもママアも云はなくなつた。さういふ特別の人形だから日本では迚《とて》も療治がとゞかないので、結局わざ〳〵それを欧羅巴のお父さんのところまで送つて遣《や》つて、その療治を頼むことになつた。僕はよく知らないが彼地《あつち》には人形の病院があるさうだ。それは去年の九月頃のことで、お父さんの方からこれを受取つたといふ返事が来たのはその年の暮《くれ》だつたが、年があけると早々に、その娘は流行性感冒《かんぼう》にかゝつて、一週間ばかりで可哀《かわい》さうに死んでしまつた。その病中にも人形はまだ達《とど》かないかしらと、たび〳〵繰返して云つてゐた。さうして熱の高い時には譫語《うわごと》のやうに人形の口真似《くちまね》をして、パパアやママアを叫んでゐたと云ふことだ。その娘は末《すえ》の児《こ》だけに、お母さんも格別に可愛がつてゐたのを、かうして突然に奪はれたので、その当座はまるでぼんやりしてゐると、その娘の三十五日を過ぎたころに欧羅巴から彼《か》の人形が到着した。丁度こつちの手紙と行き違ひになつたらしい。

さういふわけだから、家《うち》の人達はすぐに其人形を仏前《ぶつぜん》に供《そな》へて、死んだ娘が唯一の形見《かたみ》として大切に保存してゐる。人形は元の通りに療治されて、手をあげるに従《したが》つてパパアやママアを呼ぶやうになつたが、その声を聞くと彼女《かれ》が死際の声を思ひ出して、更《さら》に新しい哀しみを呼び起されるのが忌《いや》だと云つて、誰もその手を動かすことを敢《あえ》てしなかつた。これでもお母さんの居間に飾られて、かれが生きてゐる時に好んでゐた菓子や果物《くだもの》のたぐひが絶えず供《そな》へられてゐるうちに、お母さんもあまりの悲哀《かなしみ》の結果か、この後一種の憂鬱症に陥《おちい》つたので、親類や家族も心配して、すこし転地療養でもさせたらよからうと云ふことになつて、箱根のうちでも最も閑静な場所を択《えら》んで、総領《そうりよう》の娘と女中とが附添つて来たのだそうだ。奥さんの顔色の悪いのも、どの人も陰気に黙《だま》つてゐるのも、これですつかり判つたが、やつぱり判らないのは夜なかの悲しい声だ。そこで、僕はその人形をこゝへ持つて来てゐるのかと女中に訊くと、奥さんは生きてゐるお嬢さんを一緒に連れて来るこゝろで、その人形を箱に入れて持つて来て座敷の床《とこ》の間《ま》にちやんと飾つてあるといふ。これを聞いて、僕は又ぞつとした。

これから女中にむかつて、ゆうべの夜《よ》なかに何か聞かなかつたかと探索を入れると、女中は不安らしい眼つきをして、自分は次《つぎ》の間《ま》の四畳半に寝てゐたから何《なん》にも知らなかつたが、何か可怪《おかし》なことでもあつたかといふ。僕は思ひ切つて彼《か》のパパアやママアの一件を囁《ささや》くと、女中は急に声をふるはせて、それはほんたうですかと念を押した上で、実は東京にゐる時にも奥さんが夜なかにさういふ声を聞いたと仰《おつ》しやいましたが、それは神経のせゐだらうと云つて皆さんも信用なさらなかつたのですが、それでは矢つぱり真実《ほんとう》なのでせうかと云ふ。なんにも知らない僕が偶然に聞いたのだから、おそらく神経ばかりではあるまいと云ふと、女中はいよ〳〵青くなつて、あの人形に死んだお嬢さんの魂《たましい》が残つてゐるのでせうかといふ。そんなむつかしい問題になると僕もいさゝか返事に困るが、もし其人形が自然に声を出したとすれば余ほど考へなければならないことになる。年の若い女中はひどく悸《おび》えてゐるらしいので、僕もなんだか気の毒になつて、或ひは奥さんが夜なかに起きて自分で人形を弄《いじ》つたのかも知れないと云ふと、女中は半信半疑らしい顔をしながら、さう云へば然《そ》うかも知れませんねと首肯《うなず》いてゐた。

どちらにしても此話《このはなし》はこゝだけのことにして、奥さんやお嬢さんには何にも云はない方がいゝと、僕は女中に注意して別れた。しかし実際僕も一種の不安を懐《いだ》いてゐるので、その晩もおち〳〵眠らないで注意してゐたが、隣座敷ではなんの声もきこえなかつた。今夜も宵《よい》から又降《ふ》り出して来て、河鹿の声がしきりに聞えた。臆病者の僕はゆうべも矢つぱり河鹿の声を聞き違へたのか、それとも奥さんが暗黒《くらやみ》で人形を泣かせたのか、それとも人形が自然に父母を呼んだのか。それは今に判らない。それから三日ばかりの後《のち》に、隣の一行はこゝがあんまり寂し過ぎるとかいふので、更にほかの場所へ引移《ひきうつ》つてしまつたので、その後のことは僕も知らない。併《しか》し其年の秋の末《すえ》に、なにがし外交官の夫人が病死したといふ新聞記事を発見したときに、僕は再び竦然《ぞっ》としたよ。さうして、あの人形はどうしたかと此処《ここ》へ来るたびに思ひ出すが、おそらくお母さんの手に抱《だ》かれて暗い土の底へ一緒に葬《ほうむ》られてしまつたらう。』

父の怪談

今度はわたしの番になつた。席順であるから致方《いたしかた》がない。しかし私には適当な材料の持ち合せがないので、曾《かつ》て父から聴かされた二三種の怪談めいた小話《こばなし》をぽつ〳〵と弁じて、わづかに当夜の責任を逃《のが》れること丶した。

父は天保《てんぽう》五年の生《うま》れで、その廿一歳《にじゆういつさい》の夏、安政元年《あんせいがんねん》のことである。麻布龍土町《あざぶりゆうどまち》にある某大名《ぼうだいみよう》——九州の大名で、今は子爵《ししやく》になつてゐる——の下屋敷《しもやしき》に不思議な事件が起《おこ》つた。こ丶は下屋敷であるから、前藩主《ぜんはんしゆ》のお部屋様《へやさま》であつた婦人が切髪《きりかみ》になつて隠居《いんきよ》生活を営《いとな》んでゐた。場所が麻布で、下屋敷であるから、庭のなかは可《か》なりに草ぶかい。この屋敷で先《ま》づ第一に起《おこ》つた怪異は、大小の蛙《かえる》がむやみに室内《しつない》に入《い》り込《こ》むことであつた。座敷と云はず、床《とこ》の間《ま》といはず、女中部屋といはず、便所と云はず、どこでも蛙が入り込んで飛びまはる。夜になると、蚊帳《かや》のなかへも入り込む、蚊帳の上にも飛びあがるといふので、それを駆逐《くちく》する方法に苦《くるし》んだ。

しかし最初のあひだは、誰もそれを怪異とは認めなかつた。邸内《ていない》があまりに草深いので、こんな事も出来《しゆつたい》するのであるといふので、大勢の植木屋《うえきや》を入れて草取りをさせた。それで蛙の棲家《すみか》は取払はれたわけであるが、その不思議は依然《いぜん》として止《や》まない。どこから現れて来るのか、蛙の群《むれ》が屋敷中《じゆう》に跋扈《ばつこ》してゐることは些《ちつ》とも以前とかはらないので、邸内一同もほと〱持余《もてあま》してゐると、その怪異は半月ばかりで自然に止《や》んだ。おびたゞしい蛙の群が一匹も姿をみせないやうになつた。

今までは一日も早く退散《たいさん》してくれと祈《いの》つてゐたのであるが、さてその蛙が一度に影を隠してしまふと、一種の寂寥《せきりよう》に伴ふ不安が人々の胸に湧《わ》いて来た。何か又、それに入れ代《かわ》るやうな不思議が現れて来なければいゝがと念じてゐると、果《はた》して四五日の後《のち》に第二の怪異が人々をおびやかした。それは座敷の天井から石が降《ふ》るのであつた。

『石が降るといふ話はめづらしくない、大抵《たいてい》は狸《たぬき》などが後足《あとあし》で小石を掻《か》きながら蹴付《けつ》けるのだが、これはさうでない。天井から静《しずか》にこつり〱と落ちて来るのだ。』と、父は註《ちゆう》を入れて説明してくれた。

石の落ちるのは、どの座敷ときまつたことはなかつたが、玄関から中《なか》の間《ま》につゞいて、十二畳《じよう》と八畳の書院がある。怪《あや》しい石はこの書院に落ちる場合が多かつた。おそらく鼬《いたち》か古鼠《ふるねずみ》の所為《しよい》であらうといふので、早速に天井板を引きめくつて検査したが、別にこれぞといふ発見もなかつた。最初は夜中《やちゆう》にかぎられてゐたが、後《のち》には昼間でもとき〲に落ちることがある。石はみな玉川砂利《たまがわじやり》のやうな小石であつた。これが上屋敷《かみ》にもきこえたので、若侍《わかざむらい》五六人づつが交代で下屋敷に詰めることになつたが、石は依然として落ちてくる。さうして、何人《なんぴと》もその正体を見とゞけることが出来ないのであつた。

勿論、屋敷の名前にもかゝはるといふので、固く秘密に附してゐたのであるが、口の軽い若侍等《ら》がおしやべりをしたとみえて、その噂がそれからそれへと伝はつた。わたしの父はその藩中に親しい友達があつたので、一種の義勇兵《ぎゆうへい》としてこの夜詰《よづめ》に加へて貰ふことを頼んだ。表向《おもてむ》きには到底そんなことは許されないのであるが、幸《さいわい》にそれが下屋敷であるのと、他の若侍にも懇意《こんい》の者が多かつたので、まあ遊びに来たまへと云つたやうなことで、兎《と》も角《かく》も一度その夜詰の仲間に加へられた。妖怪を信じない父であるから、なんとかしてその正体を見破つて、臆病どもの鼻をあかして遣《や》らうぐらゐの意気込みで出かけた。それは六月のなかばで、旧暦ではやがて土用《どよう》に入《い》らうといふカン〳〵天気のあつい日であつた。

父の行つたのは午後の八《や》つ半《はん》頃（午後三時）で、けふは朝から一度も石が落ちないとのことであつた。詰めてゐる人達も退屈凌《しの》ぎに碁《ご》などを打つてゐた。長い日もやうやく暮れて、庭の古池のあたりから遅い蛍が二つ三つ飛び出した頃に、天井から小さい石が一つ落ちた。人々は十二畳の書院にあつまつてゐたのであるが、この音を聞いて今更のやうに天井をみあげた。父はその石を拾つてみたが、それには何の不思議もない小砂利《こじやり》に過ぎなかつた。石はそれぎりで、しばらく落ちて来なかつたが、夜の四《よ》つ（十時）過ぎからは幾たびも落ちた。

石は天井のどこから落ちて来るのか、些《ちつ》とも見当が付かなかつた。一人でも天井を睨《にら》んでゐるあひだは、石は決して落ちないのである。退屈して自然に首をさげると、その隙を窺《うかが》つてゐたやうに石がこつりと落ちてくる。決してばら〳〵と降《ふ》るのではない、唯《ただ》一つ静《しずか》に落ちてくるのである。毎晩のことであるから、どの人ももう根負《こんま》けがしたらしく、特に進んでそれを詮索しようとする者もなかつたが、そのなかで猪上《いがみ》なにがしといふ若侍が忌々《いまいま》しさうに舌打ちした。

『かうして毎晩おなじやうなことをしてゐるのは甚《はなは》だ難儀だ。おそらく狐か狸の仕業であらうから、今夜は嚇《おど》しに鉄砲を撃つて遣らうではないか。』

その詞《ことば》が終るか終らないうちに、かれはあつと云つて俯伏《うつぶ》した。一つの石が彼の額《ひたい》を打つたのである。しかも今度の石にかぎつて、それが大きい切り石であつたので、猪上の右の眉の上からは生血《なまち》がおびたゞしく流れ出した。人々は息を嚥《の》んで眼を見あはせた。

かうなると、天井の裏に何者かゞ潜《ひそ》んでゐるらしく思はれるので、一座は総立《そうだち》になつて天井の板をめくり始めた。父も一緒に手伝つた。而《しか》もそれは矢はり不成功に終つた。傷《きずつ》けられた猪上はその夜から発熱して、二十日《はつか》ほども寝込んだといふことであつた。

父はその翌晩も行つてみたいと思つたのであるが、藩士以外の者をたび〳〵入れることは困る、万一それが重役《じゆうやく》にでも知れたときには我々が迷惑するからと断られたので、父はその一夜ぎりで怪異を見るの機会を失つてしまつた。しかし小石の落ちたのは事実である。猪上が額を破られたのも事実である。それが何《ど》ういふわけであるかは判らなかつた。

聞くところによると、石の落ちるのはその後一月あまりも続いたが、七月の末頃から忘れたやうに止《や》んでしまつたと云ふことであつた。

これは怪談といふべきものでは無いかも知れない。

文久《ぶんきゆう》元年のことである。わたしの父は富津《ふっつ》の台場《だいば》の固めを申付けられて出張した。末の弟、即《すなわ》ち私の叔父も十九歳で一緒に行つた。そのころ富津附近は竹藪や田畑ばかりであつたが、それでも木更津《きさらづ》街道に向つたところには農家や商家が断続に連《つらな》つてゐた。殊《こと》に台場が出来てから、そのあたりもだん〳〵に開けて来て、いつの間にか小料理屋なども出来た。

九月はじめの午後に、父と叔父は吉田といふ同役《どうやく》の若侍と連れ立つて、ある小料理屋へ行つた。父は下戸《げこ》であるが叔父と吉田は少し飲むので、しばらくそこで飲んで食《く》つて、夕《ゆう》七《なな》つ（午後四時）を過ぎた頃に帰つた。その帰り路のことである。長い田圃路《たんぼみち》にさしかゝると、叔父は兎角《とかく》によろ〳〵して、やゝもすると田《た》の中《なか》へ踏《ふ》み込まうとする。おそらく酔つてゐるのであらうと父は思つた。えゝ、意気地のない奴だ、しつかりしろと小言《こごと》を云ひながら、その手を把《と》るやうにして歩いてゆくと、叔父はしばらく真直《まつすぐ》にあるくかと思ふと、又よろ〳〵とよろめいて田の中へ蹈み込まうとする。それが幾たびか繰返されるので、父もすこし不思議に思つた。

『お前は狐にでも化《ば》かされてゐるんぢやないか。』

云ふ時に、連《つれ》の吉田が叫んだ。

『あ、ゐる、ゐる。あすこにゐる。』

指さす方面を見かへると、右側の田を隔《へだ》て、小さい岡《おか》がある。その岡の下に一匹の狐の姿が見出された。狐は右の前足をあげて、恰《あたか》も招くやうな姿勢をしてゐる。注意して窺《うかが》ふと、その狐が招くたびに、叔父はその方へよろけて行《ゆ》くらしい。

『畜生。ほんたうに化かしたな。』と、父は云つた。

『おのれ、怪《け》しからん奴だ。』

吉田はいきなりに刀をぬいて、狐の方に向つて高く振り閃《ひらめ》かすと、狐は忽《たちま》ち逃げてしまつた。それから後《のち》は叔父は真直にあるき出した。三人は無事に自分達の詰所《つめしよ》へ帰つた。あとで聞くと、叔父は夢の様な心持で、なんにも知らなかつたと云ふことであつた。これは動物電気で説明の出来ることではあるが、所謂《いわゆる》「狐に化《ば》かされた」といふのを眼《ま》のあたりに見たのはこれが始めであると、父は語つた。

その翌々年《よくよくねん》の文久三年の七月、夜の四《よ》つ頃（午後十時）にわたしの父が高輪《たかなわ》の海端《うみばた》を通つた。父は品川《しながわ》から芝《しば》の方面へ向つて来たのである。月のない暗い夜であつた。田町《たまち》の方から一つの小さい盆燈籠《ぼんどうろう》が宙《ちゅう》に迷ふやうに近づいて来た。最初は別になんとも思はなかつたのであるが、いよ〳〵近づいて双方が摺《す》れ違つたときに、父は思はずぎよつとした。

ひとりの女が草履《ぞうり》をはいて、稚《おさな》い児《こ》を背負つてゐる。盆燈籠はその児の手に持つてゐるのである。それは別に仔細《しさい》はない。唯《ただ》不思議なのは、その女の顔であつた。彼女《かのじょ》は眼も鼻もない。俗に云《い》ふのつぺらぼうであつたので、父は刀の柄《つか》に手をかけた。しかし又考へた。広い世間《せけん》には何かの病気か又は大火傷《おおやけど》のやうなことで、眼も鼻もわからないやうな不思議な顔になつたものが無いとは限らない。迂闊《うかつ》なことをしては飛んだ間違ひになると、少し躊躇《ちゅうちょ》してゐるうちに、女は見返りもしないで行き過ぎた。暗い中に草履の音ばかりがぴた〳〵と遠くきこえて、盆燈籠の火が小さく揺れて行つた。

父はそのまゝにして帰つた。

あとで聞くと、父と殆《ほとん》ど同じ時刻に、札《ふだ》の辻《つじ》のそばで怪《あや》しい女に出逢つたといふ者があつた。それは蕎麦屋《そばや》の出前持《でまえもち》で、かれは近所の得意先へ註文《ちゅうもん》のそばを持つて行つた帰り路《みち》で一人の女に逢つた。女は草履をはいて子供を背負つてゐた。子供は小さい盆燈籠を持つてゐた。すれ違ひながら不図《ふと》見ると、女は眼も鼻もないのつぺらぼうであつた。かれはびつくりして逃げるやうに帰つたが、自分の店の暖簾《のれん》をくゞると俄《にわか》に気をうしなつて倒れた。介抱されて息をふき返したが、かれは自分の臆病ばかりでない、その女は確にのつぺらぼうであつたと主張してゐた。すべてが父の見たものと同一であつたのから考へると、それは父の僻眼《ひがめ》でなく、不思議な人相を有《も》つた女が田町から高輪辺を往来してゐたのは事実であるらしかつた。

『唯《ただ》それだけならば、まだ不思議とは云へないかも知れないが、そのあとに斯《こ》ういふ話がある。』と、父は云つた。

その翌朝、品川の海岸に女の死体が浮き上つた。女は二つばかりの女の児《こ》を背負つてゐた。女の児は手に盆燈籠を持つてゐた。燈籠の紙は波に洗ひ去られて、殆《ほとん》ど骨ばかりになつてゐた。それだけを聞くと、すぐに彼《か》ののつぺらぼうの女を聯想《れんそう》するのであるが、その死体の女は人並に眼も鼻も口も揃《そろ》つてゐた。なんでも芝口辺《しばぐちへん》の鍛冶屋《かじや》の女房であるとか云ふことであつた。

そば屋の出前持や、わたしの父や、それらの人々の眼に映つたのつぺらぼうの女と、その水死の女とは、同一人《どういつにん》か別人《べつじん》か、背負つてゐた子供が同じやうに盆燈籠をさげてゐたと云ふのはよく似てゐる。勿論《もちろん》、七月のことであるから、盆燈籠を持つてゐる子供はめづらしくないかも知れない。しかしその場所といひ、背中の子供といひ盆燈籠といひ、なんだか同一人ではないかと疑はれる点が多い。所謂《いわゆる》「死相《しそう》」といふやうなものがあつて、今やゝ死にゝゆく女の顔に何かの不思議があらはれてゐたのかとも思はれるが、それも確《たしか》には判らない。

明治七年の春頃、わたしの一家は飯田町《いいだまち》の二合半坂《にごうはんざか》に住んでゐた。それは小さい旗本《はたもと》の古屋敷《ふるやしき》であつた。

日が暮れてから父が奥の四畳半で読書してゐると、縁側《えんがわ》に向つた障子《しょうじ》の外から何者かゞ窺《うかが》つてゐるやうな気勢《けはい》がする。誰だと声をかけても返事がない。起《た》つて障子をあけてみると、誰もゐない。そんなことが四五日あつたが、父は自分の空耳《そらみみ》かと思つて、別に気にも留めなかつた。

ある晩、母が夜なかに起きて便所へ行つた。小さいと云つても旗本屋敷であるから、上《かみ》便所《べんじょ》までゆくには長い縁側を通らなければならなかつた。母は手燭《てしょく》も持たずに行くと、その帰り路に縁側のまん中あたりで、何かに摺《す》れ違《ちが》つたやうに感じた。暗い中《なか》であるから判らなかつたが、なんだか女の髪にでも触れたやうに思はれた。それと同時に、母は冷水《ひやみず》でも浴《あび》せられたやうにぞつとした。勿論、それだけのことで、ほかには何事もなかつた。

又、ある晩、庭先で犬の吠《ほ》える声がしきりにきこえた。あまりにさう〳〵しいので、雨戸をあけてみると、隣家に住んでゐる英国公使館の書記官マクラッチと云ふ人の飼犬《かいいぬ》が、私の家《うち》の庭へ這入《はい》つて来て無暗《むやみ》に吠《ほ》え哮《たけ》つてゐるのであつた。二月のことでまだ寒いやうな月のひかりが隈《くま》なく照渡《てりわた》つてゐたが、そこには何の影もみえなかつた。もしや賊《ぞく》でも忍び込んだのかと、念のために家内や庭内を詮索《せんさく》したが、どこにもそんな形跡は見出されなかつた。犬は夜のあけるまで吠えつゞけてゐるので、わたしの家《うち》でも迷惑した。

あくる日、父がマクラッチ氏にその話をすると、同氏はひどく気の毒がつてゐた。併《しか》し眉を顰《ひそ》めてこんなことを云つた。

『わたくしの犬はなか〳〵利口な筈《はず》ですが、どうしてそんなに無暗《むやみ》に吠えましたか。』

いくら利口だと思つても犬であるから、むやみに吠えないとも限らない。マクラッチも負惜《まけおし》みをいふ奴だと父は思つてゐた。それから二月《ふたつき》ほど経《た》つて、この二合半坂に火事があつて十軒ほども焼けた。わたしの家《いえ》は類焼《るいしよう》の難《なん》を免《まぬか》れなかつた。

その頃はその辺にあき家《や》が多かつたので、私の一家は旧宅《きゆうたく》から一町《いつちよう》とは距《はな》れないところに引移つて、一先《ひとま》づそこに落着いた。近所のことであるから、従来出入りの酒屋が引きつゞいて御用を聞きに来てゐた。

その酒屋の御用聞きが或時《あるとき》こんなことを云つた。

『妙なことを伺《うかが》ふやうですが、以前のお屋敷には別に変つたことはありませんでしたか。』

女中は別に何事もなかつたと答へると、かれは不思議さうな顔をして帰つた。それが母の耳に這入つたので、あくる日その御用聞きの来た時にだん〳〵詮議すると、わたしの旧宅はこゝらで名代《なだい》の化物屋敷《ばけものやしき》であることが判つた。どういふ仔細《しさい》があるのか知らないが、その屋敷には昔から不思議のことがあつて、奥には入《い》らずの間《ま》があると伝へられてゐる。維新《いしん》の頃、それを貸家《かしや》にするに就《つい》て、入らずの間などがあつては借手《かりて》が付くまいといふので、その一間《ひとま》も解放してしまつた。それを私の父が借りたのである。

近所ではその秘密を知つてゐるので、今度の人はおそらく何《な》んにも知らないで引越して来たのであらうが、今に何事か無ければよいがと蔭《かげ》で色々の噂をしてゐた。酒屋でも無論に化物屋敷のことを承知してゐたが、まさかにそれを云ふわけにも行かないので、これも今まで黙つてゐたのであつた。その問題の化物屋敷も今度焼けてしまつたので、酒屋の者も初めてその秘密を洩《もら》して、そこに住んでゐるあひだに何か変つたことは無かつたかと訊いたのであるが、こちらにはこれぞと云ふほどの心当りもなかつた。

強《しい》て心あたりを探せば、前にあげた三箇条に過ぎなかつた。障子の外から父の部屋を窺《うかが》つたのは何者であつたか。縁側で母と摺れ違つたのは何者であつたか。マクラツチ氏の犬は実際利口であつたのか。それらのことは一切《いっさい》わからなかつた。

指環一つ

一

『あのときは実に驚きました。勿論《もちろん》、僕ばかりではない、誰だつて驚いたに相違《そうい》ありませんけれど、僕などは其中《そのうち》でも一層強いシヨツクを受けた一人で、一時《いちじ》はまつたくばうとしてしまひました。』と、K《ケー》君は云つた。但《ただ》しこれは曩《さき》に新牡丹燈記《しんぼたんとうき》その他を物語つたK君ではない。座中《ざちゆう》では最も年の若い私立大学生で、大正十二年の震災当時は飛驒《ひだ》の高山《たかやま》にゐたといふのである。

あの年の夏は友人ふたりと三人づれで京都へ遊びに行つて、それから大津あたりにぶら〳〵してゐて、八月の二十日《はつか》過ぎに東京へ帰ることになつたのです。それから真直《まつすぐ》に帰つて来ればよかつたのですが、僕は大津にゐるあひだに飛驒へ行つた人の話を聞かされて、なんだか一種の仙境《せんきょう》のやうな飛騨といふところへ一度は踏み込んでみたいやうな気になつて、帰りの途中でそのことを云ひ出したのですが、ふたりの友人は同意しない。自分ひとりで出かけてゆくのも何だか寂しいやうにも思はれたので、僕も一旦《いったん》は躊躇《ちゅうちょ》したのですが、やつぱり行つてみたいといふ料簡《りょうけん》が勝《か》を占《し》めたので、たうとう岐阜《ぎふ》で道連れに別れて、一騎駈けで飛騨の高山まで踏み込みました。その道中にも多少のお話がありますが、そんなことを云つてゐると長くなりますから、途中の話は一切抜きにして、手つ取り早く本題に入《い》ることにしませう。

僕が震災の報知《ほうち》を初めて聞いたのは、高山に着いてから丁度《ちょうど》一週間目だとおぼえてゐます。僕の宿屋に泊つてゐた客は、ほかに四組ありまして、どれも関東方面の人ではないのですが、それでも東京の大震災だと云ふと、みな顔の色を変へておどろきました。町《まち》中《じゅう》も引つくり返るやうな騒ぎです。飛騨の高山――こゝらは東京とそれほど密接の関係も無さゝうに思つてゐましたが、実地を踏んでみるとなか〳〵さうでない。こゝらからも関東方面に出てゐる人が沢山《たくさん》あるさうで、甲《こう》の家《いえ》からは息子が出てゐる、乙《おつ》の家からは娘が嫁に行つてゐる。やれ、叔父がゐる、叔母がゐる、兄弟がゐると云ふやうなわけで、役場へ聞き合せにゆく。警察へ駈け付ける。新聞社の前にあつまる。その周章《しゅうしょう》と混乱はまつたく予想以上でした。おそらく何処《どこ》の土地でもさうであつたでせう。

何分《なにぶん》にも交通不便の土地ですから、詳細のことが早く判らないので、町の青年団は岐阜まで出張して、刻々に新しい報告を齎《もたら》して来る。かうして五六日を過ぎるうちに先《ま》づ大体の事情もわかりました。それを待ちかねて町からも続々上京する者がある。僕もどうしようかと考へたのですが、御承知の通り僕の郷里は中国で今度の震災には殆《ほとん》ど無関係です。東京に親戚が二軒ありますが、いづれも山《やま》の手《て》の郊外に住んでゐるので、差したる被害もないやうです。してみると、何《なに》もさう急ぐにも及ばない。その上に自分はひどく疲労してゐる。なにしろ震災の報知をきいて以来六日ばかりのあひだは殆ど一睡《いっすい》もしない、食物《くいもの》も旨《うま》くない。東京の大部分が一朝《いっちょう》にして灰燼《かいじん》に帰《き》したかと思ふと、唯《ただ》むやみに神経が興奮して、まつたく居ても立つてもゐられないので、町の人たちと一緒になつて毎日そこらを駈けまはつてゐた。その疲労が一度に打つて出たとみえて、急にがつかりしてしまつたのです。大体の模様もわかつて、先《ま》づ少しはおちついた訳ですけれども、夜はやつぱり眠れない。食慾も進まない。要するに一種の神経衰弱にかゝつたらしいのです。就《つい》ては、この矢先《やさき》に早々《そうそう》帰京して、震災直後の惨状を目撃するのは、いよ〳〵神経を傷《きずつ》ける虞《おそ》れがあるので、もう少しこゝに踏みとゞまつて、世間もやゝ鎮《しず》まり、自分の気も鎮まつた頃に帰京する方が無事であらうと思つたので、無理におちついて九月のなかば頃まで飛騨の秋風に吹かれてゐたのでした。

併《しか》しどうも本当に落着いてはゐられない。震災の実情がだん〳〵に詳《くわ》しく判れば判るほど、神経が苛立《いらだ》つて来る。もう我慢が出来なくなつたので、たうとう思ひ切つて九月の十七日にこゝを立つことにしました。飛騨から東京へ上《のぼ》るには、北陸線《ほくろくせん》か、東海道線《とうかいどうせん》か、二つにひとつです。僕は東海道線を取ることにして、元来た道を引返して岐阜へ出ました。さうして、兎《と》もかくも汽車に乗つたのですが、なにしろ関西方面から満員の客をのせて来るのですから、その混雑は大変、とてもお話にもならない始末《しまつ》で、富山《とやま》から北陸線を取らなかつたことを今更悔《いまさらくや》んでも追つ付かない。別に荷物らしい物も持つてゐなかつたのですが、からだ一つの置きどころにも困つて、今にも圧潰《おしつぶ》されるかと思ふやうな苦しみを忍びながら、どうやら名古屋まで運ばれて来ましたが、神奈川県にはまだ徒歩聯絡《れんらく》のところがあるとか云ふことを聞いたので、更《さら》に方角《ほうがく》をかへて、名古屋から中央線によることにしました。さて、これからがお話です。

『ひどい混雑ですな。からだが煎餅《せんべい》のやうに潰《つぶ》されてしまひます。』

僕のとなりに立つてゐる男が話しかけたのです。この人も名古屋から一緒に乗りかへて来たらしい。煎餅のやうに潰されるとは本当のことで、僕もさつきから然《そ》う思つてゐたところでした。何《ど》うにか斯《こ》うにか車内には潜《もぐ》り込んだものゝ、ぎつしりと押詰《おしつ》められたまゝで突つ立つてゐるのです。おまけに残暑が強いので、汗《あせ》の匂ひやら人いきれやらで眼が眩《くら》みさうになつて来る。僕は少しく気が遠くなつたやうな形で、周囲の人達が何かがや〳〵饒舌《しゃべ》つてゐるのも、半分は夢のやうに聴いてゐたのですが、この人の声だけははつきりと耳にひゞいて、僕もすぐに答へました。

『まつたく大変です。実に遣切《やりき》れません。』

『あなたは震災後、はじめてお乗りになつたんですか。』

『さうです。』

『それでも上《のぼ》りはまだ楽《らく》です。』と、その男は云ひました。『このあひだの下《くだ》りの時は実に怖《おそろ》しいくらゐでした。』

その男は単衣《ひとえもの》を腰にまき付けて、縮《ちぢみ》の半《はん》シヤツ一枚になつて、足にはゲートルを巻いて足袋《たび》はだしになつてゐる。その身ごしらへと云ひ、その口吻《くちぶり》によつて察しると、震災後に東京からどこへか一旦立退《いつたんたちの》いて、再び引返して来たらしいのです。僕はすぐに訊きました。

『あなたは東京ですか。』

『本所《ほんじよ》です。』

『あ、。』と、僕は思はず叫びました。東京のうちでも本所の被害が最《もつと》も甚《はなは》だしく、被服廠跡《ひふくしようあと》だけでも何万人も焼死したといふのを知つてゐたので、本所と聴いたゞけでも竦然《ぞつ》としたのです。

『ぢやあ、お焼けになつたのですね。』と、僕はかさねて訊きました。

『焼けたにも何《なん》にも型無《かたな》しです。店や商品なんぞはどうでも好《い》い。この場合、そんなことをぐづ〳〵云つちやあゐられませんけれど、職人が四人と女房と娘ふたり、女中がひとり、あはせて八人が型無しになつてしまつたんで、どうも驚いてゐるんですよ。』

僕ばかりでなく、周囲の人たちも一度にその男の顔をみました。車内に押合つてゐる乗客はみな直接間接に今度の震災に関係のある人達ばかりですから、本所と聴き、更《さら》にその男の話をきいて、かれに注意と同情の眼をあつめたのも無理はありません。そのうちの一人――手拭地《てぬぐいじ》の浴衣《ゆかた》の筒袖《つつそで》をきてゐる男が、横合《よこあい》からその男に話しかけました。『あなたは本所ですか。わたしは深川《ふかがわ》です。家財《かざい》は勿論型無しで、塵《ちり》一《ひと》つ葉《ば》残りませんけれど、それでも内《うち》の者五人は命からぐ\逃げまはつて、まあ皆んな無事でした。あなたのところでは八人、それが皆《み》んな行方不明なんですか。』

『さうですよ。』と、本所の男はうなづいた。『なにしろ其《その》当時、わたしは伊香保《いかほ》へ行つてゐましてね。丁度朔日《ついたち》の朝に向《むこ》うを発《た》つて来ると、途中であのぐらぐ\に出《で》つ食《く》はしたといふ一件で……。仕方が無しに赤羽《あかばね》から歩いて帰ると、あの通りの始末で何がどうなつたのか些《ちつ》とも判《わか》りません。牛込《うしごめ》の方に親類があるので、多分そこだらうと思つて行つてみると、誰も来てゐない。それから方々《ほうぼう》をかけまはつて心あたりを探しあるいたんですが、どこにも一人も来てゐない。その後二日経《た》ち、三日たつても、どこからも一人も出て来ない。大津《おおつ》に親類があるので、もしやそこへ行つてゐるのでは無いかと思つて、八日の朝東京を発つて、苦しい目をして大津へ行つてみると、こゝにも誰もゐない。では、大阪へ行つたかと又追つかけて行くと、こゝにも来てゐない。仕方がないので、また引返して東京へ帰るんですが、今まで何処へも沙汰のないのをみると、もう諦《あきら》めものかも知れませんよ。』

大勢の手前もあるせゐか、それとも本当にあきらめてゐるのか、男は案外にさつぱりした顔をしてゐましたが、僕は実に堪《たま》らなくなりました。殊《こと》にこのごろは著《いちじ》るしく感傷的の気持になつてゐるので、相手が平気でゐればゐるほど、僕の方が却《かえ》つて一層悲しくなりました。

二

今までは単に本所《ほんじよ》の男と云つてゐましたが、それからだん〳〵に話し合つてみると、その男は西田《にしだ》と云つて、僕にはよく判りませんけれど、店の商売は絞《しぼ》り染《そ》め屋《や》だとか云ふことで、先《ま》づ相当に暮してゐたらしいのです。年のころは四十五六で、あの当時のことですから顔は日に焼けて真黒でしたが、からだの大きい、元気の好《い》い、見るから丈夫さうな男で、骨太の腕には金側《きんがわ》の腕時計などを嵌《は》めてゐました。細君《さいくん》は四十一で、惣領《そうりよう》のむすめは十九、次のむすめは十六だといふことでした。

『これも運で仕方がありませんよ。内《うち》の者ばかりが死んだわけぢやあない、東京中《じゆう》で何万人といふ人間が一度に死んだんですから、世間一統《せけんいつとう》の事で愚痴《ぐち》も云へませんよ。』

人の手前ばかりでなく、西田といふ人はまつたく諦《あきら》めてゐるやうです。勿論、ほんたうに悟《さと》つたとか諦めたとか云ふのではない。絶望から生み出された拠《よんどこ》ろない諦めには相違ないのですが、なにしろ愚痴ひとつ云はないで、ひどく思ひ切りの好いやうな様子で、元気よく色々のことを話してゐるせいか、それとも何となく気に入つたのか、前からの馴染《なじみ》であるやうに打解《うちと》けて話すのです。僕もこの不幸な人の話し相手になつて、幾分でも彼を慰めてやるのが当然の義務であるかのやうにも思はれたので、無口ながらも努めてその相手になつてゐたのでした。そのうちに西田さんは僕の顔をのぞいて云ひました。

『あなた、どうかしやしませんか。何だか顔の色がだん〳〵に悪くなるやうだが……。』

実際、僕は気分がよくなかつたのです。高山《たかやま》以来、毎晩碌々《ろくろく》に安眠しない上に、列車のなかに立往生をしたまゝで、鮨詰《すしづ》めになつて揺られて来る。暑《あつ》さは暑《あつ》し、人いきれはする。まつたく地獄の苦しみを続けて来たのですから、軽い脳貧血《のうひんけつ》をおこしたらしく、頭が痛む、吐気《はきけ》を催《もよお》して来る。この際どうすることも出来ないので、さつきから我慢をしてゐたのですが、それがだん〳〵に激しくなつて来て、蒼《あお》ざめた顔の色が西田さんの眼にも附いたのでせう。僕も正直にその話をすると、西田さんもひどく心配してくれて、途中の駅々に土地の青年団などが出張してゐると、それから薬を貰《もら》つて僕に飲ませてくれたりしました。

そのころの汽車の時間は不定でしたし、乗客も無我夢中で運ばれて行《ゆ》くのでしたが、午後に名古屋を出た列車が木曾路《きそじ》へ這入る頃にはもう暮れかゝつてゐました。僕はまた〳〵

苦しくなつて、頭ががん〳〵痛んで来ます。これで押して行つたらば、途中で打《ぶ》つ倒《たお》れるかも知れない。それも短い時間ならば格別ですが、これから東京までは何《ど》うしても十時間ぐらゐは懸《かか》るかと思ふと、僕にはもう我慢が出来なくなつたのです。そこで、思ひ切つて途中の駅で下車しようと云ひ出すと、西田さんはいよ〳〵心配さうに云ひました。

『それは困りましたね。汽車のなかで打つ倒れでもしては大変だから、いつそ降《お》りた方がいゝでせう。わたしも御一緒に降りませう。』

『いえ、決してそれには……。』

僕は堅《かた》く断りました。なんの関係もない僕の病気のために、西田といふ人の帰京を後《おく》らせては、この場合、まつたく済まないことだと思ひましたから、僕は幾度も断つて出ようとすると、脳貧血はます〳〵強くなつて来たとみえて、足もとがふら〳〵するのです。

『それ、御覧なさい。あなた一人ぢやあ迚《とて》もむづかしい。』

西田さんは、僕を介抱して、ぎつしりに押詰《おしつ》まつてゐる乗客をかき分けて、どうやら斯《こ》うやら車外へ連れ出してくれました。気の毒だとは思ひながら、僕はもう口を利く元気もなくなつて、相手のするまゝに任《まか》せて置くより外《ほか》はなかつたのです。そのときは夢中でしたが、それが奈良井《ならい》の駅であるといふことを後《のち》に知りました。こゝらで降りる人は殆ど無かつたやうでしたが、それでも青年団が出てゐて色々の世話を焼いてゐました。

僕は唯《ただ》ぼんやりしてゐましたから、西田さんがどういふ交渉をしたのか知りませんが、やがて土地の人に案内されて、町中《まちなか》の古い大きい宿屋のやうな家《うち》へ送り込まれました。汗だらけの洋服をぬいで浴衣《ゆかた》に着かへさせられて、奥の方の座敷に寝かされて、僕は何かの薬をのまされて、しばらくはうと〳〵と眠つてしまひました。

眼がさめると、もうすつかりと夜になつてゐました。縁側《えんがわ》の雨戸《あまど》は明け放してあつて、その縁側に近いところに西田さんはあぐらをかいて、ひとりで巻煙草を喫《す》つてゐました。僕が眼をあいたのを見て、西田さんは声をかけました。

『どうです。気分は快《よ》うござんすか。』

『はあ。』

おちついて一寐入《ひとねい》りしたせゐか、僕の頭はよほど軽くなつたやうです。起き直つても眩暈《めまい》がするやうなことはない。枕もとに小さい湯沸《ゆわか》しとコップが置いてあるので、その水をついで一杯のむと、木曾の水は冷《つめた》い、気分は急にはつきりして来ました。

『どうも色々御迷惑をかけて相済《あいす》みません。』と、僕はあらためて礼を云ひました。

『なに、おたがひさまですよ。』

『それでも、あなたはお急ぎのところを……。』

『かうなつたら一日半日を争つても仕様がありませんよ。助かつたものならば何処《どこ》かに助かつてゐる。死んだものならば疾《と》うに死んでゐる。どつちにしても急ぐことはありませんよ。』と、西田さんは相変らず落ちついてゐました。

さうは云つても、自分の留守のあひだに家族も財産もみな消え失《う》せてしまつて、何がどうしたのか一切判らないといふ不幸の境涯《きようがい》に沈んでゐる人の心持を思ひやると、僕の頭はまた重くなつて来ました。

『あなた気分がよければ、風呂へ這入つて来ちやあどうです。』と、西田さんは云ひました。『汗を流してくると、気分がいよ〳〵はつきりしますぜ。』

『併《しか》しもう遅いでせう。』

『なに、まだ十時前ですよ。風呂があるか無いか、ちよいと行つて聞いて来てあげませう。』

西田さんはすぐに起《た》つて表《おもて》の方へ出てゆきました。僕はもう一杯の水をのんで、初めてあたりを見まはすと、こゝは奥の下座敷《したざしき》で十畳の間《ま》らしい。庭には小さい流れが引いてあつて、水の際《きわ》には芒《すすき》が高く繁つてゐる。なんといふ鳥か知りませんが、どこかで遠く鳴く声が時々に寂しくきこえる。眼の前には高い山の影が真黒にそゝり立つて、澄み切つた空には大きい星が銀色にきらめいてゐる。飛騨と木曾と、僕はかさねて山国《やまぐに》の秋を見たわけですが、場合が場合だけに、今夜の山の景色の方がなんとなく僕のこゝろを強くひきしめるやうに感じられました。

『あしたも又あの汽車に乗るのかな。』

僕はそれを思つてうんざりしてゐると、そこへ西田さんが足早に帰つて来ました。

『風呂はまだあるさうです。早く行つていらつしやい。』

催促するやうに追ひ立てられて、僕もタオルを持つて出て、西田さんに教へられた通りに、縁側から廊下づたひに風呂場へ行きました。

三

なんと云つても木曾の宿です。殊《こと》に中央線の汽車が開通してからは、こゝらの宿《やど》もさびれたと云ふことを聞いてゐましたが、まつたく夜は静《しずか》です。この家《うち》もむかしは大きい宿《やど》屋《や》であつたらしいのですが、今は養蚕《ようさん》か何かを本業にして、宿屋は片商売《かたしようばい》といふ風らしいので、今夜もわたし達のほかには泊り客もないやうでした。店の方では、まだ起きてゐるのでせうが、なんの物音もきこえずに森閑《しんかん》としてゐました。

家《うち》の構《かま》へはなか〳〵大きいので、風呂場はずつと奥の方にあります。長い廊下を渡つてゆくと、横手の方には夜露のひかる畑がみえて、虫の声がきれ〴〵にきこえる。昼間の汽車の中とは違つて、こゝらの夜風は冷々《ひやひや》と肌にしみるやうです。かういふ時に油断すると風《かぜ》をひくと思ひながら、僕は足を早めてゆくと、眼《め》の前に眠つたやうな灯《ひ》のひかりが見える。それが風呂場だなと思つた時に、ひとりの女が戸をあけて這入つて行くのでした。うす暗いところで、其《その》うしろ姿を見ただけですから、勿論詳しいことは判りませんが、どうも若い女であるらしいのです。

それを見て僕は立ちどまりました。どうで宿屋の風呂であるから、男湯と女湯の区別があらう筈《はず》はない。泊り客か宿の人か知らないが、いづれにしても婦人――殊《こと》に若い婦人が夜ふけて入浴してゐるところへ、僕のやうな若い男が無遠慮《ぶえんりよ》に闖入《ちんにゆう》するのは差控《さしひか》へなければなるまい。――かう思つて少しかんがへてゐると、どこかで人の啜《すす》り泣きをするやうな声がきこえる。水の流れの音かとも思つたのですが、どうもそれが女の声らしく、しかも風呂場の中《なか》から洩《も》れて来るらしいので、僕もすこし不安を感じて、そつと抜足《ぬきあし》をして近寄つて、入口の戸の隙間《すきま》から窺《うかが》ふと、内《うち》は鎮《しず》まり返つてゐるらしい。唯《た》つた今、ひとりの女が確かにこゝへ這入つた筈《はず》であるのに、なんの物音もきこえないと云ふのはいよ〳〵可《か》怪《お》しいと思つて、入口の戸を少し明け、又すこし明けて覗《のぞ》いてみると、薄暗い風呂場のなかには誰もゐる様子はないのです。

『はてな。』

思ひ切つて戸をがらりと明けて這入ると、なかには誰もゐないのです。なんだか薄気味悪くもなつたのですが、こゝまで来た以上、詰《つま》らないことを云つて唯《ただ》このまゝに引返《ひつかえ》すのは、西田さんの手前、あまり臆病者のやうにもみえて極《きま》りが悪い。どうなるものかと度胸を据《す》ゑて、僕は手早く浴衣をぬいで、勇気を振《ふる》つて風呂場に這入りましたが、彼《か》の女《おんな》の影も形もみえないのです。

『おれはよほど頭が悪くなつたな。』

風呂に心持よく浸《ひた》りながら僕は自分の頭の悪くなつたことを感じたのです。震災以来、どうも頭の調子が狂つてゐる。神経も衰弱してゐる。それがために一種の幻覚を視《み》たのである。その幻覚が若い女の形をみせたのは、西田さんの娘ふたりのことが頭に刻まれてあるからである。姉は十九で、妹は十六であるといふ。その若い女ふたりの生死不明といふことが自分の神経を強く刺戟《しげき》したので、今こゝでこんな幻覚を見たに相違ない。啜《すす》り泣きのやうにきこえたのは矢はり流れの音であらう。昔から幽霊をみたといふ伝説も嘘ではない。自分も今こゝで所謂《いわゆる》幽霊をみせられたのである。――こんなことを考へながら、僕はゆつくりと風呂に浸つて、けふ一日の汗と埃《ほこり》を洗ひ流して、ひどくさつぱりした気分になつて、再び浴衣を着て入口の戸を内から明けようとすると、足の爪《つま》さきに何か障《さわ》るものがある。うつむいて透《すか》して見ると、それは一つの指環《ゆびわ》でした。

『誰かゞ落して行つたのだらう。』

風呂場に指環を落したとか、置き忘れたとか、そんなことは別にめづらしくもないのですが、こゝで僕を鳥渡《ちよつと》かんがへさせたのは、さつき僕の眼に映《うつ》つた若い女のことです。勿論、それは一種の幻覚と信じてゐるのですが、丁度その矢先に若い女の所持品らしいこの指環を見出したといふことが、なんだか仔細ありげにも思はれたのです、但《ただ》しそれはこつちの考へ方にもよることで、幻覚は幻覚、指環は指環と全《まつた》く別々に引き離してしまへば、なんにも考へることもないわけです。

僕は兎《と》も角《かく》もその指環を拾い取つて、もとの座敷へ帰つて来ると、留守のあひだに二つの寝床《ねどこ》を敷かせて、西田さんは床《とこ》の上に坐つてゐました。

『やつぱり木曾ですね。九月でも更《ふ》けると冷えますよ。』と、僕も寝床の上に坐りながら話し出しました。『風呂場でこんなものを拾つたのですが……。』

『拾いもの……なんです。お見せなさい。』

西田さんは手をのばして指環をうけ取つて、燈火《あかり》の下で打ち返して眺めてゐましたが、急に顔の色が変りました。

『これは風呂場で拾つたんですか。』

『さうです。』

『どうも不思議だ。これはわたしの総領娘の物です。』

僕はびつくりした。それはダイヤ入りの金の指環で、形はありふれたものですが、裏に「みつ」と平仮名で小さく彫《ほ》つてある。それが確《たしか》な証拠だと西田さんは説明しました。

『なにしろ風呂場へ行つてみませう。』

西田さんは、すぐに起《た》ちました。僕も無論ついてゆきました。風呂場には誰もゐません、そこらにも人の隠れてゐる様子はありません。西田さんは更《さら》に店の帳場へ行つて、震災以来の宿帳《やどちよう》を一々調査すると、前にもいふ通り、こゝの宿屋は近来殆《ほと》んど片商売のやうになつてゐるので、平生《ふだん》でも泊りの人は少《すくな》い。殊《こと》に九月以来は休業同様で、とき〴〵に土地の青年団が案内してくる人たちを泊めるだけでした。それはみな東京の罹災者《りさいしや》で、男女あはせて十組の宿泊客《とまりきやく》があつたが、宿帳に記された住所姓名も年齢も西田さんの家族とは全然相違してゐるのです。念のために宿の女中たちにも聞きあはせたが、それらしい人相や風俗の女はひとりも泊らないらしかつた。

唯《ただ》ひと組、九月九日の夜《よ》に投宿《とうしゆく》した夫婦連《ふうふづれ》がある。これは東京から長野の方をまはつて来たらしく、男は三十七八の商人体《しようにんてい》で、女は三十前後の小粋《こいき》な風俗であつたと云ふことです。この二人がどうしてこゝへ降りたかと云ふと、女の方が矢はり僕とおなじやうに汽車のなかで苦しみ出したので、よんどころなく下車してこゝに一泊して、あくる朝早々に名古屋行の汽車に乗つて行つた。女は真蒼《まつさお》な顔をしてゐて、まだほんたうに快《よ》くならないらしいのを、男が無理に連れ出して行つたが、その前夜にも何か頻《しき》りに云ひ争つて居たらしいといふのです。

単にそれだけのことならば別に仔細もないのですが、こゝに一つの疑問として残されてゐるのは、その男が大きい革包《かばん》のなかに宝石や指環のたぐひを沢山入れてゐたといふことです。当人の話では、自分は下谷辺《したやへん》の宝石商で家財はみんな灰にしたが、僅《わずか》にこれだけの品を持ち出したとか云つてゐたさうです。したがつて、宿《やど》の者の鑑定では、その指環は彼《あ》の男が落して行つたのではないかと云ふのですが、九月九日から約十日のあひだも他人の眼に触れずにゐたと云ふのは不思議です。又、果してその男が持つてゐたとすればどうして手に入れたのでせう。

『いや、そいつかも知れません。宝石商だなんて嘘だか本当だか判るもんですか。指環を沢山持つてゐたのは、おほかた死人の指を切つたんでせう。』と、西田さんは云ひました。

僕は戦慄《せんりつ》しました。なるほど飛騨にゐるときに、震災当時そんな悪者《わるもの》のあつたと云ふ新聞記事を読んで、よもやと思つてゐたのですが、西田さんのやうに解釈すれば或《あるい》はさうかと思はれないこともありません。それは先《ま》づそれとして、僕としては更《さら》に戦慄を禁じ得ないのは、その指環が西田さんの総領娘の物であつたと云ふことです。かうなると、僕の眼に映つた若い女のすがたは単に一種の幻覚とのみ云はれないやうにも思はれます。女の泣き声、女の姿、女の指環――それがみな縁《えん》を引いて繋《つな》がつてゐるやうにも思はれてなりません。それとも幻覚は幻覚、指環は指環、どこまで行つても別物でせうか。

『なんにしても好《い》いものが手に入《い》りました。これが娘の形見です。あなたと道連《みちづれ》にならなければ、これを手に入れることは出来なかつたでせう。』

礼をいふ西田さんの顔をみながら、僕はまた一種の不思議を感じました。西田さんは僕と懇意《こんい》になり、又その僕が病気にならなければ、こゝに下車してこゝに泊る筈はあるまい。一方の夫婦――かれらが西田さんの推量通りであるならば――これもその女房が病気にならなかつたら恐《おそら》くこゝには泊らずに行き過ぎてしまつたであらう。彼等も偶然にこゝに泊り、我々も偶然にこゝに泊りあはせて、娘の指環はその父の手に戻つたのである。勿論それは偶然であらう。偶然と云つてしまへば、簡単明瞭に解決が附く。而《しか》もそれは余りに平凡な月並式の解釈であつて、この事件の背後にはもつと深い怖《おそろ》しい力が潜《ひそ》んでゐるのではあるまいか。西田さんもこんなことを云ひました。

『これはあなたのお蔭《かげ》、もう一つには娘のたましひが私達をこゝへ呼んだのかも知れません。』

『さうかも知れません。』

僕はおごそかに答へました。

我々は翌日東京に着いて、新宿駅で西田さんに別れました。僕の宿《やど》は知らせて置いたので、十月のなかば頃になつて西田さんは訪ねて来てくれました。店の職人三人はだん〳〵に出て来たが、その一人はどうしても判らない。兎も角も元のところにバラックを建てゝ、此頃《このごろ》やうやく落ち着いたといふことでした。

『それにしても、女の人達はどうしました。』と、僕は訊きました。

『わたしの手に戻つて来たのは、あなたに見付けて頂いた指環一つだけです。』

僕はまた胸が重くなりました。

離魂病《りこんびょう》

一

M《エム》君は語る。

これは僕の叔父《おじ》から聴かされた話で、叔父が廿一《にじゅういち》の時だといふから、なんでも嘉永《かえい》の初年のことらしい。その頃、叔父は小石川《こいしかわ》の江戸川端《えどがわばた》に小さい屋敷を持つてゐたが、その隣屋敷に西岡鶴之助《にしおかつるのすけ》といふ幕臣《ばくしん》が住んでゐた。こゝらは小身《しょうしん》の御家人《ごけにん》が巣を作つてゐるところで、屋敷と云つても皆小さい。それでも西岡は百八十俵《ぴょうど》取りで、お福《ふく》といふ妹のほかに仲間《ちゅうげん》一人、下女《げじょ》一人の四人暮しで、先《ま》づ不自由なしに身分だけの生活をしてゐた。西岡は十五の年に父にわかれ、十八の年に母をうしなつて、今年廿歳《はたち》の独身者《どくしんもの》である。

――と、先づ彼の戸籍しらべをして置いて、それから本文《ほんもん》に取りかゝることにする。

時は六月はじめの夕方である。西岡は下谷御徒町《したやおかちまち》の親戚をたづねて、その帰り途《みち》に何かの買物をするつもりで御成道《おなりみち》を通りかゝると、自分の五六間《けん》先をあるいてゐる若い娘の姿がふと眼についた。

西岡の妹のお福は今年十六で、瘦形《やせがた》の中背《ちゆうぜい》の女である。その娘の島田に結《ゆ》つてゐる鬢《びん》附《つき》から襟《えり》もとから、四入《よつい》り青梅《おうめ》の単衣《ひとえ》をきてゐる後姿《うしろすがた》までが彼女《かれ》と寸分《すんぶん》も違はないので、西岡はすこし不思議に思つた。妹が今頃どうしてこゝらを歩いてゐるのであらう。なにかの急用でも出来《しゆつたい》すれば格別、さもなければ自分の留守の間《ま》に妹がめつたに外出する筈《はず》がない。兎《と》もかくも呼び留めてみようと思つたが、広い江戸にはおなじ年頃の娘も、同じ風俗の娘も沢山ある。迂闊《うかつ》に声をかけて万一それが人ちがひであつた時《とき》には極《きま》りが悪いとも考へたので、西岡はあとから足早《あしばや》に追ひついて、先《ま》づその横顔を覗《のぞ》かうとしたが、夏のゆふ日がまだ明るいので、娘は日傘をかたむけてゆく。それが邪魔になつて、かれはその娘の横顔をはつきりと見定めることが出来《でき》なかつた。さりとて、あまりに近寄つて無遠慮《ぶえんりよ》に傘のうちを覗くことも憚《はばか》られるので、西岡はあとになり先になつて小半町《こはんちよう》ほども黙つて跟《つ》いてゆくと、娘は近江屋《おうみや》といふ暖簾《のれん》をかけた刀屋の店さきに足を留めて、内《うち》を鳥渡《ちよつと》覗いてゐるやうであつたが、又すた〳〵とあるき出して、東側の横町《よこちよう》へ切れて行つた。

『つまらない。もう止《よ》さう。』と、西岡は思つた。

それがほんたうの妹であるか無いかは、家へ帰つてみれば判ることである。夏の日が長いと云つても、もうだん〳〵に暮れかゝつて来るのに、いつまで若い女のあとを追つてゆくでもあるまい。物好《ものずき》にも程《ほど》があると、自分で自分を笑ひながら西岡は爪先《つまさき》の方向をかへた。

江戸川の屋敷へ帰り着いても、日はまだ暮れ切つてゐなかつた。庭のあき地に植ゑてある唐《とう》もろこしの葉が夕風に青く靡《なび》いてゐるのが、杉の生垣《いけがき》のあひだから涼しさうにみえた。仲間《ちゆうげん》の佐助《さすけ》はそこらに水を打つてゐたが、潜《くぐ》り戸を這入つて来た主人の顔をみて会釈《えしやく》した。

『お帰りなさいまし。』

『お福は内《うち》にゐるか。』と、西岡はすぐに訊いた。

『はい。』

それでは矢はり人ちがひであつたかと思ひながら、西岡は何げなく内へ通ると、台所で下女《げじよ》の手伝ひをしてゐたらしいお福は、襷《たすき》をはづしながら出て来て挨拶した。毎日見馴れてゐる妹ではあるが、兄は今更《いまさら》の様にその顔や形をぢつと眺めると、さつき御成道《おなりみち》で見かけた彼《か》の娘と不思議なほどに好く似てゐた。やがて湯が沸いたので、西岡は行水《ぎようずい》をつかつて夕飯《ゆうめし》を食つたが、その間《あいだ》も彼《か》の娘のことが何だか気になるので、下女にもそつと訊いてみたが、その返事はやはり同じことで、お福はどこへも出ないと云ふのであつた。

『では、どうしても他人の空似《そらに》か。』

西岡はもう其以上に詮議《せんぎ》しようとはしなかつた。その日はそれぎりで済んでしまつたが、それから半月《はんつき》ほどの後《のち》に、西岡は青山百人町《ひやくにんまち》の組屋敷《くみやしき》にゐる者をたづねて、やはり夕七《ゆうなな》つ半《はん》（午後五時）を過ぎた頃にそこを出た。今と違つて、その頃の青山は狐《きつね》や狸《たぬき》の巣かと思はれるやうな草深いところであつたが、それでも善光寺門前《ぜんこうじもんぜん》には町家《ちようか》がある。西岡は今やその町家つゞきの往来へ差蒐《さしかか》ると、かれは俄《にわか》にぎよつとして立停《たちどま》つた。自分よりも五六間《けん》さきに、妹と同じ姿の娘があるいてゐたのであつた。見れば見るほど、そのうしろ姿はお福と些《ちつ》とも違はないのである。おなじ不思議を重ねて見せられて、西岡は単に他人の空似とばかりでは済まされなくなつた。

かれは何《ど》うしてもその正体を見定めなければならないやうな気になつて、又もや足を早めてそのあとを追つて行つた。このあひだも、今日も、夕方とは云つても日はまだ明るい、しかも町家つゞきの往来のまん中《なか》で、狐や狸が化《ば》かすとも思はれない。どんな女か、その顔をはつきりと見とゞけて、それが人違ひであることを確めなければ何分《なにぶん》にも気が済まないので、西岡は駈けるやうに急いでゆくと、娘はけふも日傘をさしてゐる。それが邪魔になつてその横顔を覗くことが出来ないので、かれは苛々《いらいら》しながら附けてゆくと、娘はやがて権田原《ごんだわら》につゞく広い草原《くさはら》に出た。こゝは草深いが中にも草深いところで、夏から秋にかけては人も隠れるほどの雑草が高くおひしげつてゐて、そのあひだに唯一筋《ただひとすじ》の細《ほそ》い路《みち》が開けてゐるばかりである。娘はその細い路をたどつてゆく。西岡もつゞいて行つた。

『人違ひであつたらば、あやまるまでのことだ。思ひ切つて呼んでみよう。』西岡も少しく焦《じ》れて来たので、一筋道のうしろから思ひ切つて声をかけた。

『もし。もし。』

娘には聞えないのか、黙つて俯向《うつむ》いて足を早めてゆく。それを追ひながら西岡は又呼んだ。

『もし、もし。お嬢《じよう》さん。』

娘はやはり振向きもしなかつたが、うしろから追つて来る人のあるのを覚《さと》つたらしい。俄《にわか》に路《みち》をかへて草むらの深いなかへ踏み込んでゆくので、西岡はいよ〳〵不思議に思つた。

『もし、もし。姐《ねえ》さん……お嬢さん。』

つゞけて呼びながら追つてゆくと、娘のすがたはいつか草むらの奥に隠れてしまつた。西岡はおどろいて駈けまはつて、そこらの高い草のなかを無暗《むやみ》に掻《か》き分けて探しあるいたが、娘のゆくへはもう判らなかつた。西岡はまつたく狐にでも化かされたやうな、ぼんやりした心持になつた。さうして、なんだか急に薄気味悪くなつて来たので、早々に引返して青山の大通りへ出た。

家《うち》へ帰つて詮議すると、けふもお福はどこへも出ないといふのである。お福には限らず、そのころの武家《ぶけ》の若い娘がむやみに外出する筈《はず》もないのであるから、出ないと云ふのが本当でなければならない。さうは思ひながらも、このあひだと云ひ、けふと云ひ、途中で出逢つた彼《か》の娘の姿があまりお福によく似てゐるといふことが、西岡の胸に一種の暗い影を投げかけた。それ以来、かれは妹に対してひそかに注意の眼《まなこ》を向けてゐたが、お福の挙動に別に変つたらしいことも見出《みいだ》されなかつた。

二

西岡は一度ならず二度ならず、更《さら》に三度目の不思議に遭遇した。

それはあくる月の十三日である。けふは盂蘭盆《うらぼん》の入りであるといふので、西岡は妹をつれて小梅《こうめ》の菩提寺《ぼだいじ》へ参詣《さんけい》に行つた。残暑の強い折柄《おりから》であるから、なるべく朝涼《あさすず》のうちに行つて来ようといふので、ふたりは暁六《あけむ》つ（午前六時）頃から江戸《えど》川端《がわばた》の家《うち》を出て、型《かた》のごとくに墓参《ぼさん》をすませて、住職にも逢つて挨拶をして、帰り途《みち》はあづま橋《ばし》を渡つて浅草の広小路《こうじ》に差蒐《さしかか》ると、盂蘭盆であるせゐか、そこらはいつもより人通りが多い。その混雑のなかを摺《す》りぬけて行くうちに、西岡は口のうちであつと叫んだ。妹に生写《いきうつ》しといふべき若い娘の姿がけふも彼の眼先《めさき》にあらはれたからである。

西岡はあわてゝ自分のうしろを見かへると、お福はたしかに自分のあとから附いて来た。五六間《けん》さきには彼女《かれ》と寸分違はない娘のうしろ姿がみえる。妹が別条《べつじょう》なく自分のあとに附いてゐる以上、所詮《しょせん》彼《か》の娘は他人の空似《そらに》と決めてしまふより外《ほか》はなかつたが、如何《いか》になんでもそれが余りによく似てゐるので、西岡の不審はまだ綺麗にぬぐひ去られなかつた。かれは妹をみかへつて小声で云つた。

『あれ、御覧《ごらん》、あの娘を……。おまへによく似てゐるぢやあないか。』

扇《おうぎ》でさし示す方角に眼を遣《や》つて、お福も小声で云つた。

『自分で自分の姿はわかりませんけれど、あの人はそんなにわたくしに似てゐるでせうか。』

『似てゐるね。まつたく好く似てゐるね。』と、西岡は説明した。『しかも今日で三度逢ふのだ。不思議ぢやあないか。』

『まあ。』

とは云つたが、お福のいふ通り、自分で自分の姿はわからないのであるから、彼《か》の娘がそれほど自分によく似てゐるか何《ど》うかを彼女《かれ》はうたがつてゐるらしく、兄がしきりに不思議がつてゐるほどに、妹はこの問題について余り多くの好奇心を挑発《ちようはつ》されないらしかつた。

『ほんたうによく似てゐるよ。お前にそつくりだよ。』と、兄はくり返して云つた。

『さうですかねえ。』

妹はやはり気乗りのしないやうな返事をしてゐるので、西岡も張合《はりあ》ひ抜《ぬ》けがして黙つてしまつたが、その眼はいつまでも彼の娘のうしろ姿を追つてゐると、奴《やつこ》うなぎの前あたりで混雑のあひだにその姿を見うしなつた。けふは妹を連れてゐるので、西岡は飽《あく》までもそれを追つて行かうとはしなかつたが、二度も三度も妹に生写しの娘のすがたを見たといふことが何《ど》うも不思議でならなかつた。

その晩である。西岡の屋敷でも迎《むか》ひ火《び》を焚《た》いてしまつて、下女のお霜《しも》は近所へ買物に出た。日が暮れても蒸暑《むしあつ》いので、西岡は切子燈籠《きりこどうろう》をかけた縁《えん》さきに出て、しづかに団扇《うちわ》をつかつてゐると、やがてお霜が帰つて来て、お嬢さんはどこへかお出かけになりましたかと訊いた。いや、奥にゐる筈《はず》だと答へると、お霜はすこし不思議さうな顔をして云つた。

『でも、御門《ごもん》の前をあるいておいでなすつたのは確《たしか》にお嬢さんでございましたが……。』

『お前になにか口をきいたか。』

『いゝえ。どちらへいらつしやいますと申しましたら、返事もなさらずに行つておしまひになりました。』

西岡はすぐに起《た》つて奥をのぞいて見ると、お福はやはりそこにゐた。彼女《かれ》は北向きの肱《ひじ》掛《か》け窓に寄りかゝつて、うと〳〵と居睡《いねむ》りでもしてゐるらしかつた。西岡はお霜にまた訊いた。

『その娘はどつちの方へ行つた。』

『御門の前を右の方へ……。』

それを聞くと、西岡は押取刀《おつとりがたな》で表《おもて》へ飛び出した。今夜は薄く曇つてゐたが、低い空には星のひかりが疎《まばら》にみえた。門前の右隣は僕の叔父の屋敷で、叔父は涼みながらに門前にた、ずんでゐると、西岡は透《すか》し視《み》て声をかけた。

『妹は今こゝを通りやあしなかつたかね。』

『挨拶はしなかつたが、今こゝを通つたのはお福さんらしかつたよ。』

『どつちへ行つた。』『あつちへ行つたやうだ。』

叔父の指さす方角へ西岡は足早に追つて行つたが、やがて又引返して来た。

『どうした。お福さんに急用でも出来たのか。』と、叔父はきいた。

『どうも可怪《おか》しい。』と、西岡は溜息をついた。『貴公《きこう》だから話すが、まつたく不思議なことがある。貴公はたしかにお福を見たのかね。』

『今もいふ通り、別に挨拶をしたわけでも無し、夜のことだからはつきりとは判らなかつたが、どうもお福さんらしかつたよ。』

『うむ。さうだらう。』と、西岡はうなづいた。『貴公ばかりでなく、下女のお霜も見たといふのだから……。いや、どうも可怪しい。まあ、かういふわけだ。』

妹に生《いき》うつしの娘を三度も見たといふことを西岡は小声で話した。他人の空似と云つてしまへばそれ迄《まで》のことであるが、自分はどうも不思議でならない。殊《こと》に今夜もその娘が自分の屋敷の門前《もんぜん》を徘徊《はいかい》してゐたといふのはいよ〳〵怪《あや》しい。これには何かの因縁《いんねん》が無くてはならない。と思つて、今もすぐに追ひかけて行つたのであるが、そのゆくへは更《さら》に知れない。今夜こそ取つ捉《つか》まへて詮議しようと思つたのに又もや取逃《とりにが》してしまつたかと、かれは残念さうに云つた。

『むゝう。そんなことがあつたのか。』と、叔父もすこしく眉をよせた。『併《しか》しそれはやつぱり他人の空似だらう。二度も三度も貴公がそれに出逢つたといふのが少し可怪《おか》しい様《よう》でもあるが、世間《せけん》は広いやうで狭いものだから、おなじ人に幾度もめぐり逢はないとは限るまいぢやあないか。』

『それもさうだが……。』と、西岡はやはり考へてゐた。『僕にはどうも唯《ただ》それだけのことゝは思はれない。』

『まさか離魂病《りこんびょう》とかいふのでもあるまい。』と、叔父は笑つた。

『離魂病……。そんなものがある筈《はず》がない。それだから何《ど》うも判らないのだ。』

『まあ、詰《つま》らないことを気にしない方がいゝよ。』

叔父は何《なに》が無《な》しに気休めを云つてゐるところへ、西岡の屋敷から仲間《ちゆうげん》の佐助《さすけ》があわたゞしく駈け出して来た。かれは薄暗いなかに主人の立姿《たちすがた》をすかし視《み》て、すぐに近寄つて来た。

『旦那様《だんなさま》、大変でございます。お嬢さんが……。』

『妹がどうした。』と、西岡もあわたゞしく訊きかへした。

『いつの間《ま》にか冷たくなつておいでのやうで……。』

西岡もおどろいたが、叔父も驚いた。ふたりは佐助と一緒に西岡の屋敷の門《もん》をくゞると、下女のお霜も泣顔《なきがお》をしてうろ〳〵してゐた。お福は奥の四畳半の肱かけ窓に倚《よ》りかゝつたまゝで、眠《ねむ》り死《じに》とでもいふやうに死んでゐるのであつた。勿論《もちろん》すぐに医者を呼ばせたが、お福のからだは氷のやうに冷《つめ》たくなつてゐて、再び温《あたたか》い血の通《かよ》ふ人にはならなかつた。

『あの女はやつぱり魔ものだ。』

西岡は唸《うな》るやうに云つた。

三

たつた一人の妹をうしなつた西岡の嘆《なげ》きは一通りでなかつた。しかし今更《いまさら》どうすることも出来ないので、叔父や近所の者どもが手伝つて、型《かた》の通りにお福の葬式をすませた。

『畜生《ちくしょう》。今度見つけ次第《しだい》、いきなりに叩《たた》つ斬《き》つてやる。』

西岡はかたきを探すやうな心持で、その後《ご》は努《つと》めて市中《しちゅう》を出あるいて、彼《か》の怪《あや》しい娘に出逢ふことを念じてゐたが、かれは再びその姿を見出《みいだ》すことが出来なかつた。

おなじ江戸川端《えどがわばた》ではあるが、牛込《うしごめ》寄りの方に猪波図書《いなみずしょ》といふ三百五十石取《こくど》りの旗本《はたもと》の屋敷があつた。その隠居《いんきょ》は漢学者で、西岡や叔父はかれに就《つい》て漢籍《かんせき》を学び、詩文《しぶん》の添削《てんさく》などをして貰《もら》つてゐた。隠居は采石《さいせき》と号して、そのころ六十以上の老人であつたが、今度の西岡の妹の一条に就《つい》てこんな話をして聞かせた。

『その娘は他人の空似《そらに》で、妹は急病で頓死《とんし》、それとこれとは別々でなんにも係《かか》り合《あい》のないことかも知れないが、妹の死ぬ朝には浅草でその姿を見せて、その晩にも屋敷の門前にあらはれたと云ふことになると、両方のあひだに何かの糸を引いてゐるやうにも思はれて、西岡が魔ものだと云ふのも一応の理窟《りくつ》はある。しかし世の中には意外の不思議が無いとは限らない。それとは少し違ふ話だが、仙台藩《せんだいはん》の只野《ただの》あや女《じょ》、後《のち》に真葛尼《まくずに》と云つた人の著述で奥州 咄《おうしゆうばなし》といふ随筆風の物がある。そのなかにかう云ふ話が書いてあつたやうに記憶してゐる。仙台藩中《ちゆう》の何某《なにがし》といふ侍《さむらい》が或日《あるひ》外出して帰つて来ると、自分の部屋の机の前に自分と同じ人が坐つてゐる。勿論《もちろん》うしろ姿ではあるが、どうも自分によく似てゐる。はて、不思議だと思ふ間もなく、その姿は烟《けむり》のやうに消えてしまつた。あまり不思議でならないので、それを母に話して聞かせると、母は忌《いや》な顔をして黙つてゐた。すると、それから三日を過ぎないうちに、その侍は不意《ふい》に死んでしまつた。あとで聞くと、その家《いえ》は不思議な家筋《いえすじ》で、自分で自分のすがたを見るときは死ぬと云ひ伝へられてゐる。現《げん》に何某《なにがし》の父といふ人も、自分のすがたを見てから二三日の後《のち》に死んださうだと書いてある。わたしはそれを読んだときに、この世の中にそんなことのあらう道理《どうり》がない。これは何か支那《しな》の離魂病の話でも書き直したものであらうと思つてゐたが、今度の西岡の一件もや、それに似通《にかよ》つてゐる。奥州咄の方では自分が自分のすがたを見たのであるが、今度のは兄が妹の姿をみたのである。しかも一度ならず二度も三度も見たばかりか、なんの係《かか》り合《あい》もない奉公人や隣屋敷の者までがその姿を見たといふのであるから、猶《なお》さら不思議な話ではないか。西岡の家《うち》にも何かそんな云ひ伝へでもあるかな。』

『いや、知りません。誰からもそんな話を聞いたことはございません。』と、西岡は答へた。

なるほど、その奥州咄《おうしゆうばなし》にあるやうに、自分が自分のすがたを見るときは死ぬと云ふやうな不思議な例があるならば、西岡の場合にもそれが当《あ》て嵌《はま》らないこともない。人間の死ぬ前には、その魂《たましい》がぬけ出してさまよひ歩くとでも云ふのかも知れないと、叔父は思つた。さうなれば、これも一種の離魂病である。西岡の話によると、妹は五月の末頃から兎《と》かくに眠り勝《がち》で、昼間でもうと〳〵と居眠りをしてゐることが屢々《しばしば》あつたと云ふのである。『あの話を采石《さいせき》先生から聞かされ、それからはなんだかおそろしくてならない。往来をあるいてゐても、若《も》しや自分に似た人に出逢ひはしまいかとび〳〵〳〵してゐる。』と、西岡はその後《ご》に叔父に話した。

しかし彼は、妹によく似た彼《か》の娘に再び出逢ひはなかつた。自分によく似た男にも出逢はなかつたらしい。さうして、明治の後《のち》までも無事に生きのびた。

明治廿四《にじゆうよ》年の春には、東京にインフルエンザが非常に流行した。その正月に西岡は叔父のところへ年始に来て、屠蘇《とそ》から酒になつて夜のふけるまで元気よく話して行つた。そのときに彼は云つた。

『君も知つてゐる通り、妹の一件の時には僕も当分はなんだか忌《いや》な心持だつたが、今まで無事《ぶじ》に生きて来て、子供たちも先《ま》づ一人前《いちにんまえ》になり、自分もめでたく還暦《かんれき》の祝ひまで済ませたのだから、もう何時《いつ》死んでも憾《うら》みはないよ。はゝゝゝ。』

それから半月《はんつき》ほども経《た》つと、西岡の家から突然に彼《かれ》の死を報じて来た。流行のインフルエンザに罹《かか》つて五日ばかりの後《のち》に死んだといふのである。その死ぬ前に自分で自分のすがたを見たか何《ど》うだか、叔父もまさかにそれを訊くわけにも行かなかつた。遺族からも別にそんな話もなかつた。

百物語《ひやくものがたり》

今から八十年ほどの昔——と云ひかけて、O《オー》君は自分でも笑ひ出した。いや、もつと遠い昔になるのかも知れない。なんでも弘化元年《こうかがんねん》とか二年とかの九月、上州《じょうしゅう》のある大名《だいみょう》の城内に起つた出来事である。

あきの夜《よ》に若侍《わかざむらい》どもが夜詰《よづめ》をしてゐた。きのふからの雨がふりやまないで、物《もの》すごい夜《よ》であつた。いつの世もおなじことで、かういふ夜《よ》には怪談のはじまるのが習《ならい》である。そのなかで、一座の先輩と仰《あお》がれてゐる中原武太夫《なかはらぶだゆう》といふ男が云ひ出した。

『むかしから世に化物《ばけもの》があると云ひ、無いといふ。その議論まち〳〵で確かには判《わか》らない。今夜のやうな晩は丁度《ちょうど》あつらへ向きであるから、これから彼《か》の百物語《ひやくものがたり》といふものを催《もよお》して、妖怪が出るか出ないか試してみようではないか。』

『それは面白いことでござる。』

いづれも血気《けつき》のわか侍ばかりであるから、一座の意見すぐに一致《いっち》して、いよ〳〵百物語をはじめることになつた。先《ま》づ青い紙で行燈《あんどう》の口をおほひ、定《さだ》めの通りに燈心百《とうしんひやく》すぢを入れて五間《いつま》ほど距《はな》れてゐる奥の書院に据《す》ゑた。そのそばには一面《いちめん》の鏡を置いて、燈心をひと筋《すじ》づつ消しにゆくたびに、必ずその鏡のおもてを覗《のぞ》いてみること、云ふ約束であつた。勿論《もちろん》、そのあひだの五間には燈火《ともしび》を置かないで、途中はすべて暗がりのなかを探り足でゆくことになつてゐた。

『一体、百ものがたりと云ふ以上、百人が代る代《かわ》るに話さなければならないのか。』

それについても種々《しゆじゆ》の議論が出たが、百物語といふのは一種の形式で、かならず百人にかぎつたことはあるまいと云ふ意見が多かつた。実際そこには百人のあたま数《かず》が揃《そろ》つてゐなかつた。しかし物語の数だけは百箇条を揃へなければいけないと云ふので、鬮引《くじび》きの上で一人が三つ四つの話を受持つことになつた。それでもなるべくは人数《にんず》が多い方がいゝと云ふので、忌《いや》がる茶坊主どもまでを狩りあつめて来て、夜《よ》の五《いつ》つ（午後八時）頃から第一番の浦辺四郎七《うらべしろしち》といふ若侍が、先《ま》づ怪談の口を切つた。

なにしろ百箇条の話をするのであるから、一つの話はなるべく短いのを選《えら》むといふ約束であつたが、それでも案外に時が移つて、彼《か》の中原武太夫が第八十三番の座に直つたのは、その夜ももう八《や》つ（午前二時）に近い頃であつた。中原は今度で三度目であるから、持ちあはせの怪談も種切《たねぎ》れになつてしまつて、ある山寺の尼僧《にそう》と小姓《こしよう》とが密通《みつつう》して、ふたりともに鬼になつたとか云ふ紋切型《もんきりがた》の怪談を短く話して、奥の行燈《あんどう》の火を消しに行つた。

前にもいふ通り、行燈のある書院までゆき着くには、暗い広い座敷を五間通りぬけなければならないのであるが、中原は最初から二度も通つてゐるので、暗いなかでも大抵《たいてい》の見当は付いてゐた。かれは平気で座を起《た》つて、次の間の襖《ふすま》をあけた。暗い座敷を次から次へと真直《まつすぐ》に通つて、行燈の据ゑてある書院にゆき着いたときに、ふと見かへると、今通つて来たうしろの座敷の右の壁に何やら白いものが懸《かか》つてゐるやうにぼんやりと見えた。引返してよく見ると、ひとりの白い女が首でも縊《くく》つたやうに天井《てんじよう》から垂《た》れ下《さが》つてゐるのであつた。

『なるほど、昔から云ひ伝へることに嘘はない。これこそ化物といふのであらう。』と中原は思つた。

しかし彼は気丈《きじよう》の男であるので、そのまゝにして次の間《ま》へ這入つて、例のごとくに燈心を一すぢ消した。それから鏡を把《と》つて透《すか》してみたが、鏡のおもてには別に怪《あや》しい影も映《うつ》らなかつた。帰るときに再び見かへると、壁の際《きわ》にはやはり白いもの〻影がみえた。

中原は無事にもとの席へ戻つたが、自分の見たことを誰にも云はなかつた。第八十四番には筧甚五右衛門《かけいじんごえもん》といふのが起《た》つて行つた。つゞいて順々に席を起つたが、どの人も彼《か》の怪しいものに就《つ》いて一言《いちごん》も云はないので、中原は内心不思議に思つた。さては彼《か》の妖怪は自分ひとりの眼にみえたのか、それとも他の人々も自分とおなじやうに黙つてゐるのかと思案してゐるうちに、百番の物語はとゞこほりなく終《おわ》つた。百すぢの燈心はみな消されて、その座敷も真《しん》の闇となつた。

中原は試みに一座のものに訊いた。

『これで百物語も済んだのであるが、おの〳〵のうちに誰も不思議をみた者はござらぬか。』

人々は息をのんで黙つてゐると、その中《なか》で彼《か》の筧甚五右衛門がひと膝《ひざ》すゝみ出て答へた。

『実は人々をおどろかすも如何《いかが》と存じて、先刻《せんこく》から差控《さしひか》へて居りましたが、拙者は八十四番目のときに怪しいものを見ました。』

ひとりが斯《こ》う云つて口を切ると、実は自分も見たといふ者が続々あらはれた。だん〳〵詮議《せんぎ》すると、第七十五番の本郷弥次郎《ほんごうやじろう》といふ男から始まつて、その後の人は皆それを見たのであるが、迂闊《うかつ》に口外して臆病者と笑はれるのは残念であると、誰も彼《かれ》も素知らぬ顔をしてゐたのであつた。

『では、これからその正体を見とゞけようではないか。』

中原が行燈《あんどう》を点《とも》して先に立つと、他の人々も一度につゞいて行つた。今までは薄暗いのでよく判らなかつたが、行燈の灯《ひ》に照してみると、それは年のころ十八九の美しい女で、白無垢《しろむく》のうへに白縮緬《しろちりめん》のしごきを締め、長い髪をふりみだして首をくゝつてゐるのであつた。かうして大勢に取りまかれてゐても、そのまゝ姿を変じないのを見ると、これは妖怪ではあるまいといふ説もあつたが、多数の者はまだそれを疑つてゐた。兎《と》もかくも夜のあけるまでは斯《こ》うして置くがいゝと云ふので、あと先の襖《ふすま》を厳重にしめ切つて、人々はその前に張番《はりばん》してゐると、白い女はやはりそのまゝに垂《た》れ下《さが》つてゐた。そのうちに秋の夜もだん〳〵に白《しら》んで来たが、白い女の姿は消えもしなかつた。

『これはいよ〳〵不思議だ。』と、人々は顔を見あはせた。

『いや、不思議でない。これはほんとうの人間だ。』と、中原が云ひ出した。

最初《はじめ》から妖怪ではあるまいと主張してゐた連中は、それ見たことかと笑ひ出した。しかしそれがいよ〳〵人間であると決まれば、打ち捨てゝは置かれまいと、人々も今更のやうに騒ぎ出して、とりあへず奥掛《おくがか》りの役人に報告すると、役人もおどろいて駈け付けた。

『や、これは島川《しまがわ》どのだ。』

島川といふのは、奥勤めの中老《ちゆうろう》で、折節《おりふし》は殿《との》のお夜伽《よとぎ》にも召《め》されるとかいふ噂《うわさ》のある女であるから、人々は又おどろいた。役人も一旦は顔色を変へたが、よく考へてみると、奥勤《おくづとめ》の女がこんなところへ出てくる筈《はず》がない。なにかの仔細《しさい》があつて自殺したとしても、こんな場所を選む筈がない。第一、奥と表《おもて》との隔《へだ》ての厳しい城内で、中老ともあるべきものが何処《どこ》をどう抜け出して来たのであらう。どうしてもこれは本当の島川ではない。他人の空似か、あるひは矢はり妖怪の仕業《しわざ》か、いづれにしても粗忽《そこつ》に立騒ぐこと無用と、役人は人々を堅く戒《いまし》めて置いて、更《さら》にその次第を奥家老《おくがろう》に報告した。

奥家老下田治兵衛《しもだじへえ》もそれを聴いて眉を皺《しわ》めた。兎もかくも奥へ行つて、島川どのにお目にかゝりたいと云ひ入れると、ゆうべから不快で臥《ふ》せつてゐるからお逢ひは出来ないといふ返事であつた。扨《さて》は怪しいと思つたので、下田は押返して云つた。

『御不快中、はなはだお気の毒でござるが、是非《ぜひ》ともすぐにお目にかゝらねばならぬ急用が出来《しゆつたい》いたしたれば、鳥渡《ちよつと》お逢ひ申したい。』

それで何《ど》うするかと思つて待構《まちかま》へてゐると、本人の島川は自分の部屋から出て来た。なるほど不快の体《てい》で顔や形もひどく窶《やつ》れてゐたが、なにしろ別条なく生きてゐるので、下田も先《ま》づ安心した。なんの御用と不思議さうな顔をしてゐる島川に対しては、好《い》い加減の返事をして置いて、下田は早々に表《おもて》に出てゆくと、彼《か》の白い女のすがたは消えてしまつたと云ふのである。中原をはじめ、他の人々も厳重に見張つてゐたのであるが、それが自《おの》づと烟《けむり》のやうに消え失《う》せてしまつたと云ふので、下田も又おどろいた。

『島川どのは確《たしか》に無事。してみると、それは矢はり妖怪であつたに相違ない。かやうなことは決して口外しては相成《あいな》りませぬぞ。』

初めは妖怪であると思つた女が、中《なか》ごろには人間になつて、更《さら》にまた妖怪になつたので、人々も夢のやうな心持であつた。しかしその姿が消えるのを目前《もくぜん》に見たのであるから、誰もそれを争ふ余地はなかつた。百物語のおかげで、世には妖怪のあることが確められたのであつた。

その本人の島川は一旦本復《いつたんほんぷく》して、相変らず奥に勤めてゐたが、それから二月《ふたつき》ほどの後《のち》に再び不快と云ひ立て、引籠《ひきこも》つてゐるうちに、ある夜自分の部屋で首をくゝつて死んだ。

前々からの不快といふのも、なにか人を怨《うら》む筋《すじ》があつた為であると伝へられた。してみると、さきの夜《よ》の白い女は単に一種の妖怪に過ぎないのか。あるひは其《その》当時から島川はすでに縊《い》死《し》の覚悟をしてゐたので、その生霊《いきりよう》が一種のまぼろしとなつて現れたのか。それはいつまでも解《と》かれない謎であると、中原武太夫が老後に人に語つた。これも前の話の離魂病のたぐひかも知れない。

附録

雨夜《あまよ》の怪談

秋……殊《こと》に雨などが漕々《そうそう》降ると、人は兎角《とかく》に陰気になつて、動《やや》もすれば魔物臭い話が出る。さればこそ、七偏人《しちへんじん》は百物語を催ほして大愚大人を脅かさんと巧み、和合人《わごうじん》の土場六先生はヅーフラ（註：オランダ渡来の、ラッパのような形状をした呼筒。半七捕物帳「ズウフラ怪談」に詳しい。）を以て和次さん等を驚かさんと企つるに至るのだ。聞く所に拠《よ》れば近来も怪談大流行、到る所に百物語式の会合があると云ふ。で、私も流行を趁《お》うて、自分が見聞の怪談二三を紹介する。但《ただ》し何《いず》れも実録であるから、芝居や講釈の様に物凄いのは無い。それは前以てお断り申して置く。

一

明治六七年の頃、私《わたし》の家《うち》は高輪《たかなわ》から飯田町《いいだまち》に移つた。飯田町の家は大久保何某《なにがし》といふ旗本《もと》の古屋敷で随分広い。移つてから二月《ふたつき》ほど経つた或夜の事、私の母が夜半《よなか》に起きて便所に行く。途中は長い廊下、真闇《まつくら》の中《なか》で何やら摺違《すれちが》つたやうな物の気息《けはい》がする、之《これ》と同時に何とは無しに後《あと》へ引戻されるやうな心地がした。けれども、別に意にも介《と》めず、用を済《すま》して寝床へ帰つた。

こゝに住むこと約半年、更《さら》に同町内の他へ移転した。すると、出入《でいり》の酒商《さかや》が来て、旧宅にゐる間に何か変つた事は無かつたかと問ふ。いや、何事も無かつたと答へると、実は彼《あ》の家《うち》は昔から有名《なだい》の化物屋敷、あなた方が住んでお在《いで》の時に、そんな事を申上げては却《かえ》つて悪いと、今日《こんにち》まで差控《さしひか》えて居《お》りましたと云ふ。併《しか》し此方《こっち》では何等の不思議を見た事無し、強《しい》て心当りを探り出せば、前に記《しる》した一件のみ。これでも怪談の部であらうか。

二

安政《あんせい》の末年《まつねん》、一人の若武士《わかざむらい》が品川から高輪《たかなわ》の海端《うみばた》を通る。夜は四《よ》つ過ぎ、他《ほか》に人通りは無い。芝《しば》の田町《たまち》の方から人魂《ひとだま》のやうな火が宙《ちゅう》を迷《まよ》うて来る。それが漸次《しだい》に近《ちか》づくと、女の背に負《おぶ》はれた三歳《みっつ》ばかりの小供が、竹の柄《え》を付けた白張《しらはり》のぶら提灯《ぢょうちん》を持つてゐるのだ。唯《ただ》是《これ》だけの事ならば別に仔細《しさい》無《な》し、こゝに不思議なるは其《そ》の女の顔で、眼も鼻も無い所謂《いわゆる》のツぺらぼう。武士《さむらい》も驚いて、思はず刀に手を掛けたが、待て暫《しば》し、広い世の中には病気又は怪我《けが》の為に不思議な顔を有《も》つ女が無いとも限らぬ、迂闊《うかつ》に手を下《くだ》すのも短慮だと、少時《しばし》づツと見てゐる中《うち》に、女は消ゆるが如《ごと》くに行き過ぎて遠く残るは提灯《ちょうちん》の影ばかり。是果《これはた》して人か怪《かい》か竟《つい》に分らぬ。其《そ》の武士《さむらい》と云ふのは私の父である。忠盛《ただもり》は油坊主《あぶらぼうず》を捕へた。私も引捕へて詮議すれば可《よ》かつたものを……と、老後の悔《くや》み話。

三

慶応《けいおう》の初年《しよねん》、私の叔父《おじ》は富津《ふつつ》の台場《だいば》を固めてゐた、で、或日《あるひ》の事。同僚吉田何某《なにがし》と共に近所へ酒を飲みに行つた帰途《かえりみち》、冬の日も暮れか丶る田甫路《たんぼみち》をぶら〳〵来ると、吉田は何故《なぜ》か知らず、動《やや》もすれば田《た》の方へ蹌踉《よろ》けて行く。勿論幾分か酔つてはゐるが、足下《あしもと》の危い程でも無いに兎角《とかく》に左の方へと行きたがる。おい、田へ落ちるぞ、確乎《しつかり》しろと、叔父は幾《いく》たびか注意しても、本人は夢の様、無意識に田の中《なか》へ行かうとする。其中《そのうち》に、叔父が不図《ふと》見ると、田を隔《へだ》てたる左手《ゆんで》の丘に一匹の狐がゐて、宛《さな》ら招《まね》くが如くに手を挙《あ》げてゐる。こん畜生！　武士《さむらい》を化《ばか》さうなど丶は怪《け》しからぬと、叔父も酒の勢ひ、腰なる刀をひらりと抜く。これを見て狐は逃げた。吉田は眼を摩《こす》りながら「あ丶、睡《ねむ》かつた……。」それから後《のち》は何事も無い。

動物電気に依《よつ》て一種のヒプノチズム式作用を起すものと見える。狐が人を化すと云ふのも嘘では無いらしい。

四

鼬《いたち》の立つのは珍しくはないが私は猫の立つて歩くのを見た。

時は明治三十一年の八月十二日、夜の一時頃であらう。私は寝苦しいので蚊帳《かや》を出た。庭を一巡して扨《さて》それから表へ出やうと、何心なく門を明けると、門から往来へ出る路次《ろじ》の真中《まんなか》に何物か立つてゐる。月は明るい。其《その》うしろ姿は正《まさ》しく猫、加之《しか》も表通りの焼芋《やきいも》商に飼つてある雉子猫《きじねこ》だ。彼奴《きやつ》、どうするかと息を潜《ひそ》めて窺《うかが》つてゐると、彼《かれ》は長き尾を地に曳《ひ》き二本の後脚《あとあし》を以《もつ》て矗然《すつく》と立つたまゝ、宛《さなが》ら人のやうに歩んで行く、足下《あしもと》は中々確《なかなかたしか》だ。

はて、不思議と見てゐる中《うち》に、彼は既《すで》に二間《けん》ばかりも歩き出した。私は一種の好奇心に駆られて、背後《うしろ》から其後《そのあと》を尾《つ》けやうと、跫音《あしおと》を偸《ぬす》んで一歩蹈《ふ》み出すや否や、彼は忽《たちま》ち顧《みかえ》つた。と思ふと、平常《へいぜい》の四脚《よつあし》に復《かえ》つて飛鳥《ひちよう》の如《ごと》くに往来へ逃げ去つた。私も続いて逐《お》うたが、もう影も見せぬ。

翌日、焼芋屋の店を窺《うかが》ふと彼は例の如く竈前《かままえ》に遊んでゐる。併《しか》し昨夜の事を迂闊饒舌《うつかりしやべ》つて、家内の者を閙《さわが》すのも悪いと思つたから、私は何にも言はなかつた。が、其後も絶えず彼の挙動に注目してゐると、翌月の末頃から彼は姿を現はさぬ。同家に就《つい》て訊けば、猫は二三日前から行方不明となつたと云ふ。

動物学上から云へば、猫の立つて歩くのも或《あるい》は当然の事かも知れぬ。併《しか》し我々俗人は之《これ》をも不思議の一つに数《かぞ》へるのが慣例《ならい》だ。

五

明治廿三年《にじゆうさん》の二月、父と共に信州軽井沢に宿《やど》る。昨日から降積《ふりつ》む雪で外へは出られぬ。日の暮れる頃に猟夫《かりうど》が来て、鹿の肉を買つて呉《く》れと云ふ。退屈の折柄《おりから》、彼を炉辺《ろへん》に呼び入れて、種々《いろいろ》の話をする。

木曾路の山へ分け入ると、折々に不思議を見る。猟夫仲間では之《これ》をえてもの、、、と云ふ。現に此《こ》の猟夫も七八年前《ぜん》二三人の同業者と連れ立つて、木曾の山奥へ猟《りよう》に行つた。斯《かか》る深山へ登る時には、四五日分《にちぶん》の米の他に鍋釜《なべかま》をも携《たずさ》へて行くのが慣例《ならい》。登山してから三日目の夕刻、一同は唯《と》ある大樹《たいじゆ》の下に屯《たむろ》して夕飯《ゆうめし》を焚《た》く。で、もう好《よ》い頃と一人が釜の蓋《ふた》を明けると、濛々《もうもう》と颺《あが》る湯気《ゆげ》の白き中《なか》から、真蒼《まつさお》な人間の首がぬ、、ツと出た。あツと驚いて再び蓋をすると、其中《そのなか》で物馴《ものな》れた一人が「えてもの、、、だ、鉄砲を撃て。」と云ふ。一同直《すぐ》に鉄砲を把《と》つて、何処《どこ》を的《あて》とも無《な》しに二三発《ぱつ》。それから更《さら》に釜の蓋を明けると今度は何の不思議もない。

えてもの、、、の正体は何《なん》だか知らぬが、処々《おりおり》に斯《こ》ういふ悪戯《いたずら》をすると、猟夫の話。

六

日露戦争の際、私は東京日々新聞社《とうきようにちにち》から通信員として戦地へ派遣された。三十七年の九月、遼陽《りようよう》より北一里半《りはん》の大紙房《だいしぼう》といふ村に宿《とま》つて、滞留約半月《はんつき》。其間《そのあいだ》に村人の話を聞くと、大紙房と小紙房との村境《むらざかい》に一間の空家《あきや》があつて十数年来誰《たれ》も住まぬ。それは『鬼《き》』が祟《たたり》を作《な》す為だと云ふ。

支那の怪物《ばけもの》………私は例の好奇心に促されて、一夜を彼《か》の空屋に送るべく決心した。で、更《さら》に委《くわ》しく其《そ》の『鬼《き》』の有様を質《ただ》すと、曰《いわ》く、半夜に凄風颯《せいふうさつ》として至る。大鬼《だいき》は衣冠《いかん》にして騎馬、小鬼《しようき》数十何《いず》れも剣戟《けんげき》を携《たずさ》へて従ふ。屋《おく》に進んで大鬼先《ま》づ瞋《いか》つて呼ぶ、小鬼それに応じて口より火を噴き、光焔屋《こうえんおく》を照《てら》すと。

何の事だ。宛《まる》で子不語《しふご》が今古奇観《こんこきかん》にでも有《あ》りさうな怪談だ。余り馬鹿々々しいので、探険の勇気も頓《とみ》に失《う》せた。

七

これは最近の話。今年の五月、菊五郎一座が水戸《みと》へ乗込んだ時《とき》。一座の鼻升《びしよう》、菊太郎、市勝等《いちかつら》五名は下市《しもいち》の某旅店《ぼうりよてん》（名は憚《はばか》つて記《しる》さぬ）に泊つて、下座敷《したざしき》の六畳の間《ま》に陣取る。で、第一日の夜、市勝が俯向《うつむ》いて手紙を書いてゐると、鼻の頭《さき》の障子《しようじ》が自然にすうと明いた。之《これ》を序開《じよびら》きとして種々《いろいろ》の不思議がある。段々《だんだん》詮議すると、これは此家《このや》に年古く住む鼬《いたち》の仕業《しわざ》だと云ふ。

併《しか》し人間に対して害は加へぬと分つたので、一同も先《ま》づ安心。其後《そのご》は芝居から帰ると、毎夜彼《か》の鼬を対手《あいて》にして遊ぶ。就中《なかんずく》面白いのは、例の狐狗狸式《こくりしき》に物を当てさせる事で、例へば此室《このへや》に女が居《い》るかと問ひ、居ない時には彼《かれ》が廊下をとんと一つ打つ。居る時にはとん〱と二つ打つと云ふ類《たぐい》だ。

或時《あるとき》、此室《このへや》に手拭《てぬぐい》が幾筋《いくすじ》掛けてあるかと問へば、彼は廊下を四つ打つた。けれども、手拭は三筋より無い。更《さら》に聞直しても矢はり四つだと答へる。で、念の為に手拭を検《あらた》めると、三筋と思つたのは此方《こつち》の過失《あやまり》で、一つの釘《くぎ》に二筋の手拭が重ねて掛けて有《あ》つて、都《つ》合《ごう》四筋といふのが成《なる》ほど本当だ。是《これ》には何《いず》れも敬服したと云ふ。が、彼《かれ》は果《はた》して鼬《いたち》か狸《たぬき》か、或《あるい》は人の悪戯《いたずら》かと種々《いろいろ》に穿索《せんさく》したが、遂《つい》に其正体を見出し得なかつた。宿《やど》の者は飽《あく》までも鼬と信じてゐるらしいとの事。

赤い杭《くい》

場所の名は今あらはに云ひにくいが、これは某《ある》カフヱーの主人の話である。但《ただ》しその主人とは前からの馴染《なじみ》でも何でもない。去年の一月末の陰《くも》つた夜《よ》に、わたしは拠《よんどこ》ろない義理で下町のある貸席へ顔を出すことになつた。そこに某《ある》社中の俳句会が開かれたのである。

わたしは俳人でもなく、俳句の選をするといふ柄《がら》でもないのであるが、どういふ廻《まは》り合せか時々に引つ張り出されて、迷惑ながら一廉《ひとかど》の選者顔をして、机の前に坐らなければならないやうな破目《はめ》に陥ることがある。今夜もやはりそれで、無理に狩り出されて山の手から下町まで出かけて来たのであるが、あひにくに今日《きよう》は昼間から陰つて底冷えがする。自分も二三日前から少しく風邪を引いたやうな心持がする。おまけに午後八時頃からいよ〳〵雨になつたので、わたしは諸君よりも一足先へ御免《ごめん》を蒙《こうむ》ることにして、十時近い頃にそこを出た。それから小半町《こはんちよう》もあるいて、電車の停留所にたどり着いたが、どうしたものか電車が一向《いつこう》に来ない。下町とはいひながら、雨のふり頻《しき》る寒い夜《よ》に、電車を待つ人の傘の影が路《みち》一ぱいに重なり合つてゐるのを見ると、よほど前から電車は来ないらしい。

困つたものだと思ひながら、わたしも寒い雨のなかに突《つ》つ立つてゐると、電車はいつまでも来ない。電車ばかりか、意地悪く乗合自動車も来ない、円タクも来ない。夜《よ》はだん〳〵に更《ふ》けて来る。雨は小歇《おや》みなく降つてゐる。洋傘《こうもり》を持つてゐる手先は痛いやうに冷《つめた》くなつて来る。からだも何だか悪寒《さむけ》がして来た。

『とても遣切《やりき》れない。茶でも喫《の》まう。』

かう思つて、わたしはすぐ傍《そば》にある小さい珈琲店《カフェー》の硝子戸《がらすど》をあけて這入《はい》つた。場合が場合であるから、どんな家《うち》でもかまはない。兎《と》もかくも家のなかへ這入つて、熱い紅茶の一杯も啜《すす》つて、当坐の寒さを凌《しの》がうと思つたのである。店は間口《まぐち》二間《けん》ぐらゐのバラック建《だて》で、表《おもて》の見つきは宜《よろ》しくなかつたが、内は案外に整頓してゐた。隅の方の椅子に腰をおろして、紅茶と菓子を註文すると、十六七の可愛《かわい》らしい娘が註文の品々を運んで来た。

ほかには客も無い。わたしは黙つて茶をのみながら其処《そこ》らを見まはすと、菓子や果物のほかに軽い食事も出来るらしいが、家内は夫婦と娘の三人きりで、主人が料理を一手に引受け、女房が勘定をあづかり、娘が給仕をするといふ役割で、他人まぜずに商売をしてゐるらしい。今夜のやうな晩は閑《ひま》であるとみえて、主人はやがてコック場から店の方へ出て来た。年はもう四十を五つ六つも越えてゐるであらう、背は高くないが肥《ふと》つた男で、布袋《ほてい》のやうな大きい腹を突き出して、無邪気さうににや〳〵笑ひながら挨拶した。

『お寒うございます。あひにくに又降り出しました。』

『困りますね。』と、わたしは表の雨の音に耳をかたむけながら云つた。

『まつたく困ります。旦那《だんな》は御近所でございますか。』

『いや、山の手で……。』

『そりや御遠方《ごえんぽう》で……。あひにく電車が些《ち》つとも来ないやうですね。』

『それでいよ〳〵困つてゐるんですよ。』

『どうして来ないのかな。又どこかで人でも轢《ひ》いたかな。』と、主人はすこし顔をしかめた。

娘は気を利《き》かして表を覗《のぞ》いてくれたが、電車はまだ来さうもないのであつた。

『まあ、御《ご》ゆつくりなさいまし。表はお寒うございますから。』と、女房は愛想《あいそう》よく云つて、わたしの火鉢に炭を継いでくれたりした。

主人もわたしに近い椅子に腰をおろして、打解《うちと》けたやうに話し出した。

『旦那は山の手ぢやあ、区画《くかく》整理にはお係《かか》り合ひ無しですね。』

『いや、やつぱり震災に遣《や》られたんですよ。』

『やあ、それはどうも……。まつたく御同様にひどい目に逢ひましたね。わたくし共なんぞもこの始末です。』と、かれは笑ひながら家中《うちじゆう》をみまはした。

『併《しか》しなか〳〵綺麗ぢやありませんか。』

『ご冗談を……。この通りの大《おお》バラツクで、まるで見る影はありませんや。これでも震災前までは四間半《しけんはん》の間口《まぐち》を張つて、少しは気の利いた西洋料理屋を遣《や》つてゐたんですが、震災で何も彼《か》も型無《かたな》しになつて仕舞つたので、半分を隣のパン屋に貸して……。なに、前から知合ひの仲ですから、高い権利金なんぞ取りやあしません。そこで、奉公人は一切置かないことにして、内儀《かみ》さんと娘と三人ぎりで、このごろ流行のカフヱーの真似事みたやうなことを始めて……。なにしろ店が小さいから碌《ろく》な商売もありませんが、その代りには又気楽ですよ。それにしても、これぢやあんまり体裁《ていさい》が悪いから、もう少し何とか店附《みせつき》を好《よ》くしようと云つてゐるんですが、例の区画整理がまだ本当に決《き》まらないんでね。いや、一旦《いったん》はもう杭《くい》を打つたんですが、近所が去年焼けたもんですから、又なんだかごた付《つ》いて……。一体どうなるんでせうかねえ。』

『この近所は焼けたんですか。』

わたしも少しく顔を陰《くも》らせた。震災に焼かれてバラックを建てゝ、それを又焼かれては堪《たま》らない。まつたく踏んだり蹴《け》たりの災難であると、わたしは我身にひきくらべて、心から気の毒に思つた。それを察したやうに、主人は首肯《うなず》いた。

『気の毒ですよ。いくらバラックで碌《ろく》な物はないと云つたつて、又焼かれちやあ助かりません。近所でもみんな泣いてゐましたよ。』

『よつぽど焼けたんですか。』と、わたしは又訊《き》いた。

『えゝ、小一町《こいっちょう》ばかり真四角に焼けてしまひました。』

『ところが、焼けない。どうも不思議で……。こゝの家《うち》だけが唯《た》つた一軒助かつたんです。』

『ぢやあ、この家《うち》も……。』

『運が好かつたんですね。』

『運が好かつたんですよ。』と鸚鵡《おうむ》がへしに答へながら、主人はすこし真面目になつた。『それがねえ、旦那。なんだか妙《みよう》なんですよ。まあ、お聴きください。御承知の通り、区画整理はどこでも大《おお》ごた付きで、なか〳〵容易に決着しません。こゝらも大《おお》揉《も》めに揉めたんですが、それでもまあ何《ど》うにか斯《こ》うにか折合が附いて……。なに、本当に附いたわけぢやあないが、まあ半分は泣寝入りの形で、みんなも虫を殺して往生することになつて、去年の九月に復興局の人たちが来て、竿《さお》を入れたり何かした揚句《あげく》に、どこでもするやうに赤い杭を打ち込んで行きました。こゝの家《うち》も店さきを一間二尺ほど切り下げられるんださうで、両隣との庇間《ひあわい》へ杭を打たれたんです。唯《ただ》さへ狭くなつたところへ、こゝで又、奥行を一間二尺も切り縮《ちぢ》められちやあ仕様《しよう》がないが、それもまあ世間一統《いつとう》のことですから、わたしの家《うち》ばかりが苦情を云つても始まらないと、まあ諦《あきら》めてゐたんです。そこで、この一町内も門並《かどなみ》に杭を打たれてしまふと、その月のお彼岸過《ひがんす》ぎ——廿八日《にじゆうはち》の晩でした。

その日は朝から急に涼風《すずかぜ》が立つて、日が暮れるともう単衣《ひとへもの》では冷々《ひやひや》するくらゐでしたが、不思議なことにはその晩些《ち》つともお客が無いんです。昼間はいつもの通りでしたが、

せたなつたくしに涼しく急に陽気が、陽気が急に涼しくなつ

燈火《あかり》がついてからは一人も来ないんです。こんなことも珍しい、陽気が急に涼しくなつたせゐかしらなぞと云つてゐました。その癖《くせ》、表の往来はふだんの通りに賑《にぎや》かいんですが、誰もこゝの店へ這入つて来るものが無い、みんな素通りです。定連《じようれん》のやうに毎晩寄つてくれる近所の若い人たちも、今夜は湯帰りの湿《ぬ》れ手拭《てぬぐい》をぶら下げながら黙つて店の前を通り過ぎてしまふんです。わたしばかりぢやあない、内《うち》のかみさんや娘たちも何だか寂しいやうな気がしたさうです。それでも商売ですから、宵から戸を閉めるわけにも行かないので、夜の更けるまで欠《あく》びをしながら、唯《ただ》ぼんやりと店の番をしてゐると、もう十一時半頃でしたらうか、いつもは十二時まで店をあけて置くんですが、今夜は右の一件ですから、もうそろ〳〵閉めようかと思ひながら、わたしが表へ出てみると、こゝらの家ももう大抵は寝てしまつて、世間は森《しん》としてゐます。電車の往来も少《すく》なくなつて、人通りは勿論少い。たゞ大空には皎々《こうこう》とした月が冴《さ》え渡つて、もう夜霧が降りたのでせう、近所のトタン屋根《やね》も往来の地面も湿《ぬ》れたやうに白く光つてゐました。

涼しいのを通り越して、なんだか薄《うす》ら寒くなつて来たので、わたしは浴衣《ゆかた》の襟《えり》をかき合はせながら内へ引込まうとする時、どつちの方から来たのか知りませんが、三人づれの男の客が繋《つな》がつて這入つて来ました。みんな洋服を着た若い人ばかりで、二人は詰襟《つめえり》、ひとりは折襟……。帽子もみんな覚えてゐます、一人は麦藁《むぎわら》、ひとりは鳥打《とりうち》、ひとりは古ぼけた中折《なかお》れをかぶつてゐました。入《い》らつしやいと云ひながら好く視《み》ると、どの人も覚えのあ

る顔で、半月ほど前にこゝらへ来て、測量をしたり杭を打ち込んだりして行つた復興局の人達でしたから、わたしも商売柄、先日はご苦労様でしたとか何とか挨拶をして、さてお誂《あつら》へを訊《き》くと、サラダか何かのあつさりしたもので、ビールを飲ませろと云ふんです。宵から一人もお客が無かつたところへ、三人連れで来てくれたんですから、こつちも有難い。殊《こと》にこのあひだ中は随分世話を焼かせた復興局の人たちですから、かみさんや娘たちも精々お世辞をならべて、お誂へを運び出すと、三人ともに黙つて飲んでゐるばかりで、わたしの方から何か話しかけても、碌《ろく》に返事もしないんです。大分御ゆつくりでございますねと云つても、唯《ただ》むゝと云ふばかり。これからどちらへかお出かけですかと冗談半分に訊いてみても、唯むゝと云ふばかり。このあひだは三人ながら皆《み》んな威勢の好い人達ばかりだつたのに、今夜は揃ひも揃つて何だかむづかしい顔をして黙つてゐるのは、どういふわけかと思ひながら、わたし達も黙つて見てゐると、三人はビールを三杯づつ飲んで、亦《また》まだ飲ませろと云ふんです。

　こんな夜ふけに、復興局の人たちが三人揃つて何処《どこ》をうろ付いてゐるのか。いや、若い人達ですから、うろ付いてゐるのに不思議は無いとしても、どの人も忌《いや》にむづかしい顔をして、たゞ黙つて飲んでばかりゐるのが少し気になりました。復興局をクビにでもなつて、自棄《やけ》になつてそこらを飲みあるいてゐるんぢや無いかなどとも考へると、この人達にむやみに飲ませるのも何だか不安心なやうにも思はれましたが、まさかに註文を断るわけにも行かないので、その云ふ通りに飲ませると、大きいコップでたうとう五杯づつ飲みました。それで別に酔つたらしい様子もみえないんです。そのうちに店の時計が十二時を打ちましたから、それを機《しお》にそこらをそろ〳〵片附けはじめると、三人は気の毒だがもう少し飲ませてくれと云つて、それからそれへと又二杯、都合《つごう》七杯づつ飲みました。

夜は更《ふ》けて来る、変なお客が黙つていつまでも飲んでゐる。勿論、こんなお客にもたび〳〵出逢つてゐますから、さのみ驚きもしませんが、今夜の三人は何だか薄気味が悪いやうに思はれて来たんです。かみさんや娘もやつぱり怖《こわ》いやうな気がしたと云つてゐました。かうなると、お客もお荷物で、早く帰つてくれゝば好いと思つてゐると、表から又ひとりの客が這入つて来ました。痩せて背の高い男で、鼠色の立派な洋服を着て、やはり鼠色のヘルメットのやうな帽子をかぶつてゐましたが、帽子を取ると髪の毛が銀のやうに白く光つてゐるのが眼につきました。前の三人はこの男をみると、一度に起ちあがつて叮嚀《ていねい》に挨拶する。その様子から考へると、この男は三人の上役らしいんです。お誂へを聞くと、なんにも要《い》らない、水を一杯くれろと云ふだけでした。

男は水を飲んでしまつて、三人に眼で知らせると、三人はすぐに帰り仕度《じたく》をはじめました。さあ、これからがお話です。三人はわたしに向つて、実は持合はせがないから、今夜の勘定は明後日《あさって》の晦日《みそか》まで貸してくれと云ふんです。大方そんなことぢやあないかと内々《ないない》あやぶんでゐたんですが、今更どうにも仕様がありません。無いといふものを無理に出せとも云はれず、ましてまんざら識《し》らない顔でもないんですから、わたしも素直に承知して、ビール廿一杯《にじゆういっぱい》とハムサラダ三枚の勘定を貸して遣《や》ることにすると、みんなも喜んで出て行きました。さあお仕舞だと総がかりで店を片附けはじめると、娘が表をのぞいて又引返して来て、あの四人連れはまだ外に立つてゐると云ふんです。なにをしてゐるのかと、わたしも窃《そっ》と覗いてみると、四人は明るい月の下に突つ立つて、なにか相談でもしてゐるらしいんです。そのうちに髪の白い男が真先《まっさき》に立つて、ほかの三人がそのあとに附いて、この町内の角を曲つて行きましたが、やがて鶏《にわとり》が鳴き始めました。それも時を作るのぢやあない、物に驚いたやうに鳴いて騒ぎ出したんです。この町内には鶏を飼つてゐる家が三軒ばかりありますが、その鶏がみんな一度に騒ぎ出したので、わたしも少し変だと思つてゐると、そこらの犬もむやみに吠え出しました。

よその家《うち》はもう寝静《ねしず》まつてゐるので、なんにも気《き》が注《つ》かないかも知れませんが、わたし達はどうも不安心でなりません。鶏《とり》が騒ぐ、犬が吠える、もしや又大地震でも始まる前兆ぢやあないかなどと云つて、かみさんや娘は怖がります。わたしはもう一度、表へ出てみると、往来には一人も通らず、夜の更けるに連れて月がます〳〵冴えてゐるばかりです。鶏《にわとり》や犬はまだ鳴いてゐる。その時、横町の薬屋の角から出て来た人の影があるので、よく見るとそれは今の四人連れで、この町内を四角に一廻《ひとまわ》りして来たらしいんです。昼のうちに見廻ると、方々の店から出て来て色々の苦情をならべ立てるので、夜が更《ふ》けてから窃《そっ》と見まはるのかも知れないと思つて、内へ這入つてその話をすると、かみさんも成程《なるほど》さうかも知れないと云つてゐました。まつたくこゝらでは、復興局の人をみると喧嘩腰《けんかごし》で喰つてかゝるのが随分ありますから、一々相手になつてゐるのも面倒だと思つて、わざと夜ふけに見廻つてあるくと云ふことも無いとは云へません。質《たち》の悪いのは、悪戯《いたずら》半分に一旦打ち込んだ杭を引つこ抜いて仕舞ふのも無いとは限りませんから、それで見廻つてゐるのかも知れないなぞとも思ひました。

それで、表の戸をしめて内へ這入ると、犬や鶏はまだ鳴いてゐるんです。なんだか気になるが、どうにも仕様がない。大抵の地震が来たところで、このバラックならば大して驚くこともないと多寡《たか》をくゝつて、わたしが真先に寝床へ転げ込むと、かみさんや娘も気味を悪がりながら寝てしまひました。そのうちに犬も鶏もぱつたり鳴き止んで、外はひつそりと鎮《しず》まつたやうでした。わたしは後生楽《ごしょうらく》の人間ですから、床《とこ》へ這入つたが最後、夜のあけるまで一息にぐつすり寝込んで、夜なかに何があつても知らない方ですから、その晩も好心持《いいこころもち》に寝てしまつたんですが、あくる朝起きてみると、かみさんや娘が頻《しき》りに不思議がつてゐるんです。

なにが不思議だと訊いてみると、店の横手の右と左とに打ち込んであつた区画整理の赤い杭を、誰かが引つこ抜いてしまつたと云ふんです。なるほど変だと段々しらべると、家のうしろに打ち込んだ杭も見えなくなつてゐる。近所はどうしたかと見てあるくと、ほかの家の杭はみんな元の通りになつてゐて、わたしの家のまはりの杭だけがなくなつて仕舞つたもんですから、こゝだけが赤い杭の外へこぼれ出して、朱引《しゆび》き外と云つたやうな形になつてゐるんです。ゆうべの人がしたんぢやないかと娘達は云ふんですが、なぜそんな事をしたのか判りません。なにしろ明日《あした》の晦日《みそか》にはあの人達が勘定を払ひに来てくれるだらうから、そのときに訊いてみようと云ふことにして、先づそのまゝに打つちやつて置くと、あくる日の晦日になつても三人は姿を見せないんです。夜になつたら来るだらうと云つてゐたんですが、その夜が十時になり、十一時になり、十二時になつても、たうとう誰も来ない。おまけに寒い風が吹き出したので、思ひ切つて店を閉めて仕舞ひました。

いつもの通りに店を片附けて、さあ寝ようかといふ時に、町内の犬や鶏が又むやみに鳴いて騒ぎ出しました。つゞいて火事だ火事だと怒鳴《どな》る声がきこえる。おどろいて表へ飛び出すと、町内の家具屋が燃えてゐるんです。あひにくに風があるので、火の手は瞬《また》くひまに拡がって、もう何《ど》うすることも出来ない。こゝの家へも火の粉《こ》が一面にかぶつて来るので、碌々《ろくろく》に荷物なぞを持ち出すひまも無しに、寝巻一枚で逃げ出すといふ始末。やれ、やれ、震災を又喰つたのかと、さすがのわたしもぼんやりして眺めてゐると、そのうちに消防の自動車もかけ付けて来ましたが、なにしろバラックですから堪りません、それからそれへとぺら〳〵焼けて行つて、たうとうこの一町内を灰にして仕舞ひました。そこで不思議なことは、ねえ、旦那。そのなかで、この家だけは無事でした。門並《かどな》み焼け落ちたなかで、この家だけはちやんと残つてゐたんです。どう考へても不思議ぢやありませんか。今もいふ通り、誰がしたのか知れませんが、家《うち》のまはりの赤い杭を抜いてしまつて、こゝだけを朱引き外にして置くと、不思議に火の手が廻つて来なかつたんです。どうしてこゝだけが残つたのかと、誰でも不思議がらない者はありません。旦那はどうお思ひです。』

この長い話を聞き終つて、わたしも思はず溜息《ためいき》をついた。

『それで、その復興局の人達といふのは其後に姿を見せないんですか。』

『それぎり一度も見えません。』と、主人は答へた。『勿論その晩の勘定はふいになつて仕舞つたんですが、晦日《みそか》の晩に払ひに来ると云つて、その晩が火事なんですからね。つまり私の方ぢやあビール廿一杯とハムサラダ三枚の勘定の代りに、家の焼けるのを助かつたと思やあ好いんですから、差引きをすりやあ有難いわけだと云つてゐるんですよ。ねえ、さうでせう。』

『そりやあ確《たしか》にさうだが……。』と、わたしは冷《ひ》えかゝつた紅茶を一口飲んだ。

『旦那、お止しなさい。冷くなつてゐるでせう。』

主人は娘に云ひつけて、熱い茶に換へさせた。

『その杭を抜いたと云ふのは、まつたく復興局の人達だらうか。』と、わたしは考へながら云つた。

『だつて、今もお話をするやうな訳ですからね。その人達がした事に相違あるまいと思はれるぢやありませんか。』と、主人は堅くそれを信じてゐるらしかつた。

『それにしても不思議だな。』

『だから、不思議だと云ふんですよ。このあひだも復興局の人が杭を打ち直しに来ましたが、みんな識《し》らない顔ばかりなんです。いつか来た人たちは何《ど》うしましたと訊いてみたんですが、今度の人は去年の暮頃から新しく這入つた人達ばかりで、前の人のことは何にも知らないと云ふんです。と云つて、復興局までわざ〳〵訊きに行くのも変ですから、まあそれぎりになつてゐるんですがね。まあ、そのうちには自然に判ることもありませう。』

この時、電車が来ましたと娘が教へてくれたので、わたしは早々に勘定を払つて出た。振返つてみると、なるほど左右のバラツクはみな新しいなかに、この店だけはもう相当に古びてゐるのが、暗い雨のうちにも明《あきら》かに認められた。

解題

千葉俊二

『近代異妖篇』は、「綺堂讀物集乃三」として一九二六年（大正十五）十月に春陽堂から刊行された。書き出しの部分に記されているように、これは『青蛙堂鬼談』の拾遺といったようなかたちで、その続篇として刊行されたけれど、『三浦老人昔話』『青蛙堂鬼談』が雑誌にシリーズ連載してまとめられたのに対して、これはこれまでいろいろな雑誌に発表してきた作品から怪異譚を集め、アレンジして編集されたものである。『三浦老人昔話』『青蛙堂鬼談』というふたつの作品集と、これ以降に刊行される「綺堂読物集」との相違がここにある。

冒頭で作者は、このなかには「『鬼談《きだん》』というところまでは到達しないで、単に『奇談《きだん》』といふ程度に留まつてゐるものも無いではない」と断っており、綺堂は「鬼談」と「奇談」とをはっきりと分けて考えていたようだ。「鬼談」の「鬼」は、もともと中国では死者の霊を意味することばだが、のちに人にわざわいをなす陰気またはバケモノの義としても用いられるようになる。「鬼談」は、いわば死者の呪詛、怨念にまつわる怪異譚という要素が濃厚だけれど、「奇談」は単にめずらしく、不思議な話という程度の意味だといっていいだろう。『近代異妖篇』にまとめられた作品は、要するに近代における妖気ただよう「奇談」だといえる。

しかし、ここには「影を踏まれた女」「鐘が淵」「百物語」などのように江戸を舞台とした話も多く、必ずしも収録されている作品が明治以降の近代を舞台としたものばかりではない。つまり『近代異妖篇』は、「近代」において語られた「異妖」（怪談）ということになるのだが、文明開化の明治以降における「近代」において怪談を語るというのはどういうことだろうか。三遊亭圓朝の有名な怪談ばなし『真景累ケ淵《しんけいかさねふち》』は、次のように語りだされる。

今日《こんにち》より怪談のお話を申上げまするが、怪談ばなしと申すは近来大きに廃《すた》りまして、余り寄席《せき》で致す者もございません。と申すものは、幽霊と云ふものは無い、全く神経病だと云ふことになりましたから、怪談は開化先生方はお嫌ひなさる事でございます。それ故に久しく廃つて居りましたが、今日になつて見ると、却つて古めかしい方が、耳新しい様に思はれます。これはもとより信じてお聞き遊ばす事ではございませんから、或は流違《りゆうちが》ひの怪談ばなしがよからうと云ふお勧《すす》めにつきまして、名題《なだい》を真景累ケ淵《しんけいかさねふち》と申し、下総国《しもうさのくに》羽生村《はにゆうむら》と申す処の、累《かさね》の後日のお話でございまするが、これは幽霊が引続

いて出まする、気味のわるいお話でございます。（『明治文學全集10　三遊亭圓朝集』筑摩書房）

明治の文明開化以降、西洋渡来の科学的実証を重んじる合理精神がゆきわたり、幽霊というものはない、それは「神経病」のせいだということになって、怪談ばなしはすっかり廃れてしまったという。タイトルの『真景累ケ淵』の「真景」というのも、「神経病」の「神経」にかけられたものだが、こうした怪談ばなしは「もとより信じてお聞き遊ばす事ではございません」といいながら、「今日になつて見ると、却つて古めかしい方が、耳新しい様に思はれます」というのはどういうことだろうか。引きつづいて、圓朝は次のように語りすすめる。

なれども是《これ》はその昔、幽霊といふものが有ると私共も存じてをりましたから、何か不意に怪しい物を見ると、お丶怖《こわ》い、変な物、ありやア幽霊ぢやアないかと驚きましたが、只今では幽霊がないものと諦《あきら》めましたから、頓《とん》と怖い事はございません。狐にばかされるといふ事は有る訳のものでないから、神経病、又天狗《てんぐ》に攫《さら》はれるといふ事も無いからやつぱり神経病と申して、何でも怖いものは皆神経病におつつけてしまひますが、現在開《ひら》けたえらい方《かた》で、幽霊は必ず無いものと定めても、鼻の先へ怪しいものが出ればアッと云つて臀餅《しりもち》をつくのは、やつぱり神経が些《ち》と怪しいのでございませう。

幽霊というものがないと決まっても、無いものを有るかのように見てしまう私たちの習性そのものがなくなってしまったわけではない。また狐が人を化《ば》かしたり、人に憑《つ》いたりするということはないとしても、私たちが何かに化かされたり、憑かれたりするという心性がなくなってしまったということではない。中島敦《あつし》は「狐憑」という作品で、物語の発生そのものが狐憑きにも類似した心的行為だということを明らかにしたけれど、そもそも何かに化かされたり、憑かれたりする私たちの心性がなければ、無いものを有るかのように物語る小説というものも存立し得ないことになってしまう。圓朝はこうした心的メカニズムを充分に把握していたものと思われる。

『近代異妖篇』に集められた「奇談」も、基本的にはこうした心的メカニズムのうえに描きだされている。たとえば、「月の夜がたり」の「三」に語りだされた「十三夜稲荷《じゆうさんやいなり》」の因縁話。本多なにがしという昔の旗本が、維新以来いろいろの事業に失敗して、先祖以来の屋敷を手放すことになったが、それを語り手の友人の梶井の父は法外に安く買って住んでいた。その敷地内に「十三夜稲荷」と記された古い小さな社《やしろ》があり、その社には一封の書き物と女の黒髪が納められていた。それによれば、九月十三夜の月見の宴の折に当家の妾が家来と不義をしたので、両人を成敗したところ、女の亡魂がさまざまな祟りをなすので、その黒髪をここに祀るというのだった。

「梶井の父といふのはいはゆる文明開化の人であつたから、たゞ一笑に付したばかりで、その書き物も黒髪もそこらに燃えてゐる焚火《たきび》のなかへ投げ込ませようとした」といい、語り手の「僕」も「梶井の父以上に文明開化の少年」だったという。したがって、亡魂の祟りなどということは信じない。が、後年、友人の梶井は放蕩に走って吉原の娼妓と心中するが、女はかつての屋敷の持ち主だった本多という人の娘だった。本多はいよいよ都合が悪くなって、ひとり娘を吉原へ売ることになったのだといい、しかもふたりが心中したのは「旧の十三夜」というにいたって、「文明開化の僕のあたまも急にこぐらかって来た」という。

維新以降に没落してゆく旧幕臣と、それに代わって「今の詞《ことば》でいへば一種の成金《なりきん》」のように伸してゆく新興勢力。徳川幕府の御家人の子息として、維新以後ひとかたならぬ苦労を重ねた綺堂の同情はつねに滅びゆく側におかれる。ここでも日清戦争のとき、梶井の父は軍需品の売り込みか何かでよほど儲けたが、戦争後の事業勃興熱に浮かされ、いろいろな事業に手を出して失敗し、とうとう「自分の地所も家屋《かおく》も人手にわたして、気の毒な姿でどこへか立去つてしまつた」と結ばれているのは、いかにも綺堂らしい。「月の夜がたり」は月夜にまつわる三つの怪異譚を、いわば一筆書きのようにサッと書き流したようなもので、「異妖編」「父の怪談」などでも同じ手法をとっている。あっさりとした綺堂のこうした作品は実に味がある。

「水鬼」には、若い女の肌がそれに触れると祟られるという幽霊藻の伝説にまつわる怪異譚が語りだされるが、幽霊藻を男から冗談半分に胸へ押し込まれた女が、そのことを気に病みつづけると、男から「それはお前の神経のせゐだ」と笑われる。「水鬼」はまさにこの「神経」によって織りあげられる妄想に引きずられて、ひとつの惨劇にまでいたる男女の因縁が描かれる。こうした妄想や幻想、あるいは執着や疑念や嫉妬などのあらゆる疑心暗鬼を生みださせるところの「神経」こそは、圓朝のいうように近代における怪談を立ちあげさせる動因となるものなのだろう。

それは「河鹿《かじか》」にしても同じである。亡くなった娘が非常に可愛がっていた人形――右手をあげると「パパア」という声を出し、左手をあげると「ママア」という人形の口真似をしながら亡くなっていった娘の死後も、母は夜中にその声が聞こえるという。「それは神経のせゐだらう」と誰からも信用されないが、箱根の旅館で泊まり合わせた語り手の「僕」は、寝静まった隣座敷から夜中にその「パパア」「ママア」という声を聞く。それが「河鹿の声を聞き違へたのか、それとも奥さんが暗闇《くらやみ》で人形を泣かせたのか、それとも人形が自然に父母を呼んだのか。それは今に判らない」と結ばれる。ここに非常にシンプルな近代における怪異譚の原型を見ることができる。

巻頭の「こま犬」は夜啼石《よなきいし》伝説にからめられた怪異譚である。中学教員のMと辰子という女が同じ石に腰かけながら死んでいたという出来事があり、その石を掘り起こしてみると、その下から「蛇にまき付かれた石の狛犬」が掘り出される。このふたつの事柄に因果関係があるのかといえば、「有意か無意か、そこに何かの秘密があるのか、そんなことは矢はり判らない」のだ。この怪異譚が起動するためには夜啼石といった不思議への人間の「好奇心」と、蛇に巻き付かれた狛犬といった読者の「神経」に直接的に作用する具体的な事物とが必要で、ここでは怪談において作用する「神経」の機能が具体的な物に仮託されているのだということができる。

関東大震災にまつわる怪異譚「指環一つ」も基本的には同じ構造である。震災後の誰しも「神経」が傷つけられて苛立っているときに、語り手の「僕」が見た「一種の幻覚」を支えるのも、ひとつの「指環」という具体的な物である。また具体的な物のかたちをとらない場合、隅田川の沈鐘伝説に取材した「鐘が淵」のように、幽霊ではないけれど、姿もかたちも見えない「水神の祟《たたり》」といったものに仮託されたり、「父の怪談」で言及されるように、狐に化かされるという体験に対して「動物電気」といったものを仮定してみたりもする（「動物電気」とは、十八世紀のフランツ・アントン・メスメルの提唱した「動物磁気」説のことで、メスメリズムの名で知られる）。

また「木曾の旅人」は、逆に動物的な本能にも通じる子どもの鋭敏な「神経」が、常人には感知し得ない微妙でかすかな、あやかしへ過敏に反応するさまを描いて、一度読んだら忘れられない戦慄を覚えさせる。これは、はじめ一九一三年（大正二）五月二十四日から六月二十七日まで「やまと新聞」に連載された「五人の話」のうちの第四話「炭焼の話」として書かれたもので、そこでは修善寺温泉で隣座敷に泊まり合わせた客から聞いた話として、伊豆の天城の山奥の炭焼きの話とされた。その後、作品の舞台が伊豆から木曾に移され大幅に改稿されて、一九二一年（大正十）三月に隆文館から刊行された短篇集『子供役者の死』に「木曾の旅人」と改題されて収録されたけれど、それがさらにこの『近代異妖篇』にも編入されたものである。

初出の「炭焼の話」と現行の「木曾の旅人」では、結末が大きく変わっている。登場人物の名前もすべて変更されているが、大きな犬をつれた友人の猟師がやってきて、その犬が旅人へ向かって唸り声をあげ、それがあまりに騒がしいので、早々に帰ってゆくというところまでは、基本的に同じである。だが、そのあと泊めてくれという旅人に対して「木曾の旅人」では断るけれど、「炭焼の話」では承知して一泊させると、その翌朝に旅人は炭焼きの炭を焼いている窯へ、みずから首を突っこんで半身が真っ黒に焦げていたというかたちで閉じられる。

「炭焼の話」はたんたんと出来事のみを語りだすというきわめてシンプルな構成がとられており、その結末の意外性には驚かされるけれど、その素朴な味わいもなかなか捨てがたい。作品としてどちらがすぐれているか、判断するのはちょっと難しいところだ。なお綺堂にはこのほかに「木曾の旅人」にも言及されている木曾山中に棲息するというえてものの伝説に取材した長篇「飛驒の怪談」――これは東雅夫によって翻刻されて、二〇〇八年に「幽ＢＯＯＫＳ」として刊行された――という作品もあるが、これは「木曾の旅人」とはまったく別な作品である。「炭焼の話」と「木曾の旅人」も、それぞれ別作品と見なしても差し支えないのかも知れない。

一度読んだら忘れられないという意味では「影を踏まれた女」も、そうした強烈なインパクトをもった物語である。アーデルベルト・フォン・シャミッソーという作家に「影をなくした男」という作品がある。悪魔である灰色服の男に、金貨をいくらでも取りだせるという「幸運の金袋《かねぶくろ》」と引き替えに影をゆずりわたした男の話で、原題は「ペーター・シュレミールの不思議な物語」である。岩波文庫版の訳者の池内紀は解説で、「心理学者によると影の記憶は成長の過程につきそっているのだそうだ。ある齢《とし》ごろになってようやく影の意味合いに気がつく。つまりは潜在的な自我に気がつき『私という他人』を発見する」のだといっている。

影とは自己の分身であり、もうひとりの自分である。秋の十三夜の晩に互いの影を踏みッこするという子どものたわいもない遊びから、影を踏まれた者が必要以上に気を病むという話で、現代ならば細菌が怖くて電車の吊り輪にもつかまれないといったような潔癖性か、何らかの迷信やジンクスにこだわりすぎ、逆にそれが強迫観念となって脅かされるといった神経症の類なのだろう。が、行者から渡された蠟燭の燈りに照らしだされると、壁に骸骨の影が映し出されるというのは何とも怖い。それは空っぽの「潜在的な自我」の本来的な姿を映しだした暗喩であり、私たちの内部にあって骨ほど変わらざるものはないからである。

「影をなくした男」のシャミッソーは、一七八一年にフランスの名門貴族の息子として生まれたが、一七八九年に起こったフランス革命によって、一家はフランスを逃れ、ベルギーやオランダを転々としたのち、プロシアの首都ベルリンにたどりついたという。シャミッソーはフランス系ドイツ人として、「心ならずも間《ま》の悪い人生を生きなくてはならなかった」（池内紀）。したがって、「影をなくした男」の影とは、いわば「祖国をなくした男」の祖国ではないかと、この物語が世に出て以来、解釈されつづけてきたという。

この伝でいくなら、綺堂も明治維新後間もないときに佐幕《さばく》党の息子として生まれ、藩閥政府全盛の時代に成人しなければならなかったのだ。後年、綺堂は「藩閥に何の縁故も無いどころか、藩閥の敵であつた我々子弟は」、出世の望みもなく、「殆ど前途の方向に迷はざるを得ないやうな境遇に置かれた」（改造社版『岡本綺堂全集　第一巻』「はしがき」）と回想している。いわば「三界に家なき人間」のアイデンティティクライシスが、他人に自分の影を踏まれて異様なまでに気を病むという怪異譚を産み出したのだといったならば、あまりに穿《うが》ちすぎようか。牽強付会のそしりは免れ得ないかも知れないけれど、ひとつの解釈の可能性として提示しておく。

最後におかれた「百物語」は、初出時には「生霊の白い女」のタイトルで発表されたけれど、この『近代異妖篇』に収録する際に改題され、『青蛙堂鬼談』『近代異妖篇』とつづいた怪異譚シリーズを締めくくるものとしていかにもふさわしい作品となった。百物語を語り終えて、最後に出現したのは何だったか。天井から首をつった白い女の生霊だったが、最後のところでそれは「離魂病のたぐひかも知れない」と語り出される。その直前に「離魂病」という作品もおかれており、そこでは只野真葛《ただのまくず》の『奥州咄《おうしゆうばなし》』に言及しながら、離魂病が一種のドッペルゲンガーという風な解釈がなされている。としたならば、この怪異譚シリーズを語り終えて最後にあらわれたお化けとは、近代という時代にあくがれまどう私たち自身の分身、もうひとりの自分ということになるのではないだろうか。

初出は以下のとおりである。

近代異妖篇

こま犬　「現代」大正十五年一月号（原題「高麗犬」）

異妖編

新牡丹燈記　初出誌未確認（青蛙房版『岡本綺堂読物選集　四』には大正十三年六月作「写真報知」とある）

寺町の竹藪　初出誌未確認（青蛙房版『岡本綺堂読物選集　四』には大正十三年九月作「写真報知」とある）
龍を見た話　「週刊朝日」大正十三年十月二十六日号
月の夜がたり　初出誌未確認（青蛙房版『岡本綺堂読物選集　四』には大正十三年十月作「写真報知」とある）
水　鬼　「講談倶楽部」大正十四年一月号
馬来俳優の死　「大鵬」大正十年一月号
停車場の少女　「婦人公論」大正十一年二月号
木曾の旅人　「やまと新聞」大正二年五月二十四日～六月二十七日（原題「五人の話」のうちの第四話「炭焼の話」、のち「木曾の旅人」と改題改稿されて『子供役者の死』に収録）
影を踏まれた女　「講談倶楽部」大正十五年一月号
鐘が淵　「三越」大正十四年二月号～四月号
河　鹿　「婦人公論」大正十年七月号（原題「隣座敷の声」）
父の怪談　「新小説」大正十三年六月号
指環一つ　「講談倶楽部」大正十四年十一月号
離魂病　「新小説」大正十四年九月号

百物語　「婦人倶楽部」大正十三年七月号（原題「生霊の白い女」）

附　録

雨夜の怪談　「木太刀」明治四十二年十月号

赤い杭　「夕刊大阪新聞」昭和四年九月一日（推定）

附録の「雨夜の怪談」「赤い杭」はともに単行本未収録の作品である。前者は早くに随筆として書かれた怪談ばなしで、「父の怪談」や「木曾の旅人」とも一部分重なるところもあるけれど、綺堂怪談の原材料として興味深いので、ここに収録した。「赤い杭」は新聞紙上に一度発表されたようだけれど、そのあと完全に埋もれていたのをたまたまその原稿を入手して、『物語の法則　岡本綺堂と谷崎潤一郎』（二〇一二年六月　青蛙房）に掲載、それからの再録である。この作品を紹介したときに、京都大学の須田千里教授からその材源と見なされるものの指摘を受けた。それは泉鏡花の「朱日記」「恋女房」と同じで、中国清《しん》代の志怪《しかい》小説『耳食録』巻三「市中小児」——火の精である赤い衣を着た小児が赤い毬《まり》をついた場所が火事になるというもので、本作の赤い杭が赤い毬にあたるのではないかという推測である。また評論家の浅羽通明氏の私信には、「『赤い杭』には仰天しました。まさしく現在、われわれの時代に進行している事態の気味悪さをえぐったホラーです！災害をめぐり自動的に動きだす権力の作用が、庶民目線ではまるでわけの分からない、そう、地震ナマズにも比すべき巨大で怪奇で不可思議なちからである様がさらりと描かれた佳作」との評が記されていた。まさに至言である。氏の評言をそのまま引用させていただき、解説の文章に替えさせていただくことにした。

著者略歴

岡本綺堂（おかもと　きどう）

一八七二年（明治五）東京生まれ。本名は敬二。元御家人で英国公使館書記の息子として育ち、「東京日日新聞」の見習記者となる。その後さまざまな新聞の劇評を書き、戯曲を執筆。大正時代に入り劇作と著作に専念するようになり、名実ともに新歌舞伎の作者として認められるようになる。一九一七年（大正六）より「文芸倶楽部」に連載を開始した「半七捕物帳」が、江戸情緒あふれる探偵物として大衆の人気を博した。代表作に戯曲『修禅寺物語』『鳥辺山心中』『番町皿屋敷』、小説『三浦老人昔話』『青蛙堂鬼談』『半七捕物帳』など多数。一九三九年（昭和十四）逝去。

編者略歴

千葉俊二（ちば　しゅんじ）

一九四七年生まれ。早稲田大学第一文学部卒業。現在、早稲田大学教育・総合科学学術院教授。著書に『谷崎潤一郎　狐とマゾヒズム』『エリスのえくぼ　森鷗外への試み』（小沢書店）『物語の法則　岡本綺堂と谷崎潤一郎』『物語のモラル　谷崎潤一郎・寺田寅彦など』（青蛙房）ほか。『潤一郎ラビリンス』（中公文庫）全十六巻、『岡本綺堂随筆集』（岩波文庫）などを編集。

本書は、一九三二年（昭和七）五月に春陽堂から刊行された日本小説文庫『綺堂讀物集三　近代異妖篇』を底本とし、一九二六年（大正十五）十月に春陽堂から刊行された『綺堂讀物集乃三　近代異妖篇』を適宜参照しました。さらに、「雨夜の怪談」は初出誌を、「赤い杭」は二〇二二年六月に青蛙房から刊行された『物語の法則』に収載されたものを底本としました。

正字を新字にあらためた（一部固有名詞や異体字をのぞく）ほかは、当時の読本の雰囲気を伝えるべく歴史的かなづかいをいかし、踊り字などもそのままとしました。ただし、ふりがなは現代読者の読みやすさを優先して新かなづかいとし、明らかな誤植は修正しました。

底本は総ルビですが、見た目が煩雑であるため略しました。ただし、現代の読者のために、簡単なことばであっても、独特の読み仮名である場合は、極力それをいかしました。

本書に収載された作品には、今日の人権意識からみて不適切と思われる表現が使用されておりますが、本作品が書かれた時代背景、文学的価値、および著者が故人であることを考慮し、発表時のままとしました。

（中公文庫編集部）

中公文庫

近代異妖篇《きんだいいようへん》

――岡本綺堂読物集三《おかもときどうよみものしゅうさん》

2013年4月25日　初版発行
2020年10月30日　再版発行

著　者　岡本《おかもと》 綺堂《きどう》

発行者　松田陽三

発行所　中央公論新社
〒100-8152　東京都千代田区大手町1-7-1
電話　販売 03-5299-1730　編集 03-5299-1890
URL http://www.chuko.co.jp/

ＤＴＰ　柳田麻里
印　刷　三晃印刷
製　本　小泉製本

Published by CHUOKORON-SHINSHA, INC.
Printed in Japan　ISBN978-4-12-205781-4 C1193

定価はカバーに表示してあります。落丁本・乱丁本はお手数ですが小社販売部宛お送り下さい。送料小社負担にてお取り替えいたします。

中公文庫既刊より

各書目の下段の数字はISBNコードです。978－4－12が省略してあります。

お-78-1
三浦老人昔話　岡本綺堂読物集一
岡本綺堂

死んでもいいから背中に刺青を入れてくれと懇願する若者、置いてけ堀の怪談――岡っ引き半七の友人、三浦老人が語る奇譚の数々。〈解題〉千葉俊二

205660-2

お-78-2
青蛙堂鬼談《せいあどうきだん》　岡本綺堂読物集二
岡本綺堂

夜ごと人間の血を舐る一本足の美女、蝦蟇に祈禱をするうら若き妻、夜店で買った猿の面をめぐる怪異――暗闇に蠢く幽鬼と妖魔の物語。〈解題〉千葉俊二

205710-4

お-78-3
近代異妖篇　岡本綺堂読物集三
岡本綺堂

人をひとり殺してきたと告白する藝妓のはなし、影を踏まれるのを怖がる娘のはなしなど、江戸から大正期にかけてのふしぎな話を集めた。〈解題〉千葉俊二

205781-4

お-78-4
探偵夜話　岡本綺堂読物集四
岡本綺堂

死んだ筈の将校が生き返った話、山窩の娘の抱いた哀切な秘密、駆落ち相手を残して変死した男の話など、探偵趣味の横溢する奇譚集。〈解題〉千葉俊二

205856-9

お-78-5
今古探偵十話　岡本綺堂読物集五
岡本綺堂

中国を舞台にした義俠心あふれる美貌の女傑の話、新聞記事に心をさいなまれてゆく娘の悲劇「慈悲心鳥」など、好評「探偵夜話」の続篇。〈解題〉千葉俊二

205968-9

お-78-6
異妖新篇　岡本綺堂読物集六
岡本綺堂

貉《むじな》や河獺《かわうそ》など、近代化がすすむ日本の暗闇にとり残された生き物や道具を媒介に、異界と交わるものたちを描いた「近代異妖篇」の続篇。〈解題〉千葉俊二

206539-0

お-78-7
怪　獣　岡本綺堂読物集七
岡本綺堂

自分の裸体の写し絵を取り戻してくれと泣く娘の話、美しい娘に化けた狐に取り憑かれる歌舞伎役者の話など、綺堂自身が編んだ短篇集最終巻。〈解題〉千葉俊二

206649-6

お-78-8
玉藻の前
岡本綺堂
「殺生石伝説」を下敷きにした長編伝奇小説。平安朝、金毛九尾の妖狐に憑かれた美少女と、幼なじみの陰陽師の悲恋。短篇「狐武者」を収載。〈解題〉千葉俊二
206733-2

し-15-10
新選組始末記　新選組三部作
子母澤寛
史実と巷談を現地踏査によって再構成した不朽の実録。新選組研究の古典として定評のある、子母澤寛作品の原点となった記念作。〈解説〉尾崎秀樹
202758-9

し-15-11
新選組遺聞　新選組三部作
子母澤寛
新選組三部作の第二作。永倉新八・八木為三郎・近藤勇五郎など、ゆかりの古老たちの生々しい見聞や日記で綴った、新選組逸聞集。〈解説〉尾崎秀樹
202782-4

し-15-12
新選組物語　新選組三部作
子母澤寛
「人斬り鍬次郎」「隊中美男五人衆」など隊士の実相を綴った表題作の他、近藤の最期を描いた「流山の朝」を収載。新選組三部作完結。〈解説〉尾崎秀樹
202795-4

し-15-15
味覚極楽
子母澤寛
〝味に値無し〟――明治・大正のよき時代を生きた粋人たちが、さりげなく味覚に託して語る人生の深奥を聞書き名人でもあった著者が綴る。〈解説〉尾崎秀樹
204462-3

し-15-16
幕末奇談
子母澤寛
新選組が活躍する幕末期を研究した「幕末研究」と番町皿屋敷伝説の真実など古老の話を丹念に拾い集めた「露宿洞雑筆」の二部からなる随筆集。
205893-4

し-15-17
新選組挽歌　鴨川物語
子母澤寛
鴨川の三条河原で髪結床を構える三兄弟を中心に、動乱の京を血に染める勤王志士と新選組、そして彼らに関わる遊女や目明かしたちの生と死を描く幕末絵巻。
206408-9

う-9-4
御馳走帖
内田百閒《ひゃっけん》
朝はミルク、昼はもり蕎麦、夜は山海の珍味に舌鼓をうつ百閒先生の、窮乏時代から知友との会食まで食味の楽しみを綴った名随筆。〈解説〉平山三郎
202693-3

各書目の下段の数字はＩＳＢＮコードです。978－4－12が省略してあります。

う-9-5
ノラや
内田百閒
ある日行方知れずになった野良猫の子ノラと居つきながらも病死したクルツ。二匹の愛猫にまつわる愛情と機知とに満ちた連作14篇。〈解説〉平山三郎
202784-8

う-9-6
一病息災
内田百閒
持病の発作に恐々としつつも医者の目を盗み麦酒をがぶがぶ……。ご存知百閒先生が、己の病、身体、健康について飄々と綴った随筆を集成したアンソロジー。
204220-9

う-9-7
東京焼盡《しょうじん》
内田百閒
空襲に明け暮れる太平洋戦争末期の日々を、文学の目と現実の目をないまぜつつ綴る日録。詩精神あふれる稀有の東京空襲体験記。
204340-4

て-8-1
地震雑感／津浪と人間 寺田寅彦随筆選集
寺田寅彦
千葉俊二
細川光洋 編
寺田寅彦の地震と津浪に関連する文章を集めた。地震国難の地にあって真の国防を訴える警告の書。小宮豊隆宛震災絵はがき十葉の図版入。〈解説・註解〉千葉俊二・細川光洋
205511-7

た-13-6
ニセ札つかいの手記 武田泰淳異色短篇集
武田泰淳
表題作のほか「白昼の通り魔」「空間の犯罪」など、独特のユーモアと視覚に支えられた七作を収録。戦後文学の旗手、再発見につながる短篇集。
205683-1

た-13-7
淫女と豪傑 武田泰淳中国小説集
武田泰淳
中国古典への耽溺、大陸風景への深い愛着から生まれた、血と官能に満ちた淫女・豪傑の物語。評論一篇を含む九作を収録。〈解説〉高崎俊夫
205744-9

た-15-5
日日雑記
武田百合子
天性の無垢な芸術者が、身辺の出来事や日日の想いを、時には繊細な感性で、時には大胆な発想で、心の赴くままに綴ったエッセイ集。〈解説〉巖谷國士
202796-1

た-30-6
鍵 棟方志功全板画収載
谷崎潤一郎
妻の肉体に死をすら打ち込む男と、死に至るまで誘惑することを貞節と考える妻。性の悦楽と恐怖を限界点まで追求した問題の長篇。〈解説〉綱淵謙錠
200053-7

た-30-7
台所太平記
谷崎潤一郎

若さ溢れる女性たちが惹き起す騒動で、千倉家のお台所はてんやわんや。愛情とユーモアに満ちた筆で描く抱腹絶倒の女中さん列伝。〈解説〉阿部　昭

200088-9

た-30-11
人魚の嘆き・魔術師
谷崎潤一郎

愛親覚羅氏の王朝が六月の牡丹のように栄え耀いていた時分――南京の貴公子の人魚への讃嘆、また魔術師と半羊神の妖しい世界に遊ぶ。〈解説〉中井英夫

200519-8

た-30-13
細　雪（全）
谷崎潤一郎

大阪船場の旧家蒔岡家の美しい四姉妹を優雅な風俗・行事とともに描く。女性への永遠の願いを〝雪子〟に託す谷崎文学の代表作。〈解説〉田辺聖子

200991-2

た-30-24
盲目物語
谷崎潤一郎

長政・勝家二人の武将に嫁し、戦国の残酷な世を生きた小谷方と淀君ら三人の姫君の境涯を、盲いの法師が絶妙な語り口で物語る名作。〈解説〉佐伯彰一

202003-0

た-30-25
お艶殺し
谷崎潤一郎

駿河屋の一人娘お艶と奉公人新助は雪の夜駈落ちした。幸せを求めた道行きだった筈が……。芸術とは何かを探求した「金色の死」併載。〈解説〉佐伯彰一

202006-1

た-30-26
乱菊物語
谷崎潤一郎

戦乱の室町、播州の太守赤松家と執権浦上家の確執を史的背景に、谷崎が〝自由なる空想〟を繰り広げた伝奇ロマン（前篇のみで中断）。〈解説〉佐伯彰一

202335-2

た-30-27
陰翳礼讃
谷崎潤一郎

日本の伝統美の本質を、かげや隈の内に見出す「陰翳礼讃」「厠のいろいろ」を始め、「恋愛及び色情」「客ぎらい」など随想六篇を収む。〈解説〉吉行淳之介

202413-7

た-30-28
文章読本
谷崎潤一郎

正しく文学作品を鑑賞し、美しい文章を書こうと願うすべての人の必読書。文章入門としてだけでなく文豪の豊かな経験談でもある。〈解説〉吉行淳之介

202535-6

各書目の下段の数字はＩＳＢＮコードです。978－4－12が省略してあります。

た-30-29
潤一郎ラビリンスⅠ　初期短編集
谷崎潤一郎
千葉俊二編
官能的耽美的な美の飽くなき追求を鮮烈に描く「刺青」など八篇、反自然主義の旗手として登場した若き谷崎の初期短篇名作集。〈解説〉千葉俊二
203148-7

た-30-30
潤一郎ラビリンスⅡ　マゾヒズム小説集
谷崎潤一郎
千葉俊二編
「饒太郎」「蘿洞先生」「続蘿洞先生」「赤い屋根」など五篇。自らマゾヒストを表明した饒太郎、そのきわめて秘密の快楽の果ては……。〈解説〉千葉俊二
203173-9

た-30-31
潤一郎ラビリンスⅢ　自画像
谷崎潤一郎
千葉俊二編
神童と謳われた少年時代、青春の彷徨、精神主義からの堕落、天才を発揮し独自の芸術を拓く自伝的作品「異端者の悲しみ」など四篇。〈解説〉千葉俊二
203198-2

た-30-32
潤一郎ラビリンスⅣ　近代情痴集
谷崎潤一郎
千葉俊二編
上州屋の跡取り巳之介はお才に迷い、騙されても欺れてもこりずに追い求める。谷崎描く究極の情痴の世界「お才と巳之介」ほか五篇。〈解説〉千葉俊二
203223-1

た-30-33
潤一郎ラビリンスⅤ　少年の王国
谷崎潤一郎
千葉俊二編
子供から大人の世界へ、現実から夢へと越境する少年を描いた秀作。「小僧の夢」「二人の稚児」「小さな王国」「母を恋ふる記」など五篇。〈解説〉千葉俊二
203247-7

た-30-34
潤一郎ラビリンスⅥ　異国綺談
谷崎潤一郎
千葉俊二編
谷崎の前半生を貫く西洋崇拝を表す「独探」、白楽天や蘇東坡の漢詩文以来の物語空間を有する西湖を舞台に描く「西湖の月」等六篇。〈解説〉千葉俊二
203270-5

た-30-35
潤一郎ラビリンスⅦ　怪奇幻想倶楽部
谷崎潤一郎
千葉俊二編
凄艶な美女による凄惨な殺人劇「白晝鬼語」ほか、日本探偵小説の先駆的作品ともいえる、怪奇・幻想の世界を描く五篇を収める。〈解説〉千葉俊二
203294-1

た-30-36
潤一郎ラビリンスⅧ　犯罪小説集
谷崎潤一郎
千葉俊二編
日常の中に隠された恐しい犯罪を緻密な推理で探る「途上」、犯罪者の心理を執拗にえぐり出す「或る罪の動機」など、犯罪小説七篇。〈解説〉千葉俊二
203316-0

各書目の下段の数字はISBNコードです。978－4－12が省略してあります。

た-30-10
瘋癲《ふうてん》老人日記
谷崎潤一郎
七十七歳の卯木は美しく驕慢な嫁颯子に魅かれ、変形的間接的な方法で性的快楽を得ようとする。老いの身の性と死の対決を芸術の世界に昇華させた名作。
203818-9

た-30-45
歌々板《うたうたはん》画《が》巻《かん》
谷崎潤一郎 歌
棟方志功 板
文豪谷崎の和歌に棟方志功が「板画」を彫った二十四点に、挿画をめぐる二人の愉快な対談をそえておくる。芸術家ふたりが互角にとりくんだ愉しい一冊である。
204383-1

た-30-46
武州公秘話
谷崎潤一郎
敵の首級を洗い清める美女の様子にみせられた少年――戦国時代に題材をとり、奔放な着想をもりこんで描かれた伝奇ロマン。木村荘八挿画収載。〈解説〉佐伯彰一
204518-7

た-30-47
聞《きき》書《がき》抄《しょう》
谷崎潤一郎
落魄した石田三成の娘の前にあらわれた盲目の法師。彼が語りはじめたこの世の地獄絵巻とは。菅楯彦による連載時の挿画七十三葉を完全収載。〈解説〉千葉俊二
204577-4

た-30-48
月と狂言師
谷崎潤一郎
昭和二十年代に発表された随筆に、「疎開日記」を加えた全七篇。空爆をさけ疎開していた日々のなかできれぎれに思いかえされる風雅なよろこび。〈解説〉千葉俊二
204615-3

た-30-50
少将滋幹《しげもと》の母
谷崎潤一郎
母を恋い慕う幼い滋幹は、宮中奥深く権力者に囲われた母の元に通う。平安文学に材をとった谷崎文学の傑作。小倉遊亀による挿画完全収載。〈解説〉千葉俊二
204664-1

た-30-52
痴人の愛
谷崎潤一郎
美少女ナオミの若々しい肢体にひかれ、やがて成熟したその奔放な魅力のとりことなった譲治。女の魔性に跪く男の惑乱と陶酔を描く。〈解説〉河野多恵子
204767-9

た-30-53
卍（まんじ）
谷崎潤一郎
光子という美の奴隷となった柿内夫妻は、卍のように絡みあいながら破滅に向かう。官能的な愛のなかに心理的マゾヒズムを描いた傑作。〈解説〉千葉俊二
204766-2